द रियल
मोदी

द रियल
मोदी

अरविन्द चतुर्वेदी

BLOOMSBURY
NEW DELHI • LONDON • OXFORD • NEW YORK • SYDNEY

BLOOMSBURY INDIA
Bloomsbury Publishing India Pvt. Ltd
Second Floor, LSC Building No. 4, DDA Complex, Pocket C – 6 & 7,
Vasant Kunj, New Delhi 110070

BLOOMSBURY, BLOOMSBURY INDIA and the Diana logo are trademarks of Bloomsbury Publishing Plc

First published 2018

ISBN: 978-93-87146-71-6

2 4 6 8 10 9 7 5 3

Printed and bound in India by EIH Limited, Gurugram, Haryana

समर्पण

स्व० माँ को समर्पित

अनुसूची

आभार

इस किताब को लिखने के दौरान मैंने हजारों किलोमीटर यात्रा की। कई दिनों तक गुजरात के अलग–अलग शहरों में घूमता रहा। इस क्रम में मुम्बई की यात्रा यादगार रही। पुस्तक रिर्सच के दौरान हरियाणा सीएम से मुलाकात दिलचस्प थी, हिमाचल में बड़े नेताओं से मुलाकात उनके संस्मरण शानदार थे। इस पुस्तक के सम्बन्ध में लोगों से मिलने की योजना बनाई तो मेरी सबसे पहली मुलाकात शंकर सिंह वाघेला से हुई। शंकर सिंह वाघेला और नरेन्द्र मोदी के रिश्ते किसी से छिपे नहीं हैं, पर राजनीति भी जगजाहिर है।

शंकर सिंह वाघेला ने जब पुरानी बातें बताना शुरू किया तो उसमें एक बात ने मुझे सोचने पर मजबूर कर दिया। वाघेला ने बताया–मैं लम्बा–चौड़ा था, मुझे बुलेट मोटर साईकिल चलाने का शौक था, जब कि नरेन्द्र मोदी स्कूटर चलाते थे। हम दोनों ने एक साथ ना जाने कितनी यात्राएँ की, पर हम दोनों को अपनी–अपनी ड्राइविंग पर विश्वास था। ना तो हमने अपनी बुलेट मोटर साईकिल चलाने के लिए नरेन्द्र भाई को दी और ना ही नरेन्द्र भाई ने मुझे अपनी स्कूटर चलाने को दी। अगर राजनैतिक दृष्टि से देखें तो उसी स्टेयरिंग को पकड़ कर नरेन्द्र मोदी देश के प्रधानमंत्री की कुर्सी तक जा पहुँचे जबकि गुजरात में शंकर सिंह वाघेला की गाड़ी कई हाथों में चली गई। उनकी पार्टी ने शंकर सिंह की गाड़ी का इस्तेमाल तो किया पर उसमें तेल पानी नहीं दिया, इसका हश्र लोगों के सामने है।

इस किताब को पूरा करने में कई लोगों ने मेरी खूब मदद की तभी शायद इतने कठिन काम को कर पाया। अब मैं उन लोगों के बारे में उल्लेख करना चाहता हूँ जिनके सहयोग के बिना मेरे लिए पुस्तक लिखना सम्भव ही नहीं हो सकता था। मेरे चैनल के मैनेजिंग डायरेक्टर कार्तिकेय शर्मा ने जिस तरह से मेरा उत्साह बढ़ाया वो मैं कभी नहीं भूल सकता। मेरे सम्पादक दीपक चौरसिया ने इस किताब के लेखन में सहयोग एवं साथ दिया। 'इंडिया न्यूज' यूपी/ उत्तराखण्ड के सम्पादक रोहित सावल ने हर कठिन परिस्थितियों में मेरा साथ दिया।

इस पुस्तक लेखन में मेरी पत्नी प्रीति के योगदान को भुलाया नहीं जा सकता। कई त्यौहारों पर मैं बाहर रहा। उनकी शिकायत तो रहती थी, पर हमेशा कंधे से कंधा मिलाकर मेरा साथ दिया। मेरी छोटी बेटी अदिति और बेटे अथर्व की चुलबुली बातें बोझिल मन को हल्का कर देती। मेरे बड़े भाई विभूति पत्रकार हैं, उनका ये पूछना कि पुस्तक के सम्बन्ध में जहाँ गए थे, उनसे मुलाकात हुई कि नहीं? आज भी रोमांचित कर देता है। मेरी बड़ी बेटी दिव्यांशी ने हमेशा हौसला बढ़ाया। भईया के बच्चे अनुष्का और अनुभूति की बातें उत्साह बढ़ाने का काम करती थीं। मेरी भाभी ने भी मेरा समय–समय पर उत्साहवर्धन किया। पिता जी, जिन्होंने मेरे कई कामों में भईया के विरोध के बाद भी मेरा साथ दिया, इस काम में भी उनका पूरा आशीर्वाद मेरे साथ रहा। मेरी व्यस्तता के कारण मेरी बहन मुझे उलाहना देती कि तुम फोन नहीं करते पर जब मैं उसे बताता कि आज कल मैं क्या कर रहा हूँ तो वो संतुष्ट हो जाती थी। मेरे भांजे हिमांशु और मेरे छोटे भाई की तरह मानस ने मेरी बहुत मदद की वह चाहे रिर्सच का विषय रहा हो या प्रिंट निकालना। नरेन्द्र मोदी से सम्बन्धित कोई भाषण सुनना, बिना उनके मेरा ये काम कतई आसान नहीं था। वाहन चालक प्रदीप ने बहुत मदद की। पेशे से सिविल सर्वेन्ट मेरे बड़े भाई महेन्द्र रंगा ने पुस्तक लेखन में हमेशा मेरी मदद की। मेरे प्रिय मित्र और छोटे भाई गौरव ने हमेशा मेरा साथ दिया और कठिन परिस्थिति में मेरे साथ खड़ा रहा। अमित सिंह ने मुझे कभी निराश नहीं होने दिया। मेरे बड़े भाई आलोक वर्मा जी, जो सीबीआई के चीफ हैं, उन्होंने समय–समय इस किताब को लिखने में बहुत योगदान दिया। इसके साथ ही यूपी काडर के आईएएस आफिसर मनोज सिंह ने लिखी कहानियों पर अपनी महत्वपूर्ण राय से अवगत कराया। यूपी काडर के ही वरिष्ठ आईएएस आफिसर अनूप पाण्डेय ने समय समय पर बहुत सहयोग किया। यूपी बीजेपी संगठन मंत्री सुनील बंसल, उपमुख्यमंत्री केशव मौर्या और विधि और न्याय मंत्री ब्रजेश पाठक हमेशा पुस्तक को लेकर उत्सुक रहे। अहमदाबाद में मेरे मित्र प्रफुल्ल रावल, जिन्होंने नरेन्द्र भाई के साथ कई सालों तक काम किया है, उनका पुस्तक रिसर्च के दौरान बहुत सहयोग रहा। इंडिया टुडे, गुजरात के वरिष्ठ फोटोग्राफर

शैलेश जी के साथ ही वरिष्ठ पत्रकार ब्रजेश मिश्रा जी का भी बहुत योगदान रहा। गुजरात के अहमदाबाद में कार्यरत् इतिहास विभाग के प्रोफेसर रिजवान भाई की मदद को, मैं भूल नहीं सकता। बहुत सारे ऐसे लोग थे जिनकी मदद के बिना किताब पूरी नहीं की जा सकती थी। उनमें देवेन्द्र जी, ब्लूम्सबरी के प्रवीण तिवारी, नितिन वलेचा, डायरेक्टर राजीव कुमार ने हमेशा उत्साह बढ़ाया, जिस वजह से ये पुस्तक आपके सामने है। लविन्दर और शशाँक गुप्ता ने भी पुस्तक को टाइप करने में बड़ा योगदान दिया। इस पुस्तक से आपको अपने देश के बड़े प्रधान को समझने में जरूर मदद मिलेगी। इस बात का मुझे पूरा भरोसा हैं। इसमें आप नरेन्द्र मोदी की कहानी उनके अपनों की जुबानी पहली बार पढ़ेंगे।

अपनी बात

देश के प्रधानमंत्री नरेन्द्र मोदी पर पुस्तक लिखने की प्रेरणा मुझे कैसे मिली? इसका किस्सा भी बड़ा दिलचस्प है। यहाँ मैं उस प्रसंग को आप लोगों से साझा करना चाहता हूँ जिसने गुजरात के तीन बार मुख्यमंत्री रहे और देश के बड़े प्रधान यानि नरेन्द्र दामोदर दास मोदी के बारे में लिखने के लिए प्रेरित किया। दिल्ली के अपने पुराने चैनल (इंडिया टीवी) जहाँ मैं 2013 में काम किया करता था, उस चैनल की ओर से मुझे नरेन्द्र मोदी को कवर करने के लिए दिल्ली के श्रीराम कॉलेज ऑफ कामर्स भेजा गया था। मुझे 6 फरवरी 2013, बुधवार का दिन आज भी याद है, जब लगभग 18,000 छात्र–छात्राएँ नरेन्द्र मोदी का इंतजार कर रहे थे। मेरे कानों में एक ही शोर सुनाई पड़ रहा था मोदी.....मोदी......मोदी....। इस शोर के बीच नरेन्द्र मोदी का मंच पर आगमन होता है। औपचारिकताओं के बाद उनका भाषण शुरू हो जाता है, जिसमें वो गुजरात में अपनी सरकार की तरफ से किए गए कामों का बखान कर रहे होते हैं। कैसे उन्होंने वहाँ बिजली, सड़क, पानी के साथ ही जनता की समस्याओं को हल करने का काम किया, कैसे युवाओं को अपने साथ जोड़ा वगैरह–वगैरह। इस तरह से बातें समाप्त होती हैं। नरेन्द्र मोदी आकर अपनी सीट पर बैठ जाते हैं। इसके बाद श्रीराम कॉलेज ऑफ कामर्स के प्रिंसिपल पत्रकारों के सवाल का जवाब देने के लिए आते हैं। इस क्रम में उनसे जब पूछा गया कि इस देश में और भी कई बड़ी हस्तियाँ थीं, फिर भी इस कार्यक्रम के लिए आप ने नरेन्द्र मोदी को ही क्यों आमंत्रित किया? तब एसआरसीसी के प्रिंसिपल ने जो जवाब दिया, उसने मुझे अन्दर तक प्रभावित किया। उनका जवाब था–इस कार्यक्रम के लिए मैंने देश भर के तमाम बड़े लोगों को पत्र लिखा। कई लोगों को ईमेल किया साथ ही ऑफिस की तरफ से कईयों को फोन भी किया गया। कईयों के जवाब आए। कई लोगों के जवाब का अब तक इंतजार कर रहे हैं। खास बात ये है कि इन सब में सबसे जल्दी जवाब नरेन्द्र मोदी के ऑफिस से आया था जो पत्र भेजने के बस पन्द्रह मिनट के बाद ही आ गया था। कमाल है – बस 15 मिनट में स्टॉफ ने

नरेन्द्र मोदी से सम्पर्क करके मुझे जवाब भेज दिया। एसआरसीसी के प्रिंसिपल की कही इस बात से मेरे भीतर इस पुस्तक का बीजारोपण हो गया। फिर इस पुस्तक को लिखने की रूपरेखा बनी। मैंने उसी समय तय किया कि मुझे जब भी मौका मिलेगा मैं इस 15 मिनट के नरेन्द्र मोदी की तत्परता को जरूर समझने की कोशिश करूँगा। उसे जो शक्ल दूँगा वो सबसे अलग होगी। इस पुस्तक की शुरुआत करने के पहले मैं एक बार फिर से एसआरसीसी के प्रिंसिपल से मिला जो अब रिटायर हो चुके हैं। प्रिंसिपल साहब से उनकी नरेन्द्र मोदी की मुलाकात को लेकर मेरे मन में यह जानने की भी इच्छा थी कि क्या नरेन्द्र मोदी ने प्रिंसिपल साहब को यहाँ आने का कोई खास कारण बताया। इस मुलाकात के बारे में जब मैंनें दोबारा प्रिंसिपल साहब से पूछा तो उन्होंने कहा कि जब मैं नरेन्द्र मोदी जी से मिला तो वो बेहद आर्टिकुलेट और बेहतर जानकारी के साथ कॉन्फिडेन्स से लबालब थे।

अध्याय–1

वडनगर की मिट्टी से नरेन्द्र का निर्माण

1. माता–पिता का संघर्ष

जब मैंने नरेन्द्र मोदी पर किताब शुरू की तो पहले इससे लगभग सवा तीन सौ पुस्तकें देश–विदेश में नरेन्द्र मोदी पर लिखी जा चुकी थीं। मैं इस सोच में था कि आखिर ऐसा क्या लिखूँ जिसे लोग चाव से पढें। सबके लिए कुछ नया भी हो। इसी उधेड़बुन में घर से अहमदाबाद के लिए निकला। मेरे मन में एक ही सवाल था कि आखिर नरेन्द्र मोदी के परिवार से मेरी मुलाकात कैसे होगी? यह सबसे कठिन काम था क्योंकि ये लोग पत्रकारों से मिलना पसन्द नहीं करते थे। नरेन्द्र मोदी के परिवार से मिलना भी बड़ा दिलचस्प था। मैंने नरेन्द्र मोदी के भाई पंकज मोदी से फोन पर बात की, कहा कि मैं नरेन्द्र मोदी जी को लेकर एक किताब पर काम कर रहा हूँ। इस विषय में मुझे आपसे, आपकी माता जी से मिलना है। उनको अपना जब मैंने परिचय बताया कि मैं दिल्ली में एक बड़े चैनल में विशेष संवाददाता के तौर पर काम करता हूँ, तो उन्होंने साफ तौर पर इन्कार कर दिया और कहा, कि हम लोग किसी से नहीं मिलते। मैं निराश हुआ, मुझे लगा कि अब क्या होगा? यहाँ पर मेरा साथ एक बड़े धर्म गुरु ने दिया। मुझे पता था कि पंकज मोदी उन गुरुजी के यहाँ जाया करते थे। यथार्थ गीता के रचयिता इन गुरूजी के सिविल सर्वेन्ट सेवक ने मुझे पंकज मोदी से मिलवाने में बड़ी अहम भूमिका अदा की। जब मैं पंकज मोदी के घर गाँधी नगर पहुँचा तो वहाँ पहुँचते ही पुलिस ने मुझे घेर लिया और पूछताछ करने लगी। कहाँ से आए हो समय लिया कि नहीं? वगैरह–वगैरह। मैंने उनको बताया कि आप पंकज जी से बात कर लें। मैं समय लेकर आया हूँ। मैं आप को बताता चलूँ कि

नरेन्द्र मोदी की माँ हीरा बॉ भी पंकज मोदी के साथ रहती हैं। नरेन्द्र मोदी के देश का प्रधानमंत्री बनने के बाद पूरे परिवार को सुरक्षा मिली है। यही कारण था कि मुझसे इतने सवाल–जवाब किए गए। जब मैंने पंकज मोदी के घर में प्रवेश किया तो देखा माँ हीरा बॉ अपने प्रधानमंत्री बेटे की अमेरिका यात्रा को टी०वी० पर बड़े चाव से देख रही थीं। बीच–बीच में पंकज से पूछना नहीं भूलती कि बेटे नरेन्द्र ने अमेरिका के लोगों को क्या कहा? पंकज मोदी जहाँ रहते हैं वह छोटा सा फ्लैट है, जिसमें माँ हीरा बॉ और परिवार बहुत साधारण तरीके से निवास करता है। घर में दाखिले के बाद आप कहीं से यह–नहीं कह सकते कि यह घर प्रधानमंत्री के सगे भाई का है। बड़ी सादगी और लोगों से मिलने में अपनापन। इस दौरान वहाँ दो लोग आते हैं, जो हीरा बॉ को प्रणाम कर आशीर्वाद लेना चाहते थे। उनको भी इसका मौका तुरन्त दिया गया।

इसके बाद पंकज मोदी के साथ बातचीत का सिलसिला चला, जो घंटों चलता रहा। पंकज ने माँ से सुनी बचपन की पन्द्रह कहानियाँ मुझे सुनाई जो इस पुस्तक में आपको पढ़ने को मिलेंगी। आपको नरेन्द्र मोदी को समझना है तो पहले आपको वडनगर चलना पड़ेगा।

प्रधानमंत्री बनने के बाद पहली बार 8 अक्टूबर 2017 को प्रधानमंत्री अपने गाँव वडनगर पहुँचे तो उन्होंने जनरल करियप्पा के पहली बार गाँव पहुँचने का उल्लेख किया। मोदी ने कहा–एक बार भारत की

नरेन्द्र की प्रेरणा – माँ।

वडनगर की जीवन रेखा–रेलवे लाइन।

सेना के अध्यक्ष जनरल करियप्पा ने भाषण दिया तो उन्होंने बताया था कि वह पूरी दुनिया में जाते थे तो लाखों लोग उनका सम्मान करते थे पर अपने गाँव में जब सम्मान होता है, तो उसकी बात ही अलग होती है। नरेन्द्र मोदी इतना कहकर भावुक हो गए। नरेन्द्र मोदी ने कहा–मैं जो भी हूँ इसी मिट्टी से हूँ। उन्होंने अपने स्कूल के प्राँगण की मिट्टी को अपने माथे पर लगाकर प्रणाम किया। वडनगर को संबोधित करते हुए पीएम ने कहा–जब मैं पहली बार सीएम बना तो मुझे लगा कि वडनगर को और समझना चाहिए, तो हमने यहाँ की खुदाई करवाने का निर्णय लिया। जमीन से जो निकला वो तो कमाल है। नरेन्द्र मोदी ने कहा यह नगर पच्चीस हजार साल से जीवित नगर रहा है। जब ह्वेनसांग आए थे तो उन्होंने लिखा कि यहाँ पर दस हजार लोगों के पढ़ने की व्यवस्था थी।

वडनगर मेहसाणा जिले में पड़ता है। इस नगर के सम्बन्ध में हमें 2500 बीसी के पहले से जानकारी मिलती है। यह कपिला नदी के किनारे अरावली की पहाड़ियों में स्थित है। वडनगर को पहले चमत्कारपुर कहा जाता था? इसके पीछे एक कहानी बताई जाती है–एक राजा, जो कुष्ठ रोग से पीड़ित था। उसे यहाँ के तालाब में नहलाया गया, ताकि उसका रोग दूर हो। इसके बाद वडनगर को शक्तितीर्थ का नाम दिया गया। यहाँ याज्ञवल्क्य ऋषि आए। यह ज्ञान का प्रमुख केन्द्र हो गया। याज्ञवल्क्य के पुत्र कालायान ने कई पुस्तकों

की रचना की। महाभारत में भी कई जगहों पर इसका उल्लेख है। बाद में इसे आनन्दपुर कहा गया है। ह्वेनसांग ने 623 एडी में लिखा था कि वडनगर में कोई शासक राज्य नहीं करता था। वडनगर को अगर मन्दिरों का नगर कहें तो कोई भी अतिशयोक्ति नहीं होगी।

वडनगर में तोरणद्वार को हम विजय का प्रतीक स्तम्भ मान सकते हैं। इसे दसवीं शताब्दी में सोलंकी शासकों ने बनवाया था। यह लाल बलुआ पत्थर से बनाया गया है। 1034 में गुजरात पूरी तरह से दिल्ली सल्तनत के अधिकार में आ गया था। वडनगर की दो बहनों का आत्मसम्मान और सूझबूझ इस इलाके के स्वाभिमान की कहानी बयां करता है। नरेन्द्र मोदी का बचपन और उनके अध्ययन, उनकी नटखट शरारतों को बताना शुरू करें, इससे पहले उन दो महान और स्वाभिमानी बहनों की कहानी बताते हैं। वडनगर की ताना–रीरी नाम की दो बहनों ने संगीत की साधना की थी। कहा जाता है कि एक बार मुगल बादशाह अकबर ने दरबारी गायक तानसेन को राग दीपक (दीपक राग) सुनाने को कहाँ राग दीपक प्रारम्भ करते ही तानसेन का शरीर–तपने लगा। वह अग्निताप से तभी बच सकते थे जब उनके सामने कोई राग मल्हार गाए।

अग्निताप से पीड़ित तानसेन, राग मल्हार गाने वाले की तलाश में निकल पड़े। जब उन्हें पता चला कि वडनगर (गुजरात) में ताना–रीरी (राग मल्हार) गायन में सिद्धहस्त हैं, तो वह वडनगर पहुँचे। कहा जाता है, उस समय बहुत सारे संगीतज्ञ और वाद्ययंत्र बजाने वाले वडनगर में रहते थे। जब ताना–रीरी को तानसेन के वडनगर आने की जानकारी मिली तो वो दौड़कर वहाँ आईं। उन दोनों ने जब राग मल्हार गाया तब जाकर महान संगीतज्ञ तानसेन का अग्निताप शांत हुआ। उन्हें नई जिन्दगी मिली। यह समाचार जब बादशाह अकबर को दिल्ली में मिला तो उसने वडनगर से दोनों बहनों को दिल्ली आकर दरबार में राग मल्हार सुनाने का आदेश दिया। दोनों बहनें बहुत स्वाभिमानी थीं, दोनों ने मुगल दरबार में राग मल्हार गाने से मना कर दिया। बाध्य किए जाने पर दोनों ने मौत को गले लगाना बेहतर समझा। वडनगर में एक मन्दिर है जो इनके बलिदान की याद दिलाता है। आत्मसम्मान की रक्षा करने वाली दोनों बहनों के

गाथा की चर्चा वडनगर की हर गली में सुनाई देती है। नरेन्द्र मोदी के जीवन पर भी वडनगर की गहरी छाप दिखाई पड़ती है।

माता–पिता का तप

नरेन्द्र मोदी हीरा बॉ, दामोदर दास मोदी की तीसरे सन्तान हैं। नरेन्द्र मोदी के पिता दामोदर दास मोदी का जन्म रणछोड़ दास के परिवार में हुआ था। ये लोग उन्नीसवीं सदी में वडनगर आए थे। कहा जाता है कि वो यहाँ पर किराने की दुकान चलाते थे। दामोदर दास मोदी धांची जाति के थे। धांची पारम्परिक तरीके से वनस्पति तेलों को पुरातन पद्धति से निकालने का काम करते थे। इसमें दबाकर तेल निकाला जाता था। गुजरात में मुस्लिम धांची जाति के लोग भी मिलते हैं। नरेन्द्र मोदी का जन्म 17 सितम्बर 1950 को रविवार के दिन हुआ था। नरेन्द्र मोदी के परिवार में कुल आठ लोग थे जो वडनगर की तंग गलियों में एक मंजिल के मकान में रहते थे। वडनगर के इस मकान में बाथरूम भी नहीं था। तीन तरफ कपड़ा लगा कर बाथरूम बनाया गया था। इस दर्द को नरेन्द्र मोदी ने बहुत करीब से देखा था। शायद यही कारण है कि देश का बड़ा प्रधान बनने के बाद नरेन्द्र मोदी ने पूरे देश में टॉयलेट बनाने के लिए लोगों को प्रेरित करने का काम किया जिससे किसी घर की बहू–बेटियों को टॉयलेट के लिए बाहर खुले में ना जाना पड़े। मकान में कुल तीन कमरे थे। उसी में सभी लोग रहते थे। इसी मिट्टी से बालक नरेन्द्र का निर्माण हुआ। पिता का साया सिर से उठ जाने के बाद माँ के संघर्ष और परिवार के लिए किए गये तप को बालक नरेन्द्र ने बहुत नजदीक से महसूस किया। *दो हजार सत्रह में सिविल सर्विसेस डे पर जब मोदी भाषण दे रहे थे तो उन्होंने कहा कि भगवान न करे किसी गृहणी के पति की अकस्मात् मौत हो जाए। लेकिन तब ही आपको उस औरत के ताकत की असली पहचान होती है। किस तरह से वह महिला घर से बाहर निकल कर परिवार का पालन–पोषण करती है। किस तरह से उनकी माँ ने परिवार के लिए तकलीफ को झेला था। इस बात को जब भी उन्होंने लोगों के बीच में कहा है, उनकी आँखों से आँसू निकले हैं।* माँ को लेकर नरेन्द्र मोदी हमेशा बेहद संवेदनशील रहे है। वडनगर में दामोदर दास मोदी के मकान के बगल में ही मुसलमानों की बस्ती थी। वडनगर के पुराने

मोदी परिवार का वंश वृक्ष

1	2	3	4	5	6
दामोदर दास मोदी (दिवंगत)	नरसिंह दास (दिवंगत)	नरोत्तम दास (दिवंगत)	जगजीवन दास (दिवंगत)	कांतिलाल	जयन्ती लाल
सोमभाई (77)	भोगीलाल (68)	जगदीश (53)	रमेश भाई (64)	उषा (52)	विपिन भाई (43)
अमृत भाई (74)	अरविन्द भाई (64)	सोनिका (28)		मीना (47)	मीना (38)
नरेन्द्र मोदी (67)	चंपा बेन (63)			भार्गव (45)	
प्रहलाद भाई (65)	भरत भाई (56)			चेतना (43)	
बासंती बहन (63)	अशोक भाई (52)			गायत्री (30)	
पंकज भाई (59)	चन्द्रकांत भाई (49)				
	इंदिरा (47)				

नोट :– कांति लाल और जयन्ती लाल जीवित हैं।

मकान में अब कोई नहीं रहता। नरेन्द्र मोदी से बड़े सोम भाई वडनगर में एक आश्रम चलाते हैं। उनसे मेरी मुलाकात वडनगर में हुई। इसके साथ ही हमारी मुलाकात नरेन्द्र मोदी की बहन जो उम्र में प्रहलाद भाई मोदी और पंकज भाई मोदी से बड़ी है। उनका नाम बासन्ती है और साथ ही उनके पति हंसमुख भाई से भी हुई। हमने बासन्ती बहन से नरेन्द्र मोदी के बचपन के बारे में पूछा पर उन्हें बहुत कुछ याद नहीं था। उन्होंने कहा कि माँ नरेन्द्र भाई को बाकी लोगों से ज्यादा प्यार करती थीं। नरेन्द्र मोदी का बचपन जानने के क्रम में मेरी मुलाकात वडनगर में नरेन्द्र मोदी के पिता के दोस्त सरदार इमाम खान से हुई जिनकी उम्र लगभग 93 साल के आस पास थी। उन्होंने मुझे बताया कि वो नरेन्द्र मोदी के पिता से चाय की पत्ती ले कर आते थे। यहाँ उस पत्ती से चाय बनाकर बेचते थे।

उन्होंने हमें यह भी बताया कि नरेन्द्र मोदी का जन्म घर पर ही हुआ था। नरेन्द्र मोदी के घर के बगल में रहने वाले उनके मित्र श्यामल दास मोदी की मौसी ने नरेन्द्र मोदी के जन्म के सम्बन्ध में थोड़ी जानकारी दी। उन्होंने बताया कि बालक नरेन्द्र के जन्म के पन्द्रह दिन बाद आस–पास की औरतें उनके घर पर मिलने गई थीं। इस तरह की मुलाकात को हम उल्लास की संज्ञा दे सकते हैं। इस परम्परा के तहत जच्चा–बच्चा दोनों का हाल चाल लिया जाता हैं। अपनी सामर्थ्य अनुसार बच्चे को कुछ उपहार भी दिया जाता है।

सरदार इमाम खान, मोदी के पिता से चाय की पत्ती खरीद कर लाते थे।

श्यामल दास मोदी की मौसी इस विषय में इससे ज्यादा कुछ नहीं बता सकी।

नरेन्द्र मोदी के घर की आर्थिक हालत बहुत अच्छी नहीं थी। नरेन्द्र मोदी ने इस बात की अनेकों बार चर्चा की है। ये लोग दस बाई दस के कमरे में रहते थे। माँ पास पड़ोस में बर्तन साफ करती थी, पानी भरती थीं। नरेन्द्र मोदी के पिता घर की गाड़ी चलाने के लिए वडनगर रेलवे स्टेशन पर चाय की दुकान लगाने का काम करते थे। इस काम में परिवार का हर सदस्य बारी–बारी से हाथ बँटाता था। इन सब में नरेन्द्र मोदी सबसे आगे होते थे। टी स्टाल पर पिता चाय बनाते थे। नरेन्द्र उन्हें ले जाकर ट्रेनों में पिलाने का काम करते थे। वडनगर के लोग भाग्यशाली थे कि यहाँ 30 किलोमीटर गेज रेलवे लाईन ओपेन हुई। (रेलवे इन इण्डिया ए लिजेन्ड ओरजिन एण्ड डेवलपमेंन्ट, 1830–1980)। मैं जब वडनगर के रेलवे स्टेशन पर पहुँचा तो वहाँ जो दुकान नरेन्द्र मोदी के पिता चलाते थे, वह बन्द पड़ी थी। लिहाजा दुकान कब एलॉट हुई थी, इसके बारे में कोई जानकारी नहीं मिल पाई। इस क्रम में यह जरूर पता चला कि परिवार बढ़ने पर आमदनी बढ़ाने के लिए दामोदर दास मोदी ने नमक की चक्की भी चलाई थी, जो घाटे के कारण बाद में बन्द कर देनी पड़ी थी। परिवार की गाड़ी खींचने के लिए परिवार के सभी सदस्यों ने भूमिका निभाई पर माँ का रोल सबसे अहम था। पंकज मोदी ने माँ के बारे में बताया कि माँ देसी इलाज में सिद्धहस्त थीं। किसी की नाभी सरक जाय या किसी का गला पकड़ ले तो ऐसे छोटे बच्चों को सांस लेने में तकलीफ का वह उपचार करती थीं। पंकज ने बताया की नाभी सरकने का इलाज खाली पेट करना पड़ता था। उन दिनों परिवार कि दशा भी बहुत खराब थी। घर पर आने वालों के लिए माँ बाजरे की रोटी और नरेन्द्र भाई चाय बनाकर देते थे।

2. माँ का मोल

27 सितम्बर 2015 का वह दिन जब देश के प्रधानमंत्री नरेन्द्र मोदी फेसबुक के मार्कजुकर बर्ग के सवालों का जबाब दे रहे थे। उनकी आँखों से माँ के लिए आँसू निकल रहे थे। *मोदी ने कहा जब–हमारे पिता जी की मृत्यु हो गई। मेरी माँ जो आज भी अपने सारे काम*

करती है जिनकी उम्र नब्बे साल के उपर है। जब हम छोटे थे तो घर की गाड़ी को चलाने के लिए पास के घरों में बर्तन धोती थीं, पानी भरती थीं, मजदूरी करती थीं, आप कल्पना कर सकते हैं एक माँ बच्चे को बड़ा करने के लिए पूरा जीवन खपा देती है। कितना कष्ट उठाती है। नरेन्द्र मोदी के गुजरात में दिए एक और भाषण से भी पता चलता है कि माँ का अपने बेटे से कितना लगाव रहता है। नरेन्द्र मोदी ने अपने भाषण में कहा कि कोई गृहिणी खाना बनाती है तो उसकी कोशिश होती है कि अपने पति को रोटी और पूरी फूली खिलाए। कभी–कभी ऐसा होता है कि इस दौरान अंगुली जल जाती है, रोटी–पूरी में महिलाएँ छेद कर देती हैं, जिससे हवा निकल जाए और उनके पति या अपने खा रहे हों, उनको आसानी होती है। इस दौरान अगर महिला का हाथ जल जाए तो अगले दिन वो बहुत नखरे करती है। वो इस पर घर के मुखिया का अटेंनशन चाहती है लेकिन यही गृहणी अगले दिन जब बाजार जाती है, साड़ी की सेल है उसमें छूट मिल रही है तो वह उसे खरीदने भी चली जाती है। उसी दौरान उसको पता चलता है कि उसके मुहल्ले में आग लग गई है, तो वो सब कुछ छोड़ कर उस तरफ दौड़ पड़ती है, जब वो वहाँ पहुँचती है तो क्या देखती है कि बहुत सारे लोग उसके घर के बाहर खड़े हैं। अन्दर कोई नहीं जा रहा। वो तुरन्त दौड़ पड़ती है क्योंकि उसका बेटा अन्दर होता है, उसे इसकी कोई परवाह नहीं होती है कि वह जल जाएगी। जो महिला रोटी या पूरी से जलने के बाद इतना अटेंनशन चाहती हो पर बेटे के लिए वो जान की भी परवाह नहीं करती है, यही माँ की ममता है। इसी भाव ने बालक नरेन्द्र को बचपन से ही दुनिया को समझने का सामर्थ्य दिया।

नरेन्द्र मोदी की बहन बासन्ती ने बताया कि जब कभी घर में माँ की तबीयत खराब होती थी तो नरेन्द्र मोदी, भाई और बहन को खाना बना कर खिलाते थे। बासन्ती ने यह भी बताया कि नरेन्द्र मोदी खिचड़ी बहुत अच्छी बनाते हैं। वैसे तो सभी बेटे, बेटियाँ माँ को प्यारे होते हैं पर नरेन्द्र तो हीरा बॉ के सबसे दुलारे थे। नरेन्द्र मोदी के छोटे भाई पंकज ने माँ हीरा बॉ का नरेन्द्र से लाड़ का एक किस्सा सुनाया। पंकज ने बताया कि पूरे परिवार को दिन में खाने के लिए बाजरे की

बहन और बहनोई के साथ मोदी।

रोटी बनती थी, साथ में दाल बनाई जाती थी। अगर कभी मेहमान आ गए तो उस दिन गेहूँ की रोटी, सब्जी बनाई जाती थी। प्रतिदिन बाजरे की रोटी जो दिन में बना ली जाती थी, उसमें से माँ एक अलग रोटी नरेन्द्र भाई के लिए रखती थी। जब सबकी रोटी बन जाती थी तब अन्त में वह रोटी तवे पर ही छोड़ दी जाती, जिस कारण से यह रोटी बिस्कुट की तरह कड़क हो जाती थी। बचपन में नरेन्द्र भाई का प्रतिदिन का आहार यही था। वह सुबह से रखी हुई इसी कड़क रोटी को चाय में डुबाकर खाते थे। नरेन्द्र मोदी की बहन बासन्ती ने बताया कि नरेन्द्र भाई के लिए जो चाय बनती थी, वह थोड़ा अलग होती थी। यह चाय माँ उन्हीं के लिए बनाती थी। उसी चाय में वह कड़क रोटला डुबाकर खाते थे। नरेन्द्र मोदी के भाई प्रहलाद मोदी ने भी कहा कि अगर दूसरे लोग यह रोटी माँ से माँगते थे तो माँ साफ मना कर देती थी। माँ का यह प्रेम था, अपने एन०डी० के लिए।

पंकज ने अपने पिता के प्रसंग का भी उल्लेख किया और बताया कि—साल दो साल में दर्जी घर आता था, परिवार के सभी सदस्यों के लिए कपड़े सिले जाते थे। इन कपड़ों की खासियत यह होती थी कि सभी के कपड़े एक ही रंग के होते थे। चाहे नरेन्द्र भाई का हो, हमारा हो या फिर चाचा और उनके बच्चों का हो। जहाँ से पिता जी कपड़ा लाते थे, उसके पैंसे साल—दो साल में धीरे—धीरे चुकाए जाते थे।

3. माता–पिता का सबक

पीएम नरेन्द्र मोदी ने शर्मिष्ठा तालाब से जुड़ा किस्सा देश के लोगों को सुनाया है। मैं वडनगर गया तो नरेन्द्र मोदी से जुड़े हर किसी ने यह किस्सा सुनाया। जब नरेन्द्र मोदी के भाई पंकज ने मुझे इस किस्से को सुनाया तो रोमांच भर आया। पंकज ने किस्सा अपनी माँ से सुना है। क्योंकि पंकज भाई बहनों में सबसे छोटे हैं। पंकज ने बताया कि नरेन्द्र भाई, शर्मिष्ठा तालाब में घंटों नहाया करते थे। उनके साथ उनके दोस्त भी हुआ करते थे। एक दिन की बात है। शर्मिष्ठा तालाब के किनारे मगरमच्छ ने अंडे दिए थे। उसमें से जो बच्चे निकले थे वो शायद थोड़ा बड़े भी हो गए थे। अबोध और साहसी नरेन्द्र ने देखा कि मगरमच्छ के छोटे–छोटे बच्चे धमाचौकड़ी मचा रहे हैं। उन्हें लगा ये खेलने के लिए एक अच्छा साधन हो सकते हैं। उनके मित्र जो रोज तालाब पर नहाने के दौरान उनका साथ देते थे, उन लोगों

बचपन की याद – माँ के साथ।

लेखक और पंकज मोदी।

नरेन्द्र मोदी के माता पिता।

ने भी नरेन्द्र को उत्साहित किया। कहा कि इन बच्चों के साथ खेलने में बहुत आनन्द आएगा। क्यों न इनको घर लेकर चला जाए? बालक नरेन्द्र ने मगरमच्छ के बच्चे को वहाँ से उठाया और दोस्तों के साथ घर पर हाजिर हो गए। अबोध बालक नरेन्द्र उछलते कूदते मगरमच्छ के बच्चे को लेकर माँ हीराके पास पहुँचे तो माँ भौचक्की रह गई। पहले तो वह सोच में पड़ गई कि आखिर ये क्या किया? फिर बेटे

को अपने पास बिठाकर समझाया, कहा कि सोचो मैं तुम्हारी माँ हूँ और अगर कोई आकर तुम्हें मेरे पास से उठाकर लेकर चला जाए तो मेरे ऊपर क्या गुजरेगी? मेरा तो जीना मुश्किल हो जाएगा। माँ ने कहा कि जिस मगरमच्छ के बच्चे को तुम तालाब से उठाकर लाए हो, उसकी माँ का तो रो–रोकर बुरा हाल हो रहा होगा। उस समय, वडनगर में बारिश हो रही थी। शर्मिष्ठा तालाब में पानी लबालब भरा

बचपन की रणभूमि – शर्मिष्ठा तालाब।

था। लेकिन माँ का आदेश हो जाने के बाद बेटे नरेन्द्र ने एक पल भी गंवाना उचित नहीं समझा। जान जोखिम में डालकर मगरमच्छ के बच्चे को वापस ले जाकर उसी जगह पर छोड़ आए। माँ को भविष्य का क्या पता था कि उनका प्यारा नरेन्द्र आने वाले सालों में देश की सेवा के लिए उन्हें छोड़ कर कई सालों के लिए चला जाएगा।

पंकज ने बताया कि पिता ने नरेन्द्र भाई को एक काम और सौंप रखा था जो शर्मिष्ठा तालाब से ही जुड़ा हुआ था। नरेन्द्र मोदी का दोस्तों के साथ तालाब पर नहाने का रोज घंटों का कार्यक्रम होता था। उनके घर पर आने का कोई समय तय नहीं हुआ करता था। पिता जी को लगा की नरेन्द्र रोज सुबह तालाब में नहाने जाते ही हैं क्यों ना नरेन्द्र को ही गाय की सेवा करने की जिम्मेदारी दे दी जाए। उसके बाद पिता जी ने नरेन्द्र को ही गाय को नहलाकर घर लाने की जिम्मेदारी सौंप दी। पिता ने जो बेटे को जिम्मेदारी दी, उसका नरेन्द्र ने जी–जान लगाकर पालन किया। इस तरह बालक नरेन्द्र बचपन से ही गौ सेवक बन गये थे।

अध्याय–2

नरेन्द्र की पाठशाला

नरेन्द्र मोदी ने अपनी बातचीत में हमेशा कहा है कि वह बहुत मेधावी छात्र नहीं थे लेकिन बचपन से ही व्यावहारिक थे। जब मोदी थोड़े बड़े हुए तब उनका दाखिला वडनगर प्राइमरी स्कूल में करवा दिया गया। नरेन्द्र मोदी का इस स्कूल में दाखिला पिता दामोदर दास मोदी ने चाचा के लड़के नरसीदास मूलचन्द दास मोदी के साथ करवाया था। इसी स्कूल में इनके बड़े भाई सोम भाई मोदी और परिवार के कई दूसरे सदस्यों ने भी पढ़ाई की थी। नरेन्द्र ने इस स्कूल में सन् 1957 से 1964 तक पढ़ाई की। यहाँ पर प्रधानाचार्य के पद पर काम कर रहे। राज भाई ने बताया कि नरेन्द्र मोदी के परिवार के सभी सदस्यों ने यहीं से अपनी पढ़ाई की शुरुआत की थी। चाहे वह सोम भाई मोदी रहे हों या फिर पंकज मोदी। वडनगर के इस प्राइमरी स्कूल में पहुँचने पर मेरे मन में था कि आज देश के प्रधान सेवक के पद की शोभा बढ़ा रहे नरेन्द्र मोदी ने अपने जीवन में शिक्षा का आरम्भ यहाँ से किया। यह स्कूल आज भी वैसा ही था। जैसा नरेन्द्र मोदी के प्रवेश के समय था। आर्कियोलाजिकल सर्वे ऑफ इंडिया ने इसे संरक्षित इमारत घोषित कर दिया है। इसके पुराने स्वरूप को अब बदला नहीं जाएगा। स्कूल में मरम्मत का काम चल रहा था। जैसे ही मैंने स्कूल के आंगन में प्रवेश किया तो बच्चों का शोरगुल कानों से टकराया। मेरा मन भी बचपन में पहुँच गया। प्रिंसिपल महोदय सबसे पहले हमें उस क्लास में लेकर गए जहाँ नरेन्द्र मोदी ने अपनी शिक्षा की शुरुआत की थी।

उस क्लास रूम में सीढ़ीनुमा बेंच लगाकर बच्चों के बैठने की व्यवस्था की गई थी। स्कूल के चपरासी ने आकर बताया कि नरेन्द्र मोदी को पढ़ाने वाले अध्यापक कन्हैया लाल भूदर दास भाउसा आ गए हैं। हमसे मिलने के लिए तैयार हैं। मेरी खुशी का ठिकाना नहीं

नरेन्द्र की पाठशाला।

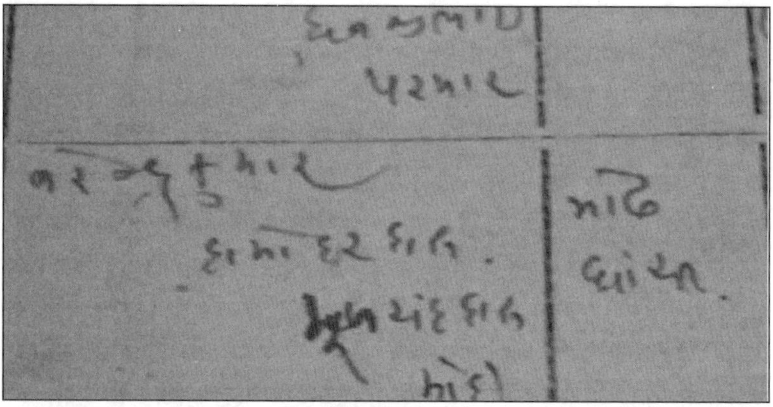

पाठशाला का रजिस्टर।

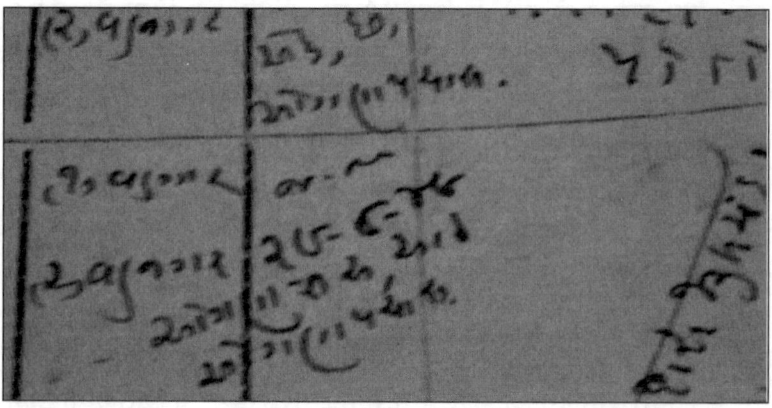

मूल रजिस्टर।

राज भाई – पाठशाला के प्रिंसिपल।

रहा क्योंकि मुझे लगा था कि नरेन्द्र मोदी को प्राइमरी में पढ़ाने वाले अध्यापक मुझे शायद ही मिलें। अध्यापक कन्हैया लाल भूदर दास भाउसा ने बताया की उन्होंने इसी स्कूल में पढ़ाई की और भाग्यशाली थे कि नौकरी भी यहीं लग गई। कन्हैया लाल ने बताया मैं यहाँ पर 1959 में आ गया। तब नरेन्द्र मोदी कक्षा तीन में पढ़ते थे। नरेन्द्र मोदी को पढ़ाने वाले अध्यापक कन्हैया लाल भूदर दास भाउसा ने जानकारी दी कि नरेन्द्र पढ़ने में सामान्य थे पर अपने से कमजोर छात्रों की मदद करते थे। नरेन्द्र की एक खास आदत थी कि वह गलत बात को स्वीकार करने के लिए तैयार नहीं होते थे। चाहे यह बात विद्यार्थी ने कही हो या फिर अध्यापक ने। बचपन में भी उनकी सोच स्पष्ट थी। वह जो काम करना चाहते थे, अपने तरीके से करते पर संगठन की राय जरूर लेते थे, यानि दोस्तों की। नरेन्द्र मोदी के मित्र ईश्वर भाई पी० पटेल ने बताया कि स्कूल समाप्त होने के बाद हम स्कूल के पीछे के बगीचे में इकट्ठा होते थे। अगले दिन की रणनीति हम वहीं बनाते थे।

1. गलत बात स्वीकार नहीं

कहते हैं कि पुत्र के लक्षण पालने में ही दिखाई देते हैं। देश का प्रधानमंत्री बनने के बाद यह कहा जा सकता है कि बालक नरेन्द्र को कुछ अलग करने का जुनून था। उनके साथ पढ़ने वाले एक क्लॉस

नरेन्द्र मोदी के स्कूल में सीनियर छात्र–योगेश भाई।

एन०डी० का क्लासरूम।

सीनियर रहे योगेश भाई कांति लाल शाह ने नरेन्द्र के बचपन का एक रोचक प्रसंग सुनाया। उन्होंने बताया कि नरेन्द्र मोदी कक्षा दो–ब में थे। योगेश शाह कक्षा तीन–ब में थे।

योगेश शाह ने बताया कि इस स्कूल में पढ़ाने वाले एक टीचर चन्द्रशेखर व्यास थे। इन अध्यापक महोदय ने नरेन्द्र मोदी की कक्षा में पढ़ने वाले एक लड़के की पिटाई कर दी। उस समय उस क्लास में लगभग पचास के करीब बच्चे रहे होंगे।छात्र की पिटाई का असर बालक नरेन्द्र के अबोध मन पर गहरा पड़ा। उस समय नरेन्द्र की उम्र बहुत कम थी। तय हुआ कि इस बात की शिकायत प्रधानाध्यापक

से की जानी चाहिए। सीनियर छात्रों ने इस मुद्दे को प्रिंसिपल तक ले जाने का काम भी किया। छात्रों में तय हुआ कि जिस टीचर ने अबोध बच्चे को मारा था, उसे क्लास में घुसने नहीं दिया जाएगा। उस टीचर का विरोध करेंगे। सारे बच्चे जो दूसरे क्लास के भी थे, क्लास के बाहर बैठ गए। टीचर को क्लॉस रूम में जाने नहीं दिया गया। प्रधानाध्यापक के पास यह बात गई। उन्हें लगा कि इस मामले को सुलझाना चाहिए। प्रधानाध्यापक काफी सोच में पड़ गए। (डॉ० योगेश ने बताया की उस समय प्रधानाध्यापक कोई शुक्ला जी थे।)

बाद में प्रधानाध्यापक ने बच्चों से आकर कहा कि आगे से ऐसा नहीं होगा। इस घटना के समय नरेन्द्र मोदी की उम्र बहुत कम थी पर उनकी सोच स्पष्ट थी कि गलत होने पर विरोध करना चाहिए। यह एक ऐसी घटना है जो यह सोचने पर मजबूर कर देती है नरेन्द्र तो बाकियों से अलग थे।

2. हटो मैं बचाऊँगा

नरेन्द्र मोदी को कक्षा तीन में पढ़ाने वाले अध्यापक कन्हैया लाल भूदर दास भाउसा ने बताया कि यह बात 1962 की है, जब बच्चों के स्कूल का अवकाश हो गया था। इसके बाद बच्चे घर भागने की जल्दी में होते हैं। जैसे ही बच्चे स्कूल से बाहर गेट से निकले वहाँ बड़े पीपल के पेड़ के किनारे कई बच्चे भीड़ लगाकर जोर–जोर से हल्ला कर रहे थे।

कन्हैया लाल भूदर दास भाउसा – प्राइमरी टीचर।

नरेन्द्र भी उसी में खड़े थे। लोगों ने नजरें ऊपर उठाकर देखा तो पेड़ पर एक कबूतर पतंग के माँझे में उलझ कर तड़प रहा था। उसके शरीर से खून टपक रहा था। लेकिन उन लड़कों ने यह हिम्मत नहीं की कि उस तड़पते कबूतर को उतारकर बचाने का काम करें। ऐसे में इस भीड़ में से एक हॉफ शर्ट पहने लड़का आगे बढ़ा और पेड़ पर चढ़ने लगा। दूसरे लड़के भले यह कहते रहे कि अरे गिर जाओगे, मत चढ़ो, पर उस लड़के ने उनकी बात नहीं मानी। कन्हैया लाल भूदर दास ने भी उन लड़कों की हाँ में हाँ मिलाई। बालक नरेन्द्र को पेड़ पर चढ़ने से मना किया। साथ ही सुझाव दिया कि सीढ़ी लगाकर चढ़ो पर वह लड़का कहाँ मानने वाला था। वह कोशिश करके पेड़ पर किसी तरह से चढ़ गया, कबूतर उस डाली से लटक रहा था जो बहुत मजबूत नहीं थी। फिर भी नरेन्द्र उस डाली पर लेटकर रेंगते हुए आगे बढ़कर उस कबूतर को वहाँ से उतारने में कामयाब हो गये। इसके बाद बालक नरेन्द्र ने उसे पानी पिलाया। उसकी चोट पर गीली मिट्टी लगाई। इतना करने के बाद कबूतर का खून कम हो गया। लेकिन एक बार फिर से उसे वापस पीपल के पेड़ पर छोड़ना था क्योंकि उसके नीचे रहने पर जानवरों के खाने का डर था। एक बार फिर नरेन्द्र ने छात्रों की मदद से पीपल के पेड़ पर उस घायल कबूतर को छोड़ा। इस तरह से नरेन्द्र ने कबूतर की ज।न तो बचाई ही, बाकी बच्चों को एक सबक देने का भी काम किया। अगर कोई

एन०डी० के स्कूल का पेड़।

मुसीबत में हो तो उसकी मदद की जानी चाहिए। नरेन्द्र के प्राइमरी के अध्यापक ने कहा कि तभी मुझे लग गया था कि यह लड़का जीवन में कुछ न–कुछ करेगा।

3. राम–रावण की लड़ाई

कन्हैया लाल भूदर दास ने यह भी बताया कि बालक नरेन्द्र बचपन में किस तरह की शरारतें करते थे। उन्होंने बताया कि जब सारे लड़के मैदान में खेलते थे, उस समय नरेन्द्र गदा बनाकर युद्ध करते थे। यह दो टीमों के बीच होता था। कन्हैया लाल के अनुसार ढ़ोर (पीले फूल वाला फुआड़िया) में काँटा होता हैं। इसको इकट्ठा करके गदा बनाया जाता था।

खेल के मैदान में दो गोल पोस्ट आमने–सामने होते थे। इसमें से एक टीम राम की होती थी। दूसरी टीम रावण की। इस युद्ध में जो कांटे वाला गदा बनाया जाता था, उसकी भूमिका बहुत महत्वपूर्ण होती थी। गदा में पुआल और लकड़ी का इस्तेमाल किया जाता था। दोनों टीमों के पास एक–एक गदा होता था। युद्ध के मैदान में दोनों टीमें एक दूसरे पर टूट पड़ती थीं। बालक नरेन्द्र भी उन दो टीमों में से एक की अगुवाई करते थे नरेन्द्र मोदी के अध्यापक ने बताया

पीले फूल का फुआड़िया।

कि नरेन्द्र एक कुशल खिलाड़ी थे। उनकी टीम दूसरी टीम से हमेशा बीस छुटती थी। 1962 में नरेन्द्र मोदी को पढ़ाने वाले कन्हैया लाल भूदर दास भाउसा ने यह भी बताया कि भाउसा परिवार और मोदी परिवार आस–पास ही रहते थे। उन्होंने ने कहा कि हम लोगों की मोदी परिवार से बातचीत होती रहती थी।

नरेन्द्र मोदी– बचपन की टोली और उनकी शरारत

नरेन्द्र का बचपन आम लड़कों की तरह ही था। नरेन्द्र की एक खासियत थी कि वो जिस काम की जिम्मेदारी लेते थे, उसे हर हाल में पूरा करते थे। एन०डी० के बचपन के दो मित्र डॉ० सुधीर जोशी, ईश्वर भाई पी० पटेल ने बताया कि सीएम बनने के बाद मोदी ने बचपन के पन्द्रह मित्रों को खाने पर बुलाया था। सारे मित्र अपने पूरे परिवार के साथ सीएम निवास पर गए थे। सभी लोगों को बहुत बढ़िया खाना खिलाया गया। इसमें पंजाबी, चाईनीज और गुजराती खाना शामिल था। ख़ास बात तो यह कि मित्रों की पसन्द का विशेष ध्यान रखा गया। यह कार्यक्रम रात बारह बजे तक चला, सभी खुश हुए। इन दोनों मित्रों ने बताया की नरेन्द्र मोदी हमेशा जब भी किसी काम को किया करते थे तो उनका काम करने का तरीका बाकी लोगों से अलग होता था। किसी भी काम को अंजाम देने से पहले वह इस पर कई बार सोच विचार करते थे, तब उस काम को करते थे।

डॉ० सुधीर जोशी, एन०डी० के बचपन के दोस्त।

जासूद खान पठान – बचपन के मित्र।

ईश्वर भाई पी० पटेल – बालसखा।

सीएम बनने के बाद नरेन्द्र मोदी की बचपन के दोस्तों के साथ दावत।

नरेन्द्र कुमार करवटियां बचपन की टोली के सदस्य।

4. संगठन में शक्ति है

नरेन्द्र मोदी वडनगर के बी०एन० हाईस्कूल में पढ़ते थे तो उनके दोस्तों की गैंग (टोली) हुआ करती थी। इस गैंग के जरिए मोदी किसी भी बड़े काम को अंजाम देते थे। यानी टोली और संगठन की पहचान नरेद्र को बचपन से थी। कोई भी बड़ा काम टोली के साथ ही करते थे। वडनगर में नरेन्द्र मोदी के चार दोस्तों ने हमें इस टोली, अन्य लोगों के बारे में विस्तार से बताया। ये सारे लोग मिलकर बचपन में जो शरारतें किया करते थे, उसके बारे में भी जानकारी दी। ईश्वर भाई पी० पटेल अब बैंक से रिटायरमेंन्ट के बाद परिवार के साथ अहमदाबाद में रहते हैं। वडनगर में रहने वाले उनके डॉक्टर मित्र सुधीर जोशी, वडनगर में ही अपनी क्लीनिक चलाते हैं। डॉ० नाग जी भाई देसाई, उनके साथ पढ़ाई करने वाले जासूद खान पठान उनके ऐसे ही मित्र हैं। डॉ० नाग जी भाई भी अपनी डिस्पेन्सरी चलाते हैं, जबकि जासूद खान पठान की एक इलेक्ट्रिकल स्टोर की दुकान हैं। इन लोगों ने विस्तार से अपनी टोली के बारे में बताया। खेल, शरारतों के साथ ही यह टोली संगठित होकर, हर किसी की मदद करने के लिए हमेशा तैयार रहती थी। इन लोगों के मुताबिक टोली में ग्यारह–बारह लोग हुआ करते थे। इन लोगों ने उन बाकी बचे लोगों

के नाम भी बताए जो उस समय मोदी के साथ हर काम में बढ़चढ़ कर हिस्सा लिया करते थे। पहले आप लोगों को इनका नाम बताता हूँ, फिर इनकी शरारत और काम भी आप को बताऊँगा–

इन दोस्तों के नाम नीचे दिए गए हैः

1. ईश्वर भाई पी० पटेल
2. नागजी भाई देसाई
3. सरदार खान पठान
4. सुधीर जोशी
5. जासूद खान पठान
6. गोविन्द भाई मोदी
7. मुरली मनोहर पटेल
8. आर०एन० पटेल
9. मोदी श्यामल दास माधव दास
10. नरेन्द्र मोदी
11. बाबू लाल
12. चन्दू भाई पटेल
13. नरेन्द्र कुमार करवटिया

मित्रों ने बताया कि वडनगर में तीन चार ऐसी जगहें थीं जहाँ दिन में एकबार हम जरूर मिला करते थे। अगर किसी की मदद करनी होती या खेल में किसी से मुकाबला करना होता या फिर कोई शरारत भी करनी होती तो उसकी रणनीति समूह में ही तय होती थी। इन सब में नरेन्द्र मोदी बहुत प्रभावी भूमिका निभाते थे। दोस्तों ने बताया कि बचपन से ही उनमें निर्णय लेने की गजब की क्षमता थी, जिसका कोई मुकाबला नहीं था।

जब नरेन्द्र कोई काम ठान लेते थे तो फिर यह नहीं सोचते थे कि क्या होगा? उस काम को हर हाल में पूरा कर के ही दम लेते थे। इन्होंने बताया कि हम लोगों का सबसे ज्यादा समय स्कूल में व्यतीत होता था। हम लोग भोजन के अवकाश के समय स्कूल में मिलते थे। क्लास में हम साथ तो होते थे पर वहाँ बहुत ज्यादा बात नहीं कर सकते थे। अगर हम लोगों को किसी बड़े मिशन में लगना होता तो फिर शाम को मिलने का समय स्कूल में ही तय कर लेते थे। बी०एन०

हाईस्कूल के पीछे ही एक बगीचा था। ये हम दोस्तों के मिलने की फेवरेट जगह थी।

5. बचपन की शरारत

नरेन्द्र मोदी ने जब प्रधानमंत्री पद की शपथ ले ली तो उसके कुछ समय बाद शिक्षक दिवस के मौके पर बच्चों के साथ बातचीत कर रहे थे। उन्होंने वडनगर का इमली से जुड़ा प्रसंग सुनाया था। मेरे मन में था कि अगर वडनगर गया तो उस इमली के पेड़ को जरूर देखने के लिए जाऊंगा, जहाँ प्रधानमंत्री बन चुके नरेन्द्र मोदी, उनकी मण्डली ने कई शरारतों को योजना बनाकर अंजाम दिया होगा।

जब मैं बी०एन० हाईस्कूल के प्रधानाध्यापक अशोकपुरी आरगोस्वामी से मिला तो सबसे पहले ऐतिहासिक इमली के पेड़ के बारे में जानकारी जुटानी शुरू की। प्रधानाध्यापक महोदय ने बताया कि हमारे स्कूल के पीछे पहले एक बगीचा हुआ करता था जिसमें इमली, जामुन के पेड़ थे। बाद में वहाँ स्कूल की इमारत बना दिए जाने से वो पेड़ काट दिए गए। मुझे लगा कि क्या, मैं उस स्थान को नहीं देख पाऊँगा, जहाँ देश के प्रधानमंत्री नरेन्द्र मोदी ने अपने दोस्तों के साथ अनमोल पल बिताए थे। प्रधानाध्यापक ने बताया कि जहाँ बालक नरेन्द्र अपने मित्रों की टोली के साथ इकट्ठा होकर मिला करते थे, उस इमली के पेड़ का बड़ा दरख्त बी०एन० हाईस्कूल से निकलने के बाद बायीं तरफ जाने पर पड़ेगा। जहाँ स्कूल की दीवार खत्म होती है वहाँ से लगभग 10 कदम आगे एक बड़ा इमली का पेड़ दिखाई दिया। लोग बताते हैं कि पहले वडनगर में इमली के कई पेड़ हुआ करते थे जो काट दिये गए या फिर गिर गए। बी०एन० हाईस्कूल के पास जो इमली का पेड़ है, वह वहाँ पर लोगों को छाया प्रदान कर रहा है। यह पेड़ बहुत बूढ़ा हो चुका है। नरेन्द्र मोदी, उनके दोस्तों के कई किस्से–कहानियाँ इसी बूढ़े इमली के पेड़ के नीचे फले–फूले। पेड़ के चारों तरफ अब लोगों ने छोटे–छोटे कमरे बना लिये हैं। किसी में बाल काटने की कोई अपनी दुकान चला रहा है, तो कोई आस–पास बने कमरों में रह रहा है। हमने वहाँ पर रहने वाले लोगों से इसके इतिहास और प्रसंगों के बारे में पूछना शुरू किया। यहीं पर इमाम सरदार खान से मुलाकात हुई जिनकी उम्र तिरानवे साल थी और उनकी मानें तो जब

ये छोटे थे तब से ही इस दरख्त को ऐसे ही देख रहे हैं। अब इसी इमली के पेड़ के नीचे एक छोटे से कमरे में रहते हैं। आप को याद के लिए बता दूँ, ये वही इमाम सरदार खान है, जो नरेन्द्र मोदी के

नरेन्द्र मोदी दोस्तों के परिवार से मिलते हुए।

इमली का पेड़ जिसके नीचे बालक नरेन्द्र ने कई योजनाएँ बनाईं।

बी०एन० हाईस्कूल के संस्थापक।

स्कूल जहाँ मोदी ने कक्षा सात से पढ़ाई की।

पिता दामोदर दास मोदी से चाय की पत्ती खरीदकर ले आते थे और वडनगर में दूसरी जगह चाय बेचने का काम करते थे। ईश्वर भाई पी० पटेल ने बताया की इस पेड़ की देखभाल बोहरा समाज के लोग किया करते थे। नरेन्द्र मोदी के बचपन के कई मित्रों से जब मुलाकात हुई तो उन्होंने बताया की जब वो 8 वीं या 9 वीं कक्षा में पढ़ते थे

तब इमली के पेड़ के नीचे इकट्ठा होते थे। जब सभी लोग आ जाते थे तब हम इमली तोड़कर वहाँ से पास के बगीचे में भाग जाते थे ताकि लोग पकड़ न पाएँ। नरेन्द्र मोदी के बचपन के मित्र ईश्वर पी० पटेल ने बताया कि हम इमली के पेड़ का ध्यान रखने वाले को दाँव देकर चले जाते थे।

6. शहनाई बजानी है

प्रधानमंत्री नरेन्द्र मोदी शिक्षक दिवस के अवसर पर बच्चों के बीच गए और उनके साथ संवाद किया तो अपने बचपन का किस्सा बताना नहीं भूले।

लेकिन किस्सा सुनाने के पहले उन्होंने बच्चों से ये प्रण लिया कि इस तरह की हरकत कोई भी किसी के साथ नहीं करेगा। बच्चों के एक स्वर में हामी भरने के बाद इमली से जुड़ा अपने बचपन का किस्सा बड़े चाव से सुनाया। *उन्होंने बताया कि जब हमारे गाँव वडनगर या आस–पास के गाँव में कहीं शादी होती थी, तो वहाँ परिवार, दोस्तों के साथ शामिल होने के लिये जाते थे। शादी के अवसर पर अक्सर घर पर शहनाई बजाई जाती है, इसे शुभ माना जाता है। शहनाई बजाने वाला आमतौर पर घर के बाहर बैठ कर शहनाई बजाने का काम करते हैं। नरेन्द्र मोदी ने बच्चों को बताया कि हम लोगों का मन भी शहनाई बजाने का करता था, पर शहनाई बजाने वाला हम लोगों को शहनाई*

बजाने को आखिर क्यों दे? तब हम और मेरे दोस्तों ने मिलकर प्लान बनाया कि अगर यह शहनाई नहीं बजाने दे रहा है, तो हम भी इसको आसानी से नहीं छोड़ेंगे। ऐसे में हम लोग पहले से इमली की फली तोड़कर रखे रहते थे। जब शादी में पहुँचते तो कार्यक्रम शुरू होने के बाद शहनाई बजाने वालों के दूसरी तरफ मित्र मण्डली के साथ खड़े हो जाते थे। सभी मित्र इमली की फली निकाल कर शहनाई बजाने वाले को ललचाना शुरू कर देते थे। इसका परिणाम यह होता था कि शहनाई बजाने वाला अपना सुर–लय–ताल भूल जाता था।

नरेन्द्र मोदी ने बच्चों के बीच बताया कि ऐसा करके हम बच्चों को अपार आनन्द मिलता था। हम बच्चों को लगता था कि अगर हमने शहनाई नहीं बजाई तो क्या हुआ? हमने उसे भी तो ठीक से नहीं बजाने दी। इसी में खुश होते थे। नरेन्द्र मोदी के मित्रों ने बताया कि मित्र मंडली लाइब्रेरी के नीचे, शर्मिष्ठा तालाब के पास भी मिलती थी। दोस्तों में कई लोग ऐसे थे जो घंटों अपना समय तालाब में तैरकर बिताते थे। नरेन्द्र भी उनमें से एक थे। ये तालाब पर सुबह 6:00 बजे ही पहुँच जाते थे। एक साथ तालाब में उतरते थे। घंटों तैरते रहते थे। तालाब के बीच में जो मन्दिर था वहाँ पहले पहुँचने की आपस में रेस भी लगाते थे।

नरेन्द्र मोदी उनकी टीम के खेल

नरेन्द्र मोदी की एक और खासियत थी कि स्कूल में कम अनुपस्थित होते थे। बालक नरेन्द्र की कोशिश यही होती थी कि हर दिन समय पर स्कूल पहुँचे। नरेन्द्र को खेलों से जबरदस्त लगाव था। प्रधानमंत्री बनने के बाद टीचर्स डे पर बच्चों से बात करते हुए *पीएम ने पूछा कि हॉल में ऐसे कितने बच्चे हैं जिनको दिन में चार बार भरपूर पसीना होता हैं। पीएम ने कहा चार बार शरीर से भरपूर पसीना निकलना चाहिए। उन्होंने समझाया कि खूब खेलना चाहिए, जमकर खेलना चाहिए, मस्ती होनी चाहिए, शरारत होनी चाहिए।* नरेन्द्र मोदी को खेलों में महारत हासिल थी। तैराकी, कबड्डी, पतंगबाजी, कुश्ती और क्रिकेट आदि में तो नरेन्द्र का कोई मुकाबला ही नहीं था। नरेन्द्र मोदी को क्रिकेट से बहुत लगाव था। साथ पढ़ने वाले श्यामलदास माधव

सीएम के रूप में पंतगबाजी।

खेल के लिए जर्सी जारी करते हुए।

लाल मोदी ने बताया कि क्रिकेट के खेल के लिए नरेन्द्र मोदी ने टीम भी बनाई थी। इस टीम का नाम आजाद टीम था। श्यामलदास ने बताया कि इस टीम के कप्तान सुरेश भाई हुआ करते थे, जो अब इस दुनिया में नहीं हैं।

श्यामल दास माधव लाल मोदी – एन०डी० के बाल सखा।

7. पढ़ाई के साथ शरारत

नरेन्द्र मोदी के दोस्तों की मण्डली के लोग रात को एक–दूसरे के घर पढ़ने जाया करते थे। उस समय वडनगर में बिजली नहीं हुआ करती थी। यह एक बड़ा कारण था। एक–दूसरे के घर आने–जाने से वहाँ उपलब्ध संसाधनों का बेहतर इस्तेमाल शायद इसकी मंशा रही होगी। डिस्कसन पढ़ाई का एक अहम हिस्सा हुआ करता था। नरेन्द्र मोदी, उनके दोस्त यह बात अच्छी तरह समझते थे। नरेन्द्र मोदी के मित्र ईश्वर पी० पटेल ने 1965–1967 के बीच के वक्त को याद करते हुए बताया कि रात को नरेन्द्र मोदी उनके घर पढ़ने के लिये आते थे। मैं भी उनके घर पर पढ़ने के लिये जाता था। ईश्वर भाई ने यह भी बताया कि बच्चू भाई के यहाँ भी पढ़ने के लिए जाते थे। ईश्वर पी० पटेल का कहना था कि नरेन्द्र भाई बचपन में भी बहुत मजाकिया थे लेकिन ऐसा मजाक नहीं करते थे जिससे किसी का दिल दुखे।

नरेन्द्र मोदी 2014 में टीचर्स डे पर जब बच्चों से बात कर रहे थे, तो मानों बचपन की एक के बाद एक बात उन्हें याद आती जा रही थी। वडनगर में ईश्वर भाई पी० पटेल ने भी ऐसा ही प्रसंग सुनाया। *नरेन्द्र मोदी ने कहा कि जब हमारी मण्डली किसी शादी–ब्याह या बारात में जाती थी तो हम लोग उसमें खुराफात करने से बाज नहीं आते थे। शादी के समय जब जयमाला का कार्यक्रम होता था, तब*

टीचर्स डे पर बच्चों के साथ पीएम।

सभी लोग बैठकर इस कार्यक्रम को देखने लगते थे। उस वक्त मेरी मित्रमण्डली का काम होता था – पिन के जरिए कपड़ों को जोड़ देना। जयमाला या लड़के का तिलक और द्वाराचार का कार्यक्रम बहुत देर तक चलता था। ऐसे कार्यक्रमों में भीड़ भी बहुत होती थी। काम को अंजाम देने के बाद हमारी मित्रमण्डली थोड़ी देर खड़े होकर नजारा देखने का काम करती थी। जैसे ही जयमाला या तिलक और द्वाराचार का कार्यक्रम समाप्त हो जाता था, लोग अपनी कुर्सी से उठते, तब उनको इस शरारत का पता चलता था। जब तक लोग शरारत करने वालों के बारे में पता लगाने की कोशिश करते थे, तब तक मण्डली वहाँ की घटना का आनन्द लेकर दूर हो जाती थी ताकि किसी को डाँट न पड़े। प्रधानमंत्री नरेन्द्र मोदी का ये किस्सा बच्चों को बहुत पसन्द आया। उन्होंने इस पर जमकर ठहाके लगाये।

8. बचपन में धर्म निरपेक्षता का पाठ

नरेन्द्र मोदी के बचपन के जिस मुसलमान दोस्त से मेरी मुलाकात हुई उनका नाम जासूद खान था। वडनगर में जासूद खान से उनके इलेक्ट्रॉनिक सामान बेचने की दुकान पर भेंट हुई।

उन्होंने जोरदार स्वागत किया और मुझे बताया कि किस तरह से कई पत्रकार आकर उनसे नरेन्द्र मोदी के बारे में कई बार इंटरव्यू ले जा चुके हैं। मैंने उनसे कहा कि हमें वो बताएँ जो पहले किसी को नहीं बताया हो। जासूद खान ने बताया कि हमने कक्षा एक से कक्षा ग्यारह तक एक साथ पढ़ाई की है। नरेन्द्र मोदी के दोस्त का कहना था कि हमारा मोहल्ला जिसका नाम सिम्बरवाड़ा है, वह नरेन्द्र मोदी के मुहल्ले काला वासुदेव से लगा हुआ है। जासूद खान ने कहा कि नरेन्द्र मोदी के परिवार और हमारे परिवार के लोगों का एक दूसरे के यहाँ आना–जाना लगा रहता था।

गांधीनगर में जब मैंने पंकज मोदी से मुलाकात की तो उन्होंने बचपन का एक वाकया सुनाया कि किस तरह से उनके परिवार में समरसता की बात की जाती थी। इसकी नींव रखी थी। नरेन्द्र मोदी के पिता दामोदर दास मोदी ने। नरेन्द्र मोदी के भाई पंकज मोदी ने बताया कि हमारे पिता दामोदर दास हीरा बॉ को मिलाकर परिवार में कुल आठ सदस्य थे। पिता और माँ इन लोगों की जरूरतों को पूरा करने में लगे हुए थे। इतने बड़े परिवार की जरूरतों को पूरा करने के लिए उनको कई बार कठिनाईयों का सामना करना पड़ता था। ऐसे में कोई एक सदस्य भी बढ़ जाए, तो आप खुद समझ सकते हैं कि जिम्मेदारी कितनी बढ़ जाती होगी। पंकज ने बताया कि वडनगर

जासूद खान, वडनगर के अपनी दुकान में।

के पास का एक गाँव है–केसिनपा। वडनगर से इस गाँव की दूरी आठ कि०मी० है।

इस गाँव में मोमिन मुस्लिमों का परिवार रहता है। यहाँ पर मियाँ भाई का परिवार भी अपने बच्चों के साथ रहना था। अब्बास, मियाँ भाई के बेटे हैं। पंकज और अब्बास ने एक साथ पढ़ाई की है। केसिनपा में केवल कक्षा 7 तक की पढ़ाई का साधन था। इसके बाद अगर आगे की पढ़ाई करनी है तो वड़नगर आना पड़ेगा। इस कारण कई ऐसे लोग थे जिनकी पढ़ाई बीच में ही छूट जाती थी। एक दिन केसिनपा से आकर मियाँ भाई ने मेरे पिता दामोदर दास मोदी से वड़नगर में मुलाकात की। उनसे कहा कि मेरा छोटा बेटा अब्बास पढ़ने में तेज है। हमारे गाँव में माध्यमिक स्कूल नहीं है। मुझे इस बात की चिन्ता है कि कहीं मेरे बेटे की पढ़ाई आधे में ही न छूट जाये। इतना कहकर मियाँ भाई उदास हो गये। दामोदर दास मोदी ने कहा कि चिन्ता मत करो। अब्बास को मेरे घर पर ही भेज दो। अब्बास मेरे घर पर ही रहकर पढ़ाई करेगा। उन्होंने कहा कि पंकज और अब्बास साथ

वडनगर में स्थित मस्जिद।

पढ़ाई करेंगे। अब्बास हमारे घर पर कई साल रहा और हमारे परिवार ने बिना किसी भेदभाव के उसका साथ दिया। नरेन्द्र भाई उस समय प्रचारक हो गये थे। जब उन्होंने यह सुना तो बहुत प्रसन्न हुये। जब हम वडनगर पहुँचे तो एक लोकल युवक एज़ाज, जो वडनगर में ही काम करता है का हमने सहयोग लिया क्योंकि हमें वहाँ अन्दर तक जाने के रास्तों की जानकारी नहीं थी। नरेन्द्र मोदी के घर के पास चार पहिया वाहन से नहीं पहुँचा जा सकता है।

हमारी कोशिश थी कि नरेन्द्र मोदी के घर के पास मुसलमानों की जो बस्ती है वहाँ कोई मोदी के बचपन से जुड़े प्रसंग को बता सके।

नरेन्द्र मोदी का पैतृक घर।

वडनगर में मुसलमानों की बस्ती।

मैं वहाँ कई लोगों से मिला। जब मैंने वहाँ के मुसलमान भाईयों से बात की तो लोगों को इस बात का बड़ा फक्र था कि आज देश के पीएम उनके गाँव के हैं। कक्षा 6 में नरेन्द्र मोदी को पढ़ाने वाले कन्हैया लाल भूदर दास भाउसा ने बताया कि आज तक वडनगर में कभी भी हिन्दू और मुसलमान के बीच में झगड़ा नहीं हुआ। नरेन्द्र मोदी जहाँ रहते हैं उनके बगल में ही मुसलमानों की बस्ती है।

पंकज ने बताया कि हमारे घर से मुसलमान बस्ती की दूरी 700–800 मीटर है। कई ऐसे परिवार थे जिनके यहाँ हम लोगों का आना–जाना होता था। पंकज ने यह भी बताया कि उस समय जो गलियों का रास्ता था, वह कच्ची मिट्टी का हुआ करता था। हमारे घर के पास से ही मुहर्रम का ताजिया निकलता था। ताजिए का जुलूस निकलने से पहले नरेन्द्र भाई अपने दोस्तों के साथ मिलकर उस पूरे रास्ते के कंकड–पत्थर को साफ करते थे जिससे कि उधर से गुजरने वाले ताजिए में शामिल लोगों को इनसे कोई दिक्कत न हो। हम वहाँ पर साफ पानी भी रखते थे। नरेन्द्र मोदी और उनके दोस्त उन लोगों का पूरे मन से ख्याल रखते थे। यह उस समय की बात है जब नरेन्द्र की उम्र बहुत कम थी।

अध्याय–3

एन०डी० की नई प्रयोगशाला

नरेन्द्र मोदी ने मंच से अपने कई सम्बोधन में कहा है कि मैं कभी अच्छा विद्यार्थी नहीं था, ना कभी मुझे पुरस्कार मिला, पर मुझे बारीकियों का ज्ञान है। जब मोदी थोड़े बड़े हुए और कक्षा सात तक की पढ़ाई कर ली तब उनका दाखिला बी०एन० हाईस्कूल में दिलवाया गया। इस विद्यालय की स्थापना नरेन्द्र मोदी के पैदा होने से एक साल पहले 1949 में की गई थी। इस स्कूल की स्थापना के लिए भगवताचार्य नारायणाचार्य ने 1949 में अपने पास से 25,000 रुपये का अनुदान दिया था। इसी कारण इस स्कूल का नाम बी०एन० हाईस्कूल रखा गया था। अब यह स्कूल वडनगर नागरिक मंडल द्वारा संचालित किया जाता है। नरेन्द्र मोदी ने बी०एन० हाईस्कूल में 10–6–1963 को प्रवेश लिया था। उनका दाखिला कक्षा 8 में हुआ। यही से 8, 9, 10, और 11 वीं की पढ़ाई किया। यहीं वह जगह थी जहाँ पर

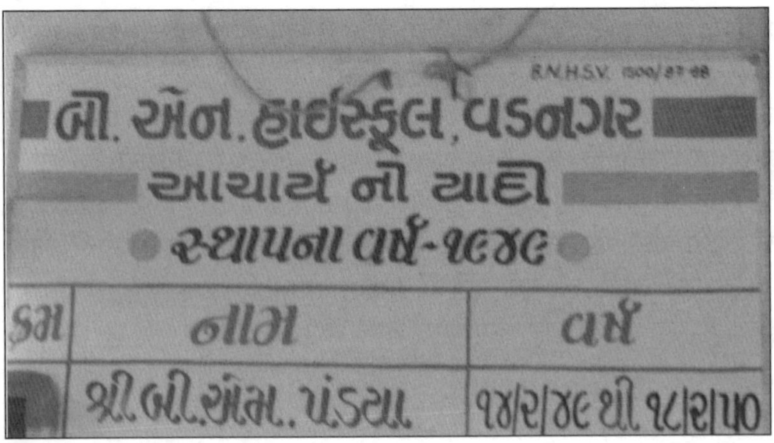

बी०एन० हाईस्कूल में प्रिंसिपल का क्रम।

एन०डी० का क्लॉस रूम।

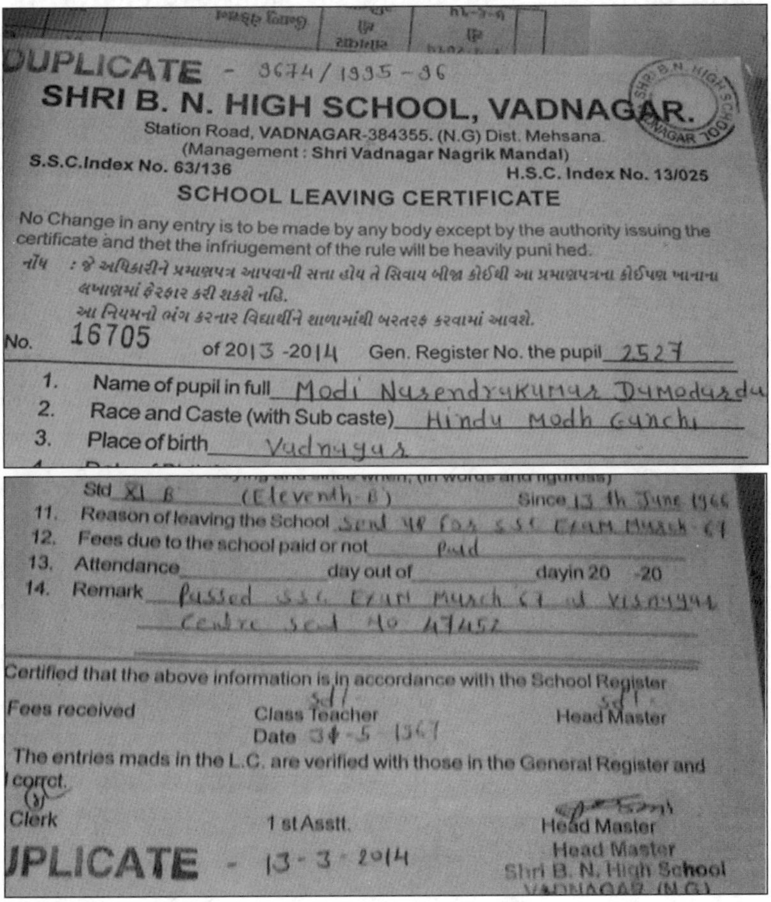

DUPLICATE - 3674/1995-96

SHRI B. N. HIGH SCHOOL, VADNAGAR.

Station Road, VADNAGAR-384355. (N.G) Dist. Mehsana.

(Management : Shri Vadnagar Nagrik Mandal)

S.S.C.Index No. 63/136 H.S.C. Index No. 13/025

SCHOOL LEAVING CERTIFICATE

No Change in any entry is to be made by any body except by the authority issuing the certificate and thet the infriugement of the rule will be heavily puni hed.

નોંધ : જે અધિકારીને પ્રમાણપત્ર આપવાની સત્તા હોય તે સિવાય બીજા કોઈથી આ પ્રમાણપત્રના કોઈપણ ખાનાના લખાણમાં ફેરફાર કરી શકશે નહિ.

આ નિયમનો ભંગ કરનાર વિદ્યાર્થીને શાળામાંથી બરતરફ કરવામાં આવશે.

No. 16705 of 2013-2014 Gen. Register No. the pupil 2527

1. Name of pupil in full Modi Narendrakumar Damodardas
2. Race and Caste (with Sub caste) Hindu Modh Ganchi
3. Place of birth Vadnagar

Std XI B (Eleventh-B) Since 13 th June 1966

11. Reason of leaving the School Sent up for S.S.C. Exam March 67
12. Fees due to the school paid or not Paid
13. Attendance day out of day in 20 -20
14. Remark Passed S.S.C. Exam March 67 at Visnagar Centre Seat No 47452

Certified that the above information is in accordance with the School Register

Fees received Class Teacher sd/- Head Master sd/-

Date 31-5-1967

The entries mads in the L.C. are verified with those in the General Register and correct.

Clerk 1 st Asstt. Head Master

DUPLICATE - 13-3-2014

Head Master

Shri B. N. High School

VADNAGAR (N.G.)

नरेन्द्र मोदी का सर्टिफिकेट।

एन०डी० ने जीवन के प्रयोगों की शुरुआत की। चाहे वह नाटकों के जरिए छुआछूत के खिलाफ संदेश देना रहा हो या फिर मॉनिटर का चुनाव लड़वाना।

यह सब एन०डी० ने यहीं आ कर सीखा और उसे पूरा किया। इसी स्कूल की प्रयोगशाला में दोस्तों के संगठन की मदद से बहुत कम उम्र में उन्होंने ऐसे काम किए जो बिरले करते हैं। यह वही स्कूल है जिसने बालक नरेन्द्र में आत्मविश्वास पैदा किया। नरेन्द्र ने इस विद्यालय में लीडरशीप का गुण तो सीखा ही, साथ ही अपने आप को किस तरह से लोगों के सामने प्रस्तुत किया जाता है उसमें भी महारत हासिल की। समय के साथ यह प्रतिभा और निखरती गई। इस विद्यालय में नरेन्द्र ने कई ऐसे काम किए जिसने उन्हें आगे बढ़ाने में अहम भूमिका निभाई। नरेन्द्र ने जब बी०एन० हाईस्कूल में प्रवेश लिया तो धीरे–धीरे उनकी बुद्धि का विकास होना प्रारम्भ हो गया। नरेन्द्र ने धीरे–धीरे महापुरूषों की गाथा, उनकी कहानियाँ पढ़नी शुरू कर दी। नरेन्द्र के प्रिय पात्र स्वामी विवेकानन्द, वीर शिवाजी, झांसी की रानी, चन्द्रशेखर आजाद और वीर सावरकर आदि थे।

1. ज्ञान की लाइब्रेरी

पढ़ाई समाप्त कर लेने के बाद नरेन्द्र की बैठने की पसंदीदा जगह लाइब्रेरी हुआ करती थी। पंकज ने बताया कि जब नरेन्द्र भाई कहीं नहीं मिलते थे तो पिताजी उन्हें खोजने के लिये लाइब्रेरी पहुँच जाते थे। वह वहीं पर पढ़ रहे होते थे। हम वडनगर की वह लाइब्रेरी देखने के लिये गये जहाँ नरेन्द्र मोदी ने कई महापुरुषों की गाथाएँ पढ़ी थी। वहाँ जाने पर हमें पता चला कि वह लाइब्रेरी पूरी तरह से गिर गई है। पुरानी लाइब्रेरी वडनगर में शर्मिष्ठा तालाब के किनारे हुआ करती थी। अब वहीं दूसरी लाइब्रेरी बनवा दी गई है, जो वहाँ लोगों को शिक्षित करने का काम करती है। इस लाइब्रेरी के पदाधिकारी डॉ० योगेश भाई से भी मैंने मुलाकात की। यह वही योगेश शाह हैं, जो वडनगर प्राइमरी स्कूल में नरेन्द्र मोदी से एक साल सीनियर थे। अब वडनगर में अपनी क्लीनिक चलाते हैं। लाइब्रेरी के ट्रस्टी हैं। इसे आगे बढ़ाने का काम भी कर रहे हैं। शिक्षक दिवस पर पीएम नरेन्द्र मोदी जब बच्चों के साथ बात कर रहे थे तब उन्होंने बच्चों से एक दिलचस्प

वडनगर की पुरानी लाइब्रेरी।

सवाल पूछा था। उन्होंने पूछा कि कौन–कौन से ऐसे लड़के–लड़कियाँ हैं जिनको किताब पढ़ने की आदत हैं? उस हाल में बैठे कुछ बच्चों ने अपने हाथ उठाए। फिर पीएम ने पूछा कि कौन–कौन से छात्र–छात्राएँ ऐसे है जो महापुरुषों की जीवनगाथा पढ़ते हैं? कुछ ने हाथ उठाया और कुछ ने नहीं।

2. सब बराबर हैं

नरेन्द्र मोदी उस समय कक्षा 8 में पढ़ते रहे होंगे लेकिन कहते हैं कि लीडरशिप का गुण जन्मजात होता है। इसका पहला नमूना देखने को तब मिला जब बालक नरेन्द्र को अपने अध्यापक को चेतावनी देनी पड़ी उनके संस्कृत के टीचर प्रहलाद पटेल ने बताया कि नरेन्द्र कभी भी हिम्मत नहीं हारते थे। स्पष्ट वक्ता थे। उनके साथ कक्षा 7 से कक्षा 11वीं तक साथ पढ़ने वाले ईश्वर भाई पी० पटेल ने भी यह बात दोहराई कि नरेन्द्र मोदी गलत बात करने वाले का विरोध उसके सामने करते थे। प्रहलाद पटेल ने विद्यार्थियों से होमवर्क के तौर पर एक निबन्ध लिखकर लाने को कहा था। अगले दिन जब क्लास लगी तो संस्कृत के शिक्षक को किसी काम के लिये प्रधानाध्यापक ने अपने

ईश्वर भाई पटेल, नरेन्द्र मोदी के बाल सखा।

ऑफिस में बुला लिया। संस्कृत के टीचर ने सभी लड़कों से कहा कि कल आप लागों से जो निबन्ध लिखकर ले आने को कहा गया था उसे क्लास के मॉनीटर से चेक करवा लें, मैं थोड़ी देर में आता हूँ। यह सुनना था कि नरेन्द्र अपने स्थान पर खड़े हो गये। उन्होंने कहा कि यह नहीं हो सकता क्योंकि हमारी लिखी हुई कॉपी को चेक करने के लिये उपयुक्त तो आप हैं, न कि मॉनीटर, जिस तरह से हम अपना निबन्ध लिखकर ले आये हैं, शायद ये भी वैसे ही अपना निबन्ध लिखकर ले आया होगा।

नरेन्द्र मोदी के बचपन के कई मित्रों ने बताया कि हम अपने सब्जेक्ट की पढ़ाई तो साथ करते ही थे, इसके साथ ही सोशल एक्टिविटी पर भी समूह में ही विचार–विमर्श किया जाता था।

3. एनसीसी से अनुशासन की सीखः सैनिक स्कूल में पढ़ने की लालसा

नरेन्द्र ऐसे छात्र थे जो अपने अध्यापकों का बहुत सम्मान करते थे। उन्हें एनसीसी से बहुत लगाव था। खास बात तो यह कि एनसीसी में अपने साथ के लड़कों को ट्रेनिंग देने का काम भी करते थे। यह अलग बात है कि उनका सेलेक्शन दिल्ली जाने वाली एनसीसी के कैडेटों की टीम में नहीं हुआ। बी०एन० हाईस्कूल के उस समय के प्रधानाचार्य रासबिहारी मनियार की माने तो नरेन्द्र एनसीसी में बहुत

नरेन्द्र मोदी की एनसीसी टीम।

सक्रिय रहते थे। 27 जनवरी 2015 के गणतन्त्र दिवस परेड में भाग लेने पहुँचे एनसीसी कैडेटों को सम्बोधित करते हुए *पीएम नरेन्द्र मोदी ने कहा कि यह सौभाग्य है कि देशभक्ति के समूह और संस्कार में आप ने दोबारा आने का मौका दिया। प्रधान सेवक नरेन्द्र मोदी पुराने दिनों को याद कर भाव विभोर हो गए। उन्होंने ने कहा–मै एनसीसी कैडेट रहा पर दिल्ली आने के लिए मेरा सेलेक्शन कभी नहीं हुआ। मैं समझ सकता हूँ की आप का सलेक्शन हुआ होगा तो आपने अपने आप को वहाँ पर किस तरह से प्रतिस्थापित किया होगा। जब मैं स्कूल में पढता था तो सुमन चौधरी नाम के लड़के को एनसीसी में सेलेक्शन के जरिए दिल्ली आने का मौका मिला था।वो हमारे स्कूल का हीरो था। जब वह एनसीसी कैम्प से वापस आया तो लोग उससे मिलने आते थे। लोग उससे बात करके उसका अनुभव जानना चाहते थे। पीएम ने कहा कि आप लोग भी जिन लोगों के बीच से आए हैं, जब आप उनके बीच वापस जाएँगे तो एक गर्व का अनुभव करेंगे, आप लोगों से बहुत सी बातें लोग जानना चाहेंगे। कितनी कठिन तपस्या है ये। राजपथ पर आने के लिए सुबह तीन बजे उठना पड़ता है। मन में आता है कि किसी तरह से राजपथ पर ना जाएँ। इसके लिए बहाने भी तलाश करते हैं। पेट में दर्द हो जाए, मुझे उठाने वाला मेरा कमरा भूल जाए। जब हम समूह में काम करते हैं तो बहुत सारा*

नरेन्द्र मोदी एन०सी०सी० ड्रेस में।

अनुभव होता है। एन०सी०सी० एक ऐसा माध्यम होता है जो कच्छ से कोहिमा तक लोगों को जोड़ता है, हमें प्रेरणा देता हैं। पीएम मोदी ने कहा कि स्वामी विवेकानन्द ने पूरे देश का भ्रमण किया। यह जीवन को जानने का उनका प्रयास था। वहीं राष्ट्रपिता महात्मा गाँधी ने ट्रेन से पूरे देश का भ्रमण किया। मिसाइल मैन अब्दुल कलाम भी जब घर से निकले तो देश का अलग–अलग रंग देखा। इससे देश और दुनिया का पता चलता है। इससे जीवन में अनुशासन आता है। पीएम मोदी ने कहा कि जब हम परेड में उतरते हैं तो सिर्फ कदम नहीं

मिलते हैं, मन भी मिलता है। जब कदम मिल जाए मन भी मिल जाए तो मकसद भी मिल जाता है। यही मकसद हमें आगे जाने की प्रेरणा देता है, ताकत देता है।

बालक नरेन्द्र सभी टीचरों के प्रिय थे। मुम्बई में जब मैं नरेन्द्र के प्रिंसिपल रहे रासबिहारी मनियार से मिला तो उन्होंने एक खास बात बताई। नरेन्द्र जब एक बार किसी चीज को समझ लेते तो उसे कभी नहीं भूलते थे। स्मरणशक्ति के मामले में नरेन्द्र का कोई जवाब नहीं था।

नरेन्द्र को बचपन से ही संगठन, अनुशासन, कर्तव्यबोध, समर्पण जैसी बातें केवल एन०सी०सी० सेना और सैनिकों में नजर आती थी उसी को लेकर वह जीते थे। कुछ कर गुजरना चाहते थे। बालक नरेन्द्र को बचपन से ही देश के सैनिकों ने बहुत प्रभावित किया। नरेन्द्र को लगता था कि ये लोग अपने प्राणों की परवाह किये बिना देश की रक्षा में लगे रहते हैं, इनके उठने, बैठने, सोने सभी का एक सलीका है। ऐसा नहीं कि कहीं भी बैठ गये, कुछ भी कर रहे हैं। 1962 में जब भारत और चीन के बीच में युद्ध हुआ तब सारे देश के लोगों ने सैनिकों का हौसला अपने–अपने तरीके से बढ़ाया। उस समय बालक नरेन्द्र वडनगर के निकट रेलवे स्टेशन से गुजरने वाली उन ट्रेनो में सेवाभाव से जाते थे, जिनमे भारतीय सैनिक सवार होते थे। नरेन्द्र इन सैनिकों को चाय और नाश्ता देने का काम करते थे। इस समय उनकी उम्र 11–12 साल रही होगी। इस दौरान नरेन्द्र को यह भी नहीं पता था कि युद्ध का क्या परिणाम होगा, इससे देश पर क्या प्रभाव पड़ेगा ? उन्हें तो बस इस बात की धुन सवार थी कि वह कैसे ज्यादा से ज्यादा सैनिकों को चाय नाश्ता करा सकें। नरेन्द्र सैनिक स्कूल में पढ़ना चाहते थे। अपनी इस इच्छा का जिक्र उन्होंने अपने पिता से भी किया था। नरेन्द्र जयनगर के बालाधड़ी सैनिक स्कूल में पढ़ना चाहते थे।

पिता ने नरेन्द्र को समझाया कि मेरी आर्थिक हालत ऐसी नहीं है कि मैं तुम्हें वहाँ प्रवेश दिला सकूँ।

नरेन्द्र मोदी का सैनिकों से कितना लगाव है, इसका एक और उदाहरण तब देखने को मिला जब नरेन्द्र मोदी पीएम बन गए। जिस

घोड़ासाल का सैनिक स्कूल।

समय पूरा देश 24 अक्टूबर 2014 को दिवाली मना रहा था, उस समय पीएम माइनस तीस से चालीस डिग्री तापमान में सियाचिन में सैनिकों के साथ थे। *पीएम ने सैनिकों के बीच कहा कि भारत के लोग सुरक्षित दिवाली इसलिए मना पा रहे हैं क्योंकि यहाँ दुनिया के सबसे दुर्गम क्षेत्र, शायद ही दुनिया में ऐसी कोई दूसरी जगह हो, जहाँ आप अपने परिवार को छोड़ देश के लिए मर, खप रहे हों। पीएम मोदी ने उन जवानों से कहा कि आपके बीच आकर मैं गौरव महसूस कर रहा हूँ। उन्होंने कहा कि न जाने कितने जवान इस बर्फ में शहीद हो गए। किसी का शरीर इक्कीस साल के बाद मिलता है, तो किसी की बॉडी का आज भी परिवार के लोगों को इंतजार है। प्रधानमंत्री का कहना था, सौभाग्य है कि मुझे यह देखने को मिला।* मोदी को यह सोच देश के पीएम बनने के बाद नहीं मिली है। इसकी नींव तो वडनगर में ही पड़ चुकी थी। नरेन्द्र मोदी के जितने भी मित्रों और जानने वालों से मैं मिला, हर किसी ने एक बात बताई कि जब भी नरेन्द्र भाई हम लोगों से मिलते हैं वो हमेशा पूछते हैं कि बेटा या बेटी की पढ़ाई कैसी चल रही है ? उनकी पढ़ाई में हर समय, हर तरह की मदद का आश्वासन भी देते हैं। गुजरात, महाराष्ट्र में ऐसे कई पारिवार मिले जिनके बच्चों की शिक्षा के लिए नरेन्द्र मोदी ने उनकी मदद की होगी।

4. अनुशासन से व्यूह रचना

बालक नरेन्द्र की स्मरणशक्ति गजब की थी। इसका उनके अध्यापक ने कुछ इस तरह से वर्णन किया कि वडनगर में एक बार कबड्डी

की प्रतियोगिता का आयोजन किया गया था। नरेन्द्र टीम में जूनियर खिलाड़ी थे। इस टीम के टीचर कनु भाई भावसार थे। बड़े खिलाड़ियों की टीम के कप्तान उमेद जी थे। उमेद जी कबड्डी के दाँव–पेंच में सिद्धहस्त थे। बड़े खिलाड़ियों की टीम के इस कप्तान की खासियत थी कि वह दूसरी टीम को हराने के लिये ऐसी रचना करते थे कि विपक्ष का कोई खिलाड़ी उस रचना से बच नही सकता था। नरेन्द्र को जब यह पता चला तो पहले उन्होंने उमेद जी के खेल के दाँव–पेंच को देखने का निर्णय लिया। नरेन्द्र ने मैच से एक दिन पहले प्रैक्टिस कर रही टीम और उसके कप्तान उमेद जी के खेल को ध्यान से देखा। प्रैक्टिस देखने के बाद नरेन्द्र को लगा कि इनके दाँव को तो फेल किया जा सकता है। अगले दिन नरेन्द्र ने वह कर दिखाया जो बड़ी टीम और उसके कप्तान सपने में भी नहीं सोच सकते थे। नरेन्द्र की पूरी नजर बड़ी टीम के कप्तान उमेद जी पर थी क्यों कि अपनी तेज स्मरण शक्ति के कारण बालक नरेन्द्र ने वो सारें दाँव–पेंच अपने मस्तिष्क में अंकित कर लिया था। अपने स्मरण–शक्ति और व्यूह रचना के बल पर नरेन्द्र की टीम ने बड़ी टीम को तीन बार हराया। नरेन्द्र सभी लोगों को साथ लेकर चलने में सिद्धहस्त थे। इसी कारण सफल भी होते थे।

5. संगठन की शक्ति का पहला प्रयोग

नरेन्द्र मोदी के संगठन पहला प्रयोग तब देखने को मिलता है जब बी०एन० हाईस्कूल की एक तरफ की दीवार गिर गई। मैनेजमेन्ट के पास बहुत पैंसे नहीं थे। उस समय पढ़ाई के समय स्कूल में कुछ ऐसे लोग घुस आते थे जो पढ़ाई को डिस्टर्ब कर देते थे। नरेन्द्र मोदी के बाल सखा ईश्वर भाई ने बताया कि जब दीवार गिर गई और मैनेजमेन्ट इसे नहीं बनवा रहा था तो नरेन्द्र भाई ने इसको बनवाने के लिए नाटक के जरिए पैंसा जुटाने का विचार रखा, जिसे सभी ने स्वीकार कर लिया। नाटक में नरेन्द्र ने तो महत्वपूर्ण रोल निभाया ही, ईश्वर भाई ने भी भूमिका अदा की। चैरिटी के नाटक से जो पैंसा इकट्ठा हुआ, उस पैंसे का इस्तेमाल बी०एन० हाईस्कूल के विकास के लिए किया गया। ईश्वर भाई पी० पटेल ने बताया कि 1966 में एन०डी० और हमने जोगी दास खुमान नाटक का मंचन किया। यह

बी०एन० हाईस्कूल की वो दीवार जिसे एन०डी० ने मिलकर बनवाया था।

नाटक एक ऐसे व्यक्ति के चरित्र को दर्शाता था जो गरीब, दुखियों, असहाय और पीड़ितों को न्याय दिलाने का काम करता था।

नाटक में एन०डी० ने भावनगर के राजकुमार जोगीदास खुमान का रोल किया था और ईश्वर भाई ने इस नाटक में जोगीदास खुमान के पिता अधो खुमान का किरदार निभाया था। ईश्वर भाई पी० पटेल आज भी उन दिनों को याद करके रोमांचित हो जाते हैं। वह बताते हैं कि किस तरह से इस नाटक के लिए हम घंटो अभ्यास किया करते थे। एक दूसरे को संवाद रटवाने में मदद किया करते थे। इस नाटक की खासियत यह थी कि इसके माध्यम से लोगों को अन्याय और अत्याचार के खिलाफ आवाज उठाने के लिये प्रेरित किया जाए।

6. अंधविश्वास के खिलाफ लड़ाई

हरियाली का हत्यारा – नरेन्द्र मोदी के साथ आठवीं से ग्यारहवीं कक्षा तक पढ़ने वाले शास्त्री नरेन्द्र कुमार केशव राज करवटिया ने बताया कि एन०डी० के अन्दर राष्ट्रीयता कूट–कूट कर भरी थी। 1966–67, एसएससी का साल था। इसमें नरेन्द्र मोदी ने दो नाटक किये थे। 'हरियाली का हत्यारा' नाम का जो नाटक खेला गया उसमें भारत और पाकिस्तान की लड़ाई का भी चित्रण किया गया था। दूसरा नाटक 'स्नेह सगाई' था, जिसे चैरिटी शो के तहत ही किया गया था। इस नाटक का कथानक था कि प्रेम सम्बन्ध में जात–पात का कोई महत्व नहीं होता है।

नरेन्द्र शास्त्री करवटिया, नरेन्द्र मोदी के साथ पढ़ने वाले।

एन०डी० जोगीदास खुमान के रोल में।

नरेन्द्र मोदी के बचपन के मित्र ईश्वर भाई पी० पटेल ने बताया कि इस नाटक में उन्होंने रहीम भाई का रोल किया था। हरियाली का हत्यारा और स्नेह सगाई इन दोनों नाटकों से चैरिटी के लिए पैंसा जुटाने का काम किया गया। यह कार्यक्रम दो दिनों तक चलता रहा। इन नाटकों के डायरेक्शन की जिम्मेदारी हमारे संस्कृत के टीचर पी० जी० पटेल की थी। नाटक को देखने के लिये वडनगर के बहुत सारे लोगों को आमन्त्रित किया गया था। चैरिटी के लिये हम लोगों ने एक

मैंग्जीन भी निकाली थी। साथ ही हम लोगों ने पैंसा जुटाने के लिये रसीद भी कटवाई थी। इन सब कामों में महत्वपूर्ण भूमिका नरेन्द्र मोदी के संगठन यानि स्कूल में लड़कों के समूह ने अदा की।

चैरिटी के माध्यम से अपने स्कूल के लिये पैंसा जुटाने को एक भगीरथ प्रयास कहा जा सकता है। इतने कम उम्र में इस तरह का प्रयास किसी भी व्यक्तिव के ऐसे पक्ष को उजागर करता है। इस प्रयोग को नरेन्द्र मोदी ने समाज कल्याण के लिए आगे भी जारी रखा। उनका मानना था की अगर आप समाज के लिए, गरीबों के लिए पैंसा चन्दे के रूप में लेते हैं तो उसमें कुछ गलत नहीं है।

कई नाटकों में अभिनय करने के बाद बालक नरेन्द्र का आत्म विश्वास सातवें आसमान पर जा पहुँचा। उन्होंने खुद नाटक को निर्देशित करने के साथ–साथ उसे लिखने, अभिनय करने की कठिन जिम्मेदारी सम्भाली।

7. छुआछूत के खिलाफ मोर्चा

इस नाटक का नाम 'पीलू फूल' था। इस नाटक के कथानक में मुख्य चरित्र एक हरिजन महिला का था। इस नाटक में बताया गया कि समाज में किस तरह छुआछूत ने विकराल रूप धारण कर रखा है। नाटक में हरिजन महिला का बच्चा बीमार हो जाता है। वह गरीब महिला अपने बीमार बच्चे को बचाने के लिये दरवाजे–दरवाजे जाकर पैंसे माँगती है। एक स्थान पर उसे एक ज्योतिषी मिलता है। वह महिला को बताता है कि अगर वह किसी मंदिर में जाकर भगवान को पीला फूल चढ़ा देगी तो उसका बच्चा अच्छा हो जायेगा। महिला तुरंत भाग कर बगीचे से पीला फूल तोड़कर ले आई और अपने बच्चे की जिन्दगी बचाने के लिये मंदिर की चौखट पर जा पहुँची। लेकिन समाज के कट्टर–पंथियों ने उस हरिजन महिला को मंदिर में प्रवेश देने से मना कर दिया। थकहार कर जब तक वह महिला वापस अपने बच्चे के पास आती है, तब तक बच्चा मर चुका होता है। महिला चीखती है, चिल्लाती है पर उसकी पुकार सुनने वाला कोई नहीं होता। नरेन्द्र मोदी द्वारा निर्देशित यह नाटक उस समय की सामाजिक दशा को बताता है। साथ ही उस व्यवस्था पर भी प्रश्नचिन्ह लगा देता है जो पुरातन समय से चली आ रही है। निश्चित रूप से नरेन्द्र मोदी के जीवन में

पीलू फूल के कथानक ने मील के पत्थर की तरह काम किया होगा क्योंकि उस समय समाज में जात–पात का बोलबाला था जिसे बालक नरेन्द्र ने संजीदगी से उठाया।

नरेन्द्र मोदी को एसएससी में संस्कृत और गुजराती पढ़ाने वाले टीचर डॉ० जी०सी० पटेल ने बताया कि हर गुरुवार को स्कूल में वाद–विवाद प्रतियोगिता का आयोजन किया जाता था। उन्होंने कहा कि अगर हम सारे स्कूल के सबसे अच्छे वक्ता की संज्ञा किसी को देंगे तो वो नरेन्द्र मोदी होंगे। उस समय नरेन्द्र उम्र में बहुत छोटे जरूर थे पर उनकी बात कहने, तर्क करने की क्षमता का कोई जवाब नहीं था।

8. स्कूल में लीडरशिप की शुरूआत

नरेन्द्र मोदी के कई दोस्तों, उनके सीनियर और वडनगर के लोगों से बात करने पर एक बहुत महत्वपूर्ण बात की जानकारी मिली कि जब नरेन्द्र छः साल के थे, तब से उन्होंने अपने पिता दामोदर दास मोदी की चाय की दुकान पर जाना शुरू कर दिया था। उस समय गुजरात आन्दोलन का जोर था। इस आन्दोलन के ज्वार ने बालक नरेन्द्र को भी प्रभावित किया, कहा जाता है कि नरेन्द्र ने इसमें जिन्दाबाद के नारे तो लगाये ही, साथ में इसके समर्थन में बड़े लोगों के साथ कंधे से कधां मिलाकर भी काम किया। यह काम निश्चित रूप से प्रचार करने का ही रहा होगा। साथ ही नरेन्द्र ने इसमें बिल्ले बाँटने का भी काम किया। यहीं से बालक नरेन्द्र में गुजरात को लेकर कुछ सोच दिखने लगी थी। उन्हें लगता था कि अगर गुजरात अलग राज्य बनता है तो वह बेहतर तरीके से तरक्की कर सकता है।

पीएम मोदी ने अपने कई भाषणों में कहा है कि मेरे परिवार में सात पीढ़ियों में कोई भी ऐसा नहीं है जो राजनीति करना जानता हो। कहते हैं राजनीति एक ऐसा गुण होता है जो जन्मजात होता है। नरेन्द्र में यह गुण बचपन से ही विद्यमान था। कठिन परिस्थितियों में अगर किसी काम को करना है तो उसकी कमान अपने हाथों में जरूर लेते थे। संगठन और समूह की मदद से आगे बढ़कर काम को अंजाम देने की ताकत से ही वो काम भी पूरा कर देते थे। नरेन्द्र में बचपन से ही किसी काम को जिम्मेदारी से सम्भालने का भाव था।

उनके मित्र सुधीर जोशी ने बताया कि जब हम 9 वीं कक्षा में पढ़ते थे तब क्लास रिप्रेजेंटेटिव कक्षा प्रतिनिधि का चुनाव हुआ था। हम और नरेन्द्र भाई एक ही क्लास में पढ़ते थे और आपस में घनिष्ठ मित्र थे।

एन०डी० के मित्र ईश्वर भाई पी० पटेल, डॉ० नागजी भाई देसाई ने बताया कि एसएससी में जो भी लड़का मॉनीटर बनता था, उसका एक खास महत्व हुआ करता था। स्कूल में जिस जगह भी बड़े कार्यक्रम और विदाई समारोह का आयोजन किया जाता था, उसमें मॉनीटर को अलग से बैठने के लिये कुर्सी दी जाती थी। वह मंच पर, जहाँ सभी लोग बैठते थे, वहाँ छात्रों के प्रतिनिधि के तौर भाग लेता था। नरेन्द्र मोदी के इन दोनों बचपन के दोस्तों ने बताया कि मैनेजमेन्ट की तरफ से या विद्यालय के प्रधानाचार्य की तरफ से स्कूल या बच्चों के लिये जब कोई अहम फैसला लिया जाता था तो इसमें मॉनीटर से सलाह अवश्य ली जाती थी। इसे, उस समय की स्कूली शिक्षा में लोकतान्त्रिक व्यवस्था का बड़ा उदाहरण कहा जा सकता है, जहाँ कोई छात्र बच्चों के हितों की बात अपने बड़ों से कह रहा हो।

मॉनीटर का चुनाव

जब नरेन्द्र मोदी 11 वीं क्लास में पढ़ते थे तो उन्होंने अपने मित्र को मॉनीटर का चुनाव लड़वाने का फैसला किया। यह 1967 की बात है। नरेन्द्र मोदी ने अपने साथी और पड़ोस में रहने वाले घनिष्ठ मित्र ईश्वर भाई पी० पटेल का सर्मथन किया। मॉनीटर के इस चुनाव में कुल चार लोग खड़े हुये थे। छात्रों को दो लोगों को मत देकर अपना प्रतिनिधि चुनना था। मॉनीटर के चुनाव में जो खड़े थे, वो चारों एन०डी० के दोस्त थे–

1. ईश्वर भाई पी० पटेल
2. नागजी भाई देसाई
3. सरदार पठान
4. दया भाई पटेल

क्लॉस रिप्रेजेंटेटिव का चुनाव मत डालकर किया जाता था। जो चार लोग चुनाव में खड़े थे, उनमें नाग जी भाई देसाई, नरेन्द्र के साथ बेंच शेयर करते थे। चुनाव में खड़े दूसरे कैंडिडेट ईश्वर भाई पी० पटेल, नरेन्द्र मोदी के घर के बगल में रहते थे। दोनों एक दूसरे

बी०एन० हाईस्कूल में नरेन्द्र मोदी।

के घर पढ़ने के लिये भी जाया करते थे। चुनाव में नाग जी देसाई ने एन०डी० से पूछा कि चुनाव में आप किसको वोट करोगे ? तो उन्होंने कहा ईश्वर भाई पी० पटेल। फिर नाग जी भाई देसाई ने एन०डी० से कहा कि आप बैठते हो मेरे साथ, हम लोग एक साथ मिलकर खाना खाते हैं, पर आप वोट ईश्वर भाई पी० पटेल को क्यों दोगे? इस बात को लेकर हम दोनों की काफी दिनों तक बोलचाल बन्द हो गई थी। नरेन्द्र मोदी ने ईश्वर भाई पी० पटेल को वोट देने का जो कारण बताया वो भी उल्लेखनीय है। उन्होंने नाग जी देसाई से कहा कि आप तो मेरे मित्र हैं लेकिन ईश्वर भाई पी० पटेल मेरा मित्र भी है और मेरा पड़ोसी भी है, इसलिये मैं उसे वोट दूँगा। चुनाव खत्म हुआ क्लास रिप्रेजेंटेटिव (कक्षा प्रतिनिधि) के तौर पर ईश्वर भाई पी० पटेल और नाग जी भाई देसाई दोनों चुन लिये गये। इस चुनाव को याद करते हुए ईश्वर भाई पी० पटेल ने बताया कि उन्हें 32 वोट मिले थे। उस समय क्लास में कुल 45 लड़के हुआ करते थे। मॉनीटर के चुनाव में अपने दोस्त और पड़ोसी ईश्वर भाई पी० पटेल का साथ देकर नरेन्द्र मोदी ने यह दिखाया कि दोस्त अगर पड़ोसी भी हो तो यह बेहद महत्वपूर्ण है। शायद यही कारण था कि प्रधानमंत्री पद की शपथ लेने के दौरान नरेन्द्र मोदी ने उन सभी दोस्तों और पड़ोसियों को इस समारोह में शिरकत करने के लिये आमन्त्रित किया। उनका जमकर स्वागत भी किया। पुराने सबक को नरेन्द्र मोदी ने आगे भी याद रखा

और विदेश नीति के मोर्चे पर भी इसे आगे बढ़ाया। पीएम बनने के बाद उन्होंने सबसे पहले नेपाल जाने का फैसला किया क्योंकि नेपाल भारत का पारम्परिक दोस्त होने के साथ–साथ पड़ोसी भी है।

अध्याय—4

गुरुदक्षिणा

1. गुरु के लिए गुरुदक्षिणा

नरेन्द्र मोदी अध्यापकों के प्रिय शिष्य थे। अध्यापक भी नरेन्द्र को उतना ही मानते थे। मेरी मुलाकात मुम्बई में रहने वाले कक्षा छ, सात में उनके प्रधानाचार्य रहे रासबिहारी मनियार से हुई। मनियार पुराने दिनों को याद करते हुए भावुक हो गए। उन्होनें बताया कि वह वडनगर में ग्यारह साल रहे। जब वह वहाँ से विदा हो रहे थे, तो उनका मैनेजमेन्ट के साथ विवाद हो गया था। मैनेजमेन्ट ने उनका विदाई समारोह नहीं करने का फैसला किया था। शास्त्री नरेन्द्र कुमार करवटिया ने अपने गुरु के लिये नरेन्द्र मोदी के समर्पण का प्रसंग सुनाया। यह प्रसंग 1966 का हैं जब बी०एन० हाईस्कूल के प्रधानाध्यापक का तबादला हो गया था। नरेन्द्र मोदी और छात्रों के समूह में तय हुआ कि विदाई समारोह आयोजित किया जाये। उस समय जो मैंनेजमेंट था, वह प्रधानाध्यापक रासबिहारी मनियार के खिलाफ था क्योंकि इन्होंने कई कार्यों को लेकर मैंनेजमेन्ट का विरोध किया था। लिहाजा मैंनेजमेंट ने रास बिहारी मनियार का विदाई समारोह करने से ही मना कर दिया। नरेन्द्र मोदी और उनके साथियों ने मिलकर अपने प्रधानाध्यापक को गुरुदक्षिणा देने का निश्चय किया। सभी दोस्तों, शुभचिंतकों को बी०एन० हाईस्कूल के मैदान में इकट्ठा किया गया। वहाँ उन्होंने एक सभा की, अपने प्रधानाध्यापक रहे रास बिहारी मनियार का विदाई समारोह को आयोजित करके अपनी तरफ से सच्चे अर्थों में गुरु दक्षिणा प्रदान की। यह बहुत साहस की बात है कि मैनेजमेंट के विरोध के बाद भी नरेन्द्र और उनके साथियों ने हिम्मत की। मैनेजमेंट की खिलाफत करने के परिणामस्वरूप नरेन्द्र मोदी को स्कूल से निकाला भी जा सकता था। निडर नरेन्द्र और उनके लोगों ने इसकी परवाह नहीं की। सही मायने में किसी भी गुरु

के लिये इससे बड़ी गुरुदक्षिणा क्या हो सकती है? रासबिहारी मनियार ने बताया कि से जब वह वडनगर रेलवे स्टेशन पर पहुँचे तो बहुत सारे लड़के उन्हें विदा करने के लिए स्टेशन पर इकट्ठा हुए थे। हर कोई इस बात से दुखी था कि, सर वहाँ से जा रहे हैं? उन्हीं छात्रों में नरेन्द्र भी एक थे। रासबिहारी मनियार ने आगे बताया कि इसके बाद नरेन्द्र मोदी से उनकी मुलाकात पैंतीस साल बाद मुम्बई में हुई जब वह यहाँ एक कार्यक्रम में शामिल होने के लिए आए थे। उस समय नरेन्द्र ने अपने गुरु को पहचान लिया, कि आप रास बिहारी देसाई सर है ना? तब मैंने कहा नहीं, देसाई नहीं मनियार। मनियार ने बताया कि मैं स्कूल में गणित और अंग्रेजी पढ़ाता था।

नरेन्द्र मोदी मुख्यमंत्री बने तो उन्होंने सभी अध्यापकों का सम्मान किया जिन्होंने उन्हें ज्ञान के जरिए इस लायक बनाया कि वह इस मुकाम तक पहुँचे। इन अध्यापकों में नरेन्द्र को प्राईमरी से लेकर इण्टरमीडिएट तक पढ़ाने वाले अध्यापक शामिल थे बालक नरेन्द्र को बचपन से इण्टरमीडिएट तक पढ़ाने वाले अध्यापकों के बारे में रासबिहारी मनियार ने विस्तार से बताया और मुझे पुस्तक उपलब्ध करवाई, जिसमें बालक एन०डी० को कक्षा बारह तक पढ़ाने वाले सभी अध्यापकों का विवरण दिया गया है। सभी के बारे में थोड़ी जानकारी भी दी। मनियार ने बताया कि ज्योत्सना बहन व्यास बालक नरेन्द्र

प्रिंसिपल रहे रासबिहारी मनियार का स्वागत करते हुए मोदी।

नरेन्द्र की टीचर।

को वडनगर की प्राईमरी पाठशाला में पढ़ाती थीं। रासबिहारी मनियार ने यह भी बताया की किस तरह से नरेन्द्र मोदी ने इनका सम्मान किया था।

मनियार ने नरेन्द्र को पढ़ाने वाले टीचरों के नाम के साथ ही उनके पढ़ाने के तरीके के बारे में बताया। उसमें प्राइमरी में नरेन्द्र को ड्राइंग पढ़ाने वाले अम्बालाल पटेल और कन्हैया लाल भूदर दास भाउसा शामिल थे।

बेलजी भाई चौधरी एन०डी० को अंग्रेजी, गणित पढ़ाते थे। जब कि मनहर लाल साइंस पढ़ाते थे। डॉ० प्रहलाद पटेल ने एन०डी० को संस्कृत पढ़ाया। कांति रानी एम०ए० भट्ट ने बालक नरेन्द्र को गुजराती की शिक्षा दी थी।

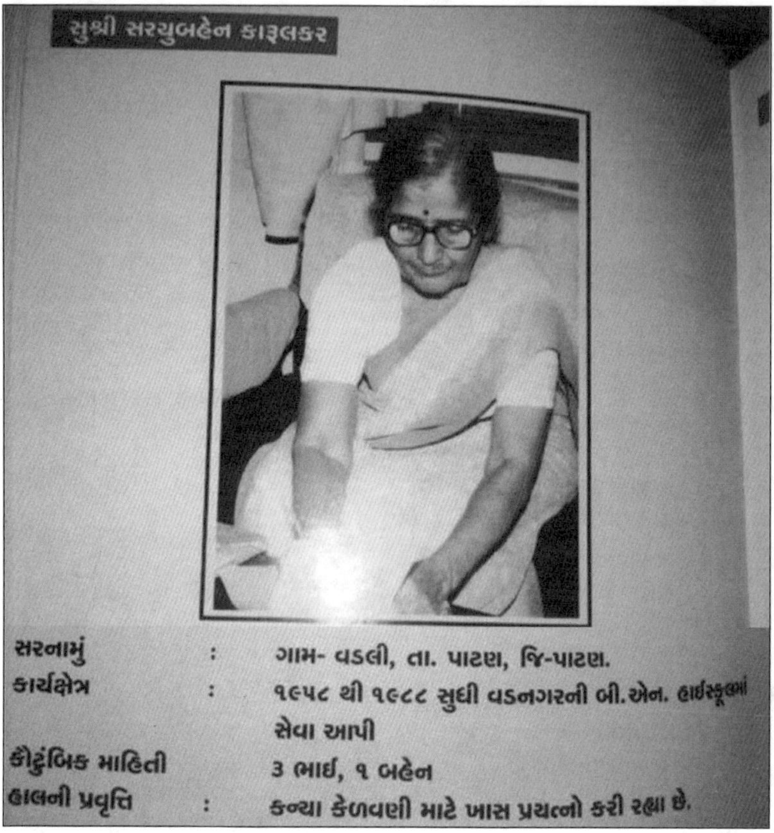

नरेन्द्र मोदी के गुरु।

ईश्वर लाल अम्बालाल पटेल बालक नरेन्द्र को सामाजिक विषय पढ़ाते थे। ऐसे ही रासबिहारी मनियार ने एन०डी० को पढ़ाने वाले दूसरे टीचरों के बारे में भी बताया जिनमें गोपाल भाई पटेल, हरगोविन्द भाई शमिल हैं जो साइंस और गणित पढ़ाते थे। विनोद राय, गंगा राम, कर्षणदास रावल, ईश्वर भाई, संजीव भाई पटेल, लवजीव भाई चेम्बर, टी०के० पटेल, रमेश चन्द्र लाल, मणिलाल शास्त्री, कांति भाई पटेल, और नरोत्तम भाई ने एक ऐसे छात्र को तैयार किया जो देश का भाग्य बदलने का काम कर रहा है। इन सभी अध्यापकों में ज्यादातर का यही मानना था कि नरेन्द्र में कुछ अलग था।

नरेन्द्र मोदी अपने अध्यापकों का कितना सम्मान करते थे इसके बारे में मोदी के तीन अध्यापको ने मुझे विस्तार से बताया। *पीएम*

સુશ્રી હીરાબહેન મુળચંદદાસ મોદી

જન્મ	:	વડનગર, તા. વડનગર, જિ. મહેસાણા
જન્મ તારીખ	:	૭-૬-૧૯૩૨
અભ્યાસ	:	પી. ટી. સી. ફાઈનલ
અભ્યાસનું સ્થળ	:	વડનગર, પાટણ
શિક્ષક તરીકેની નોકરીનો આરંભ	:	૮-૯-૧૯૫૯ થી વડનગર પ્રાથમિક કુમાર શાળા નંબર-૧માં
નિવૃત્ત થયા	:	૩૦-૬-૧૯૯૦

हीराबेनः मोदी को पढ़ाने वाली टीचर।

नरेन्द्र मोदी जब शिक्षक दिवस के मौके पर बच्चों को सम्बोधित कर रहे थे तब उन्होंने कहा कि किसी भी बच्चे के विकास में दो लोगों का सबसे महत्वपूर्ण योगदान होता है। एक है, माँ, दूसरा उनका शिक्षक। यह आप किसी से भी पूछेंगे तो वह आपको यही बताएगा। पीएम ने कहा कि एक समय ऐसा था, जब शिक्षक इतना महत्वपूर्ण हुआ करते थे कि अगर कोई बात उन्होंने कही है, तो पूरा गाँव मान लेता था।

શ્રી રણછોડભાઈ માધવલાલ પટેલ

વતન	:	સબલપુર, તા. વડનગર, જિ: મહેસાણા ફોન નં: ૦૨૭૬૧-૨૨૨૨૨૧
જન્મ તારીખ	:	૧૭-૪-૧૯.
અભ્યાસ	:	ધો. ૪ અંગ્રેજી
હાલ રહેણાંક	:	પૌત્ર શ્રી જયેશકુમાર બા[illegible]ાર. પટેલ બી-૩૦૧, ત્રીજો માળ, સારથી કોમ્પ્લેક્ષ, વિસત પેટ્રોલ પંપ પાસે, ગાંધીનગર રોડ, સાબરમતી - અમદાવાદ. ફોન નં : ૦૭૯-૫૫૧૩૧૫૪૦ મોઃ ૯૮૨૪૯૩૨૫૯૩ (જયેશભાઈ)
કાર્યક્ષેત્ર	:	વડનગર, શાળા-૧, શાળા-૨, શાળા-૩ માં પ્રા.શિક્ષક તરીકે નોકરી.
ટ્રેનીંગ	:	પુરૂષ અધ્યાપન પાઠશાળા, વડોદરા
પુત્ર	:	૪
પત્ની	:	સ્વ. દીવાબેન

कई विद्यार्थी ऐसे होते थे, जो अपने टीचर की तरह कपड़े पहनते थे उनकी तरह से बाल कटवाते थे।

नरेन्द्र मोदी के कई ऐसे अध्यापक मिले, जो अपने शिष्य नरेन्द्र की गुरुभक्ति के कायल थे। गुजरात में नरेन्द्र को पढ़ाने वाले टीचर डॉ० जी०सी० पटेल से जब मैं मिला, तो उन्होंने कहा कि कई ऐसे विधार्थी थे जो कक्षा में प्रथम आते थे पर उनमें से कोई याद नहीं है। नरेन्द्र मुझे आज भी याद है। जब नरेन्द्र बीजेपी के महामंत्री थे, तो बी०एन० हाईस्कूल का मैनेजमेन्ट चलाने वाले प्रतिनिधियों ने कहा कि वह

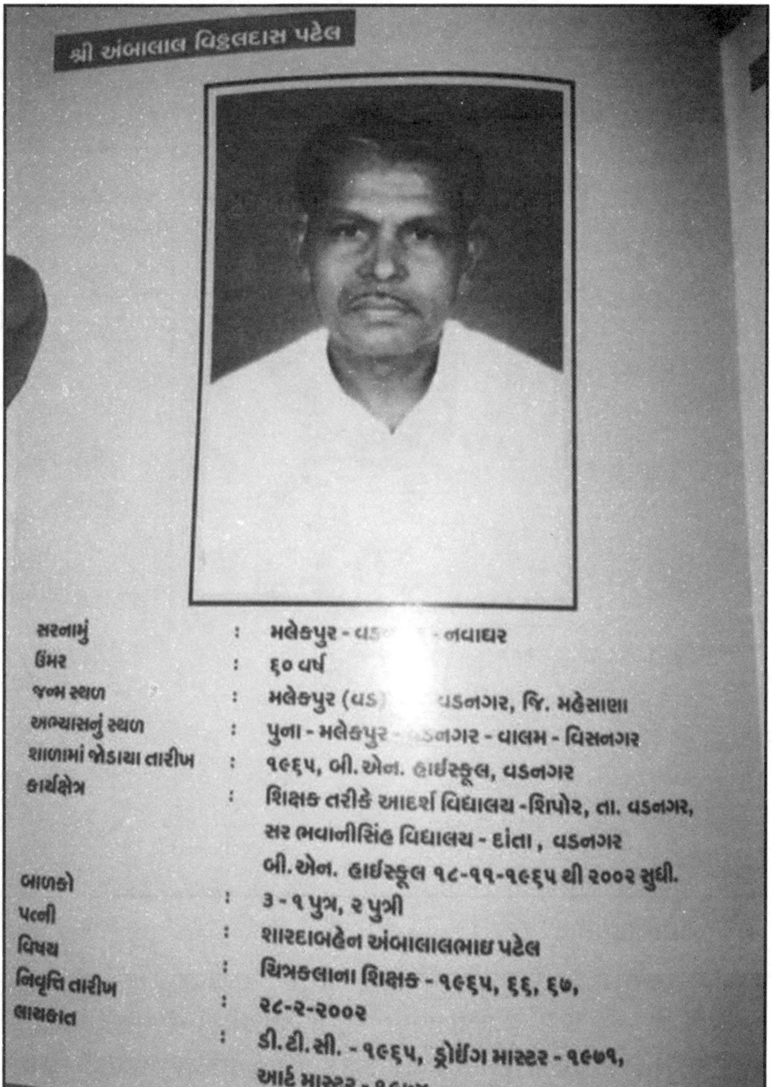

अपने गुरुओं का सम्मान करना चाहते हैं। इस काम को नरेन्द्र मोदी ने मुख्यमंत्री बनने के बाद पूरा किया। उन्होंने अपने कई अध्यापकों को गांधीनगर में बुलाकर सम्मानित किया। इस सम्मान समारोह में नरेन्द्र मोदी को पढ़ाने वाले अट्ठाईस अध्यापकों ने भाग लिया था।

ડૉ. સોમાભાઈ સી. પટેલ

સરનામું : ૨૮૪/૮, ગણેશ ફ્લેટ,
આરાધના સ્કૂલ પાસે, સેક્ટર-૨૮,
ગાંધીનગર-૩૮૨૦૨૮

વતન : વિસનગર.

જન્મ તારીખ : ૨૩-૭-૧૯૩૮

અભ્યાસ : એમ.એ., પી.એચડી.

डॉ० सोमाभाई सी० पटेल।

इस कार्यक्रम में शामिल होने के लिए प्रत्येक अध्यापक को एक विशेष गाड़ी भेजी गई थी। पचास हजार लोगों की भीड़ में नरेन्द्र मोदी ने सभी प्रोटोकॉल को दरकिनार कर सभी अध्यापकों का सम्मान किया। कन्हैया लाल भूदर दास भाउसा, रासबिहारी मनियार भी अपने शिष्य से ऐसा सम्मान पाकर अभिभूत थे। रासबिहारी मनियार उस सम्मान की तस्वीर दिखाकर फूले नहीं समा रहे थे।

2. बचत का सबक

यह प्रसंग खुद प्रधानमंत्री नरेन्द्र मोदी ने जनधन योजना का आरम्भ करते समय पूरे देश, दुनिया को सुनाया था। इसके माध्यम से नरेन्द्र

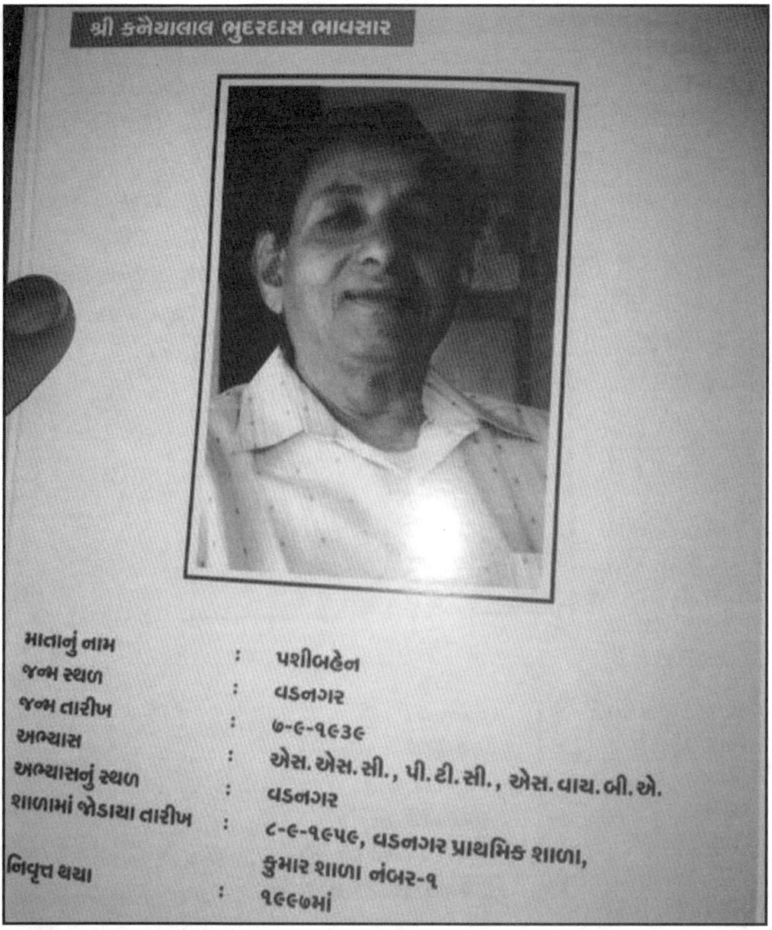

શ્રી કનૈયાલાલ ભુદરદાસ ભાવસાર

માતાનું નામ	:	પશીબહેન
જન્મ સ્થળ	:	વડનગર
જન્મ તારીખ	:	૭-૯-૧૯૩૯
અભ્યાસ	:	એસ.એસ.સી., પી.ટી.સી., એસ.વાય.બી.એ.
અભ્યાસનું સ્થળ	:	વડનગર
શાળામાં જોડાયા તારીખ	:	૮-૯-૧૯૫૯, વડનગર પ્રાથમિક શાળા, કુમાર શાળા નંબર-૧
નિવૃત્ત થયા	:	૧૯૯૭માં

कन्हैया लाल भूदर दास भाउसा।

मोदी ने गरीबों को यह समझाने का प्रयास किया कि जीवन में बचत का कितना महत्वपूर्ण स्थान होता है। प्रधानमंत्री नरेन्द्र मोदी ने अपने सम्बोधन में बताया कि किस तरह से उस समय उनका एक एकाउंट खोला गया था जब वह बी०एन० हाईस्कूल में पढ़ते थे। वडनगर गया तो मैंने इस प्रसंग के बारे में नरेन्द्र मोदी के भाई पंकज मोदी से जानकारी चाही, उन्होंने केवल इतनी जानकारी दी कि वहाँ बैंक मैनेजर बोहरा जी हुआ करते थे। मैंने तय किया था कि जब वडनगर जाऊँगा तो देना बैंक जाकर कुछ जानकारी अवश्य लूँगा। मैं बैंक तो

શ્રી લાલજીભાઇ મણીલાલ પટેલ

જન્મ તારીખ	:	૫-૬-૩૯
વતન / જન્મ સ્થળ	:	વડનગર
માતા	:	પાર્વતીબહેન પટેલ
પિતા	:	મણીલાલ પટેલ
અભ્યાસ	:	એસ.એસ.સી.
કાર્યક્ષેત્ર	:	૨-૭-૬૨ - શ્રી બી. એન. હાઇસ્કૂલ, વડનગર. જુનિયર કલાર્ક તરીકે ભરતી, હેડ કલાર્કમાં નિવૃત્તિ.
નિવૃત્તિની તારીખ	:	૩૧-૧૦-૯૭

जरूर गया पर वहाँ कोई जानकारी नहीं मिल पाई। बैंक के लोगों ने बताया कि यह खाता बहुत पुराना था। अब उसका कोई रिकॉर्ड उपलब्ध नहीं है।

नरेन्द्र मोदी जब हाईस्कूल में पढ़ते थे, तब वडनगर के देना बैंक में मैंनेजर बोहरा जी हुआ करते थे। उन्होंने बी०एन० हाईस्कूल के छात्रों का बैंक एकाउन्ट खोलकर उन्हें बचत करने के लिये प्रेरित किया। एकाउन्ट खोलने के साथ ही इन लड़कों को एक गुल्लक (Piggy Bank) दी गयी थी जिसमें पैंसे बचा सकते थे।

શ્રી ચન્દ્રકાન્તભાઇ દવે

પિતા	:	વસતીરામ દવે
માતા	:	સાગરદેવી દવે
જન્મ તારીખ	:	૩-૭-૧૯૩૫
જન્મ સ્થળ	:	મોકલસર, [illegible], રાજસ્થાન
શિક્ષણ	:	પ્રાથમિક શિક્ષણ (મોકલસર) ૧૯૪૭માં અમદાવાદમાં આવ્યા. ૧૯૫૦માં સંસ્કૃતની પ્રથમા પરીક્ષા પાસ કરી. ૧૯૫૦થી ૫૪ માં નારાયણ સંસ્કૃત વિદ્યાલય ખાતે મધ્યમા પાસ કરી. ૧૯૫૪માં સનવસ આશ્રમમાં અભ્યાસ કરી શાસ્ત્રી બન્યા. (બી.એ. સમકક્ષ હાઇસ્કુલ)
નોકરી	:	૧૯૫૭ સુંઢિયા હાઈસ્કૂલ (મહેસાણા જિલ્લો) શિક્ષક તરીકે ૧૯૫૯ થી ૧૯૬૫માં વડનગરની બી. એન. હાઇસ્કુલમાં નોકરી, ૧૯૬૫ થી જ્ઞાનપરત હાઇસ્કુલ (ગર્લ્સ) શાહપુર, અમદાવાદ.
નિવૃત્તિ તારીખ	:	નવેમ્બર ૧૯૯૩.

प्रधानमंत्री नरेन्द्र मोदी ने बताया कि चूँकि हमारा परिवार बेहद गरीब था। ऐसे में परिवार का पालन पोषण करना ही बहुत कठिन था। बचत के बारे में तो हम सोच भी नहीं सकते थे। उस समय कम्प्यूटर का जमाना नहीं था। किसी भी व्यक्ति का बैंक एकाउंट लेजर पर खोला जाता था। हर साल इस एकाउन्ट को चेक करके रिन्यू किया जाता था। नरेन्द्र मोदी वडनगर से विसनगर और विसनगर से

શ્રી ત્રિકમભાઈ ચેલદાસ પટેલ

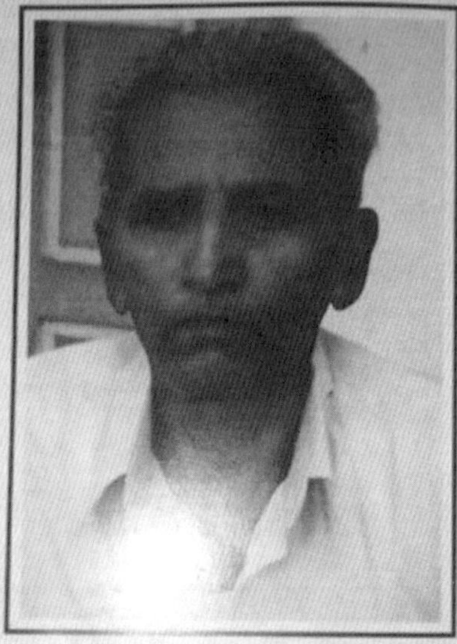

સરનામું	:	મુ. જેતલવાસણા, વીરપરું, તા. વિસનગર
જન્મ તારીખ	:	૧૦-૫-૧૯૩૩
ઉંમર	:	૭૨ વર્ષ
બાળકો	:	૫ - ૨ પુત્ર, ૩ પુત્રી
પત્ની	:	શાંતાબહેન - હયાત નથી.
નિવૃત્તિ	:	૩૧-૫-૧૯૯૧
વ્યવસાય	:	નિવૃત્તિમાં સ્વાધ્યાય પ્રવૃત્તિ-
લાયકાત	:	પ્રાથમિક શિક્ષણ - જેતલવાસણામાં લીધું. માધ્યમિક શિક્ષણ વિસનગરમાં. પી.ટી.સી. બ્રાહ્મણવાડા, જિ. મહેસાણા ખાતે કર્યું. (ચાલુ નોકરીએ પી.ટી.સી. કર્યું)
કાર્યક્ષેત્ર	:	૧૯૫૬માં વડનગર પ્રાથમિક શાળામાં મદદનીશ શિક્ષક તરીકે ૧૯૬૪ સુધી જોડાયા . ૧૯૬૪ થી ૧૯૬૭ ઊંઢાઈ, તા. ખેરાલુ, જિ. મહેસાણા. [illegible] થી ૧૯૯૧ જેતલવાસણામાં શિક્ષક તરીકે.

अहमदाबाद पहुँच चुके थे। बैंक के लोगों को यह समस्या हुई कि नरेन्द्र मोदी के बैंक एकाउंट को हर साल रिन्यू करना पड़ता था और उनके खाते में कोई बचत होती ही नहीं थी। ऐसे में बैंक के अफसरों को बड़ी समस्या हुई कि आखिर कौन व्यक्ति है, जिसके खाते में पैंसा तो न के बराबर है, पर एकाउंट हर साल चलता जा रहा है। उस समय खाता

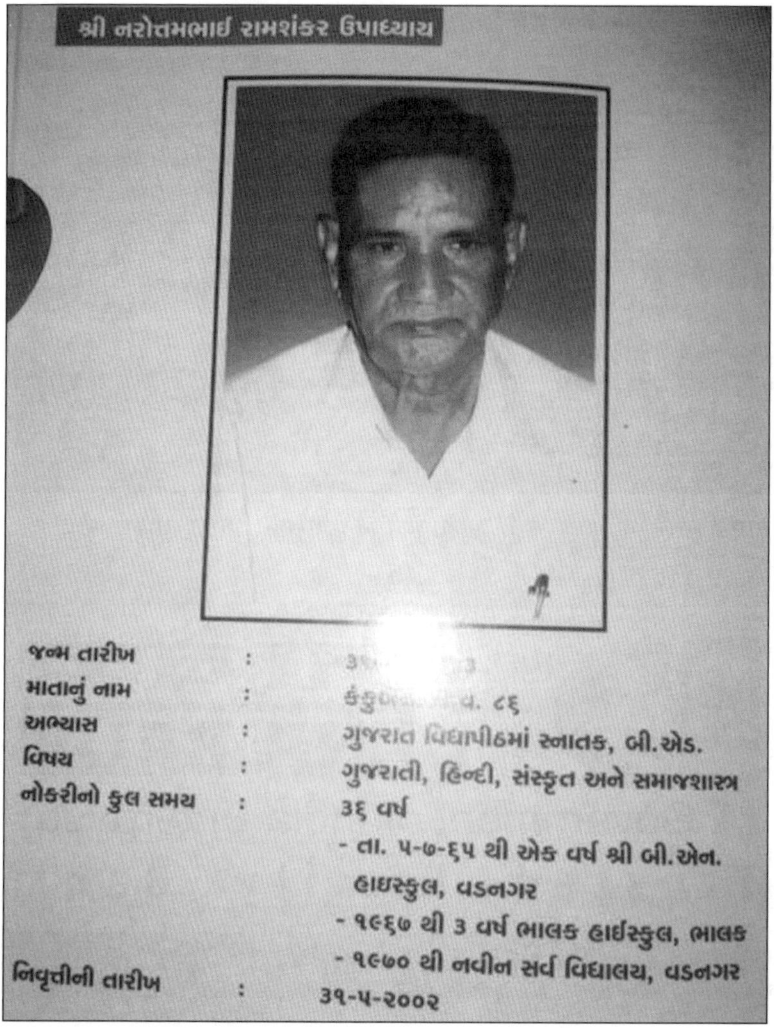

શ્રી નરોત્તમભાઈ રામશંકર ઉપાધ્યાય

જન્મ તારીખ	:	૩[illegible]
માતાનું નામ	:	કંકુ[illegible]વ. ૮૬
અભ્યાસ	:	ગુજરાત વિદ્યાપીઠમાં સ્નાતક, બી.એડ.
વિષય	:	ગુજરાતી, હિન્દી, સંસ્કૃત અને સમાજશાસ્ત્ર
નોકરીનો કુલ સમય	:	૩૬ વર્ષ - તા. ૫-૭-૬૫ થી એક વર્ષ શ્રી બી.એન. હાઇસ્કુલ, વડનગર - ૧૯૬૭ થી ૩ વર્ષ ભાલક હાઈસ્કુલ, ભાલક - ૧૯૭૦ થી નવીન સર્વ વિદ્યાલય, વડનગર
નિવૃત્તીની તારીખ	:	૩૧-૫-૨૦૦૨

बन्द करने के लिए पहले ग्राहक की सहमति बहुत जरूरी हुआ करती थी। बिना सहमति बैंक ग्राहक का एकाउंट बन्द नहीं कर सकते थे। उस समय इन्टरनेट, मोबाइल भी नहीं था कि कोई भी जब चाहे तब किसी से सम्पर्क कर सके। प्रधानमंत्री नरेन्द्र मोदी ने बताया कि बैंक के लोग अगले 20 साल मुझे सिर्फ इस बात के लिये खोजते रहे कि कैसे इस बिना पैंसे वाले एकाउंट को बन्द किया जा सके? जनधन योजना

सीएम बनने के बाद सभी अध्यापकों का सम्मान करते सीएम मोदी।

के प्रारम्भ के कुछ समय बाद लाखों लोगों को बिना किसी गारंटी के अपना एकाउंट खोल पाने में सहायता मिली। सरकार को पहले 15 दिनों में ही इससे 1500 करोड़ रु० मिले। प्रधानमंत्री नरेन्द्र मोदी ने आम लोगों को शायद यह सुविधा इसलिये दी होगी, कि कहीं न कहीं वह समस्याओं से दो–चार हुये होंगे। जनधन योजना की शुरुआत से पहले वाकई बैंक में खाता खोलना कठिन काम था।

बचत की प्रेरणा।

3. नेपाल को उपहारः असली माँ

पीछे आपने पढ़ा था कि प्रधानमंत्री अपने दोस्त, खास तौर तब जब वह पड़ोसी भी हो, तो कितना महत्व देते हैं। प्रधानंमत्री के रूप में नरेन्द्र मोदी ने पड़ोसी देश नेपाल को तब एक अनोखा उपहार दिया, जब वह 4 अगस्त 2014 को पहली बार नेपाल की यात्रा कर रहे थे। उनके साथ कोई और भी यात्रा कर रहा था जिसका नेपाल को इंतजार था। यह था नेपाल का बेटा, जीत बहादुर। पीएम ने ट्वीट कर जानकारी दी, कि बारह साल पहले ईश्वर की प्रेरणा से मैंने उसकी चिन्ता करनी शुरू की थी। वह गुजराती जानता है। नेपाल में नवलपरासी जिले के लौकहा गाँव का रहने वाला जीत बहादुर दस वर्ष की उम्र में अपने बड़े भाई के साथ मजदूरी करने 1998 में भारत पहुँचा। इसके बाद जीत बहादुर गोरखपुर से भटक

जीतबहादुर थापा के साथ नरेन्द्र मोदी।

कर अहमदाबाद पहुँच गया। जीत बहादुर ने बताया कि वह जब बहुत छोटा था तब भाई से मिला था। पढ़ाई पूरी करने के लिए अच्छी जगह रखा गया था। जीत बहादुर ने कहा कि उसने पाँचवीं से बारहवीं तक पढ़ाई पूरी की। जीत बहादुर पीएम नरेन्द्र मोदी को बड़े भाई कह कर सम्बोधित करता है। जीत बहादुर ने बताया कि बड़े भाई वीकली इम्तहान के बारे में भी पूछते रहते थे। वह मेरे माँ–बाप से भी बढ़ कर हैं। हमेशा कहते थे, चाहे जो भी करो पर पढ़ाई जरूर करो। जीत बहादुर की पढ़ाई ने उसकी जिन्दगी बदल दी। जीत बहादुर पढ़ाई के अलावा फुटबाल, बॉलीबाल, घुड़सवारी और खो–खो खेलना जानता है।

पीएम नरेन्द्र मोदी ने जीत बहादुर को माँ से नायाब तरीके से मिलवाया। उन्होंने नेपाल में किसी व्यक्ति को जिम्मेदारी दी कि वह जीत बहादुर की माँ को ढूंढे। जीत बहादुर से भी उसके परिवार के बारे में पूछा। कई लोगों ने दावा किया, पर असली माँ ने बताया कि मेरे बेटे के पैर में छः उंगलियाँ हैं। इसके बाद जीत बहादुर के बड़े भाई (नरेन्द्र मोदी) ने जीत बहादुर से पूछा कि क्या तुम्हारे पैरों में छः उंगलियाँ हैं। इस पर जीत बहादुर को बहुत आश्चर्य हुआ क्योंकि उसने बड़े भाई को कभी यह नहीं बताया था। इस तरह से बड़े भाई की मदद से जीत बहादुर को उसकी असली माँ मिल गई।

अध्याय–5

बड़े हो गए नरेन्द्र

1. नरेन्द्र मोदीः एम०एन० कॉलेज में प्रवेश

नरेन्द्र मोदी ने बी०एन० हाईस्कूल में प्रवेश लिया था। चार साल बाद 1967 में उन्होंने एसएससी परीक्षा पास करने के बाद इस स्कूल को छोड़ा था। इसके बाद आगे की पढ़ाई के लिये उन्होंने अपना दाखिला विसनगर के नागारिक सहकारी बैंक आफ आर्टस कॉर्मस कॉलेज में करवाया। उनके दोस्त ईश्वर भाई पी० पटेल ने बताया कि आगे की पढ़ाई के लिए एन०डी० विसनगर चले गए। यह 1967 का वर्ष था जब उन्होंने अपना प्रवेश प्री साइंस में करवाया। इस पूरे इलाके में उस समय यही बड़ा कॉलेज हुआ करता था। यहाँ पर दूर–दूर से लोग पढ़ने के लिए आते थे। जब इस कॉलेज की स्थापना की गई थी तब अहमदाबाद से उदयपुर तक कोई साइन्स कॉलेज नहीं था। इस कॉलेज की स्थापना मणिक लाल नामचन्द दोषी ने 1946 में की थी। मणिक लाल, महात्मा गांधी से बहुत प्रभावित थे। अपने

नरेन्द्र मोदी का कालेज में प्रवेश।

इलाके में शिक्षा के प्रसार के जरिए देश की सेवा करना चाहते थे। कॉलेज के प्रधानाध्यापक डॉ० के०एम० जोशी ने बताया कि 1967–68 में नरेन्द्र मोदी की क्लास में अटेन्डेंन्स पर्याप्त नहीं थी। इस कारण नरेन्द्र मोदी को उस वर्ष परीक्षा के में बैठने नहीं दिया गया। स्कूल के रिकॉर्ड के मुताबिक 1967–68 में नरेन्द्र मोदी सिर्फ 61 दिन कॉलेज आये थे। यही वह वर्ष था जिस साल नरेन्द्र मोदी की शादी हुई थी।

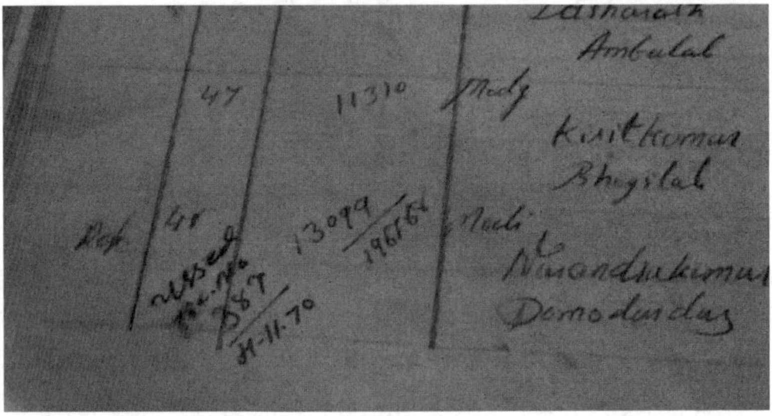

1968–69 में नरेन्द्र दामोदर दास मोदी ने कॉलेज में दोबारा प्रवेश लिया, परीक्षा दी, जिसमें वह पास हो गये। विसनगर का यह वही कॉलेज है जिसमें गुजरात की पूर्व मुख्यमंत्री आनन्दी बेन पटेल, नरेन्द्र मोदी के साथ कभी बीजेपी में नेता रहे शंकर सिंह वघेला ने पढ़ाई की थी। स्कूल के रिकॉर्ड के मुताबिक चौदह नवम्बर उन्नीस सौ सत्तर (14–11–1970) को नरेन्द्र मोदी की टीसी यहाँ से निकाल ली गई। किताब लिखने के सिलसिले में मेरी मुलाकात अहमदाबाद में रहने वाले डॉ० रिजवान से हुई। वह स्वामीनारायण कालेज में पढ़ाते हैं। डॉ० रिजवान ने सरदार पटेल से लेकर नरेन्द्र मोदी के गुजरात में किए गए कार्यों पर शोध किया है। जिस महापुरुष से डॉ० रिजवान ने शिक्षा ली, नरेन्द्र मोदी का भी उनसे घनिष्ठ रिश्ता रहा है। नरेन्द्र मोदी ने पद्मश्री के० का शास्त्री को लेकर अपने विचार अपनी पुस्तक ज्योति पुंज में लिखकर, सम्मान दिया है। डॉ० रिजवान ने बताया कि विसनगर से निकलने के बाद नरेन्द्र मोदी ने स्वामीनारायण कॉलेज में उन्नीस सौ बहत्तर में एडमिशन लिया। मोदी ने अपना एडमिशन

बी०ए० पॉलिटीकल साइंस में करवाया। एक टर्म की पढ़ाई करने के बाद नरेन्द्र मोदी ने स्वामीनारायण कॉलेज छोड़ दिया। इसके बाद नरेन्द्र मोदी ने एन०डी० आर कॉलेज में एडमिशन लिया। आगे की पढ़ाई नरेन्द्र मोदी ने पत्राचार से की।

2. शादी न करने की जिद्द, करनी पड़ी शादी – नरेन्द्र मोदी की बारात

कहते हैं नियति बहुत कुछ करवाती हैं। वडनगर में दो परिवार ऐसे मिले जिन्होंने नरेन्द्र मोदी की बारात में हिस्सा लिया था। एक परिवार डाक्टर नाग जी भाई देसाई का था जबकि दूसरा श्यामल दास माधव लाल मोदी का। इन दोनों लोगों ने एक बात बड़ी साफगोई से कही कि नरेन्द्र मोदी की जब शादी की गई थी, तब वह छोटे थे। नरेन्द्र मोदी की इच्छा के खिलाफ उनके पिता और चाचा नरोत्तम दास मोदी ने शादी तय करवाई थी।

नरेन्द्र मोदी ने जब एसएससी की पढ़ाई के बाद विसनगर कॉलेज में दाखिला लिया था, उसी समय उनके पिता और चाचा मिलकर उनकी शादी की प्लानिंग करने लगे। पहले तो वडनगर में इनके घर के बगल में रहने वाले बचपन के मित्र मोदी श्यामल दास माधव लाल और उनकी पत्नी शारदा बहन ने मुझे बताया कि उनकी शादी दस मई उन्नीस सौ अडसठ (10–05–1968) के दस दिन बाद, नरेन्द्र मोदी की शादी हुई थी। उसकी डेट इन लोगों ने बीस मई उन्नीस सौ अड़सठ (20–05–1968) के आस–पास बताई। यह परिवार नरेन्द्र मोदी की शादी में गया था। नरेन्द्र मोदी के मित्र श्यामल दास मोदी की पत्नी शारदा बहन ने बताया कि बारात को खटारा (वाहन का नाम) से ले जाया गया था (टैम्पो जैसा वाहन)। लगभग 50–60 लोग बारात में गये थे। लड़की वालों ने बारात का खूब स्वागत किया था। बारात में इन्होंने बताया कि वहाँ हम लोगों को शीरा (हलवा) खिलाया गया था। नरेन्द्र मोदी के बचपन के एक और मित्र डॉ० नाग जी भाई देसाई ने बताया कि नरेन्द्र मोदी अपनी शादी के खिलाफ थे। वह शादी के बाद घर से निकल गये। डॉ० नाग जी भाई देसाई के परिवार का नरेन्द्र मोदी के परिवार में आना जाना लगा रहता था। डॉ० नाग जी भाई देसाई ने अपने पिता के मुँह से सुन रखा था कि

नरेन्द्र मोदी के पिता दामोदर दास मोदी कह रहे थे कि यह कैसा लड़का है, जो पूरे परिवार को छोड़कर चला गया। डॉ० नाग जी भाई देसाई ने बताया कि हमारे पिता जी नरेन्द्र मोदी के पिता जी को दूध की सप्लाई करते थे। नरेन्द्र मोदी का विवाह पास के गाँव की रहने वाली जशोदाबेन के साथ हुआ था।

पुस्तक लिखने के क्रम में जसोदाबेन के टीवी चैनलों को दिए साक्षात्कार को देखा। इनमें उन्होंने बताया है कि जब वह सत्रह साल की थीं तब उनकी शादी हो गई थी। आगे उन्होंने यह भी बताया कि वो कभी भी उनके सम्पर्क में नहीं रहीं पर उन्होंने उन्हें पढ़ाई करने को कहा।

3. आस्था और संघ

नरेन्द्र मोदी जब छोटे थे तो वह मन्दिर जाते थे। उस समय उनकी आस्था किस भगवान में थी ?इस बारे में उनके मित्रों या जानने वालों से सुनने को नहीं मिला। पंकज मोदी, बहन बासन्ती और उनके मित्रों ने परोपकार से जुड़े अनेक किस्से सुनाये।

वडनगर से 12–13 कि०मी० की दूरी पर एक छोटा सा कस्बा पड़ता है। विसनगर। यहाँ नरेन्द्र मोदी का ननिहाल है। पंकज मोदी ने बताया कि मामा के यहाँ से पिता दामोदर दास मोदी को अपनी साली की शादी का निमन्त्रण मिला। इस बात से घर में बाकी लोगों की खुशी का ठिकाना नहीं रहा। खास तौर पर बच्चों का क्योंकि हम तो इस तरह के कार्यक्रमों की प्रतीक्षा करते थे। घर के सदस्यों ने अपना–अपना सामान तैयार करना आरम्भ कर दिया। इस सोच के साथ कि बारात के स्वागत पर क्या पहनना है? माँ अपनी बहन को देने के लिये अपने सामर्थ्य के अनुसार सामान भी जुटाने लगी। हम सभी बच्चों में (जैसा माँ बताती है) गजब का उत्साह था। मामा के यहाँ चलेंगे तो खूब खेलेंगे वहाँ न तो कोई रोकने वाला होगा न ही कोई टोकने वाला। खूब धमाल करेंगे। तैयारी की इसी उधेड़बुन में माँ ने नरेन्द्र से पूछा कि तुम मामा के यहाँ शादी में चलोगे?

तब नरेन्द्र ने जबाब नहीं दिया। माँ ने बेटे से पूछा क्यों नहीं चलोगे? तब नरेन्द्र ने कहा कि घर के बगल में गिरीपुर महाराज का मन्दिर है (इसे चेतन समाधि कहा जाता है)। वहाँ पर एक महात्मा

आये हैं। जिनके पूरे शरीर पर ज्वार उगा हुआ है। मैं तो महात्मा जी की सेवा करूँगा।

माँ ने जब बालक नरेन्द्र के मुँह से यह जवाब सुना, तो वह थोड़ी देर सोच में पड़ गईं। इस छोटे बालक के मन में ये बात कहाँ से आई? अपने स्तर से छानबीन की तो उन्हें पता चला कि एक महात्मा गाँव में आए तो हैं। आखिर में उन्होंने नरेन्द्र को इसकी अनुमति दे दी। पूरा परिवार विसनगर शादी में शामिल हुआ जबकि बालक नरेन्द्र वडनगर में एक महात्मा की सेवा में लगे रहे। पंकज ने बताया कि नरेन्द्र मोदी का स्वाध्याय से बहुत लगाव था। उन्होंने इससे जुड़ा एक किस्सा सुनाया जिससे पता चलता है कि बचपन में ही नरेन्द्र मोदी को तप और ध्यान से गहरा लगाव था। पंकज, जब बहुत छोटे थे तब सावन के महीने में वडनगर में कथा होती थी। नरेन्द्र मोदी की माँ हीरा बॉ भागवत की कथा में बैठी थीं। पंकज ने बताया कि पूजा के लिए फूल लेकर आने की जिम्मेदारी उन्हें सौंपी गई थी। उन्होंने आस–पास के बगीचे से फूल तोड़े, फूल तोड़ने के बाद वे पास में ही परमानन्द गांधी के मकान में घुस गया और वहाँ पर जाकर बैठ गए। वहाँ पांडुरंग शास्त्री अठावले का स्वाध्याय केन्द्र चल रहा था। वडनगर में इस स्वाध्याय केन्द्र की शुरुआत 1960 के दशक में हुई थी। इस केन्द्र को स्वाध्याय परिवार चलाता है। मेरी

नरेन्द्र मोदी का परिवार।

तब संस्कार केन्द्र में जाकर मैंने बहुत कुछ सीखा था। पांडुरंग शास्त्री अठावले को लोग दादा जी के नाम से भी जानते हैं। इन्होंने 1954 में गीता के आधार पर स्वाध्याय केन्द्रों की शुरुआत की थी। नरेन्द्र मोदी ने अपना संदेश देते हुये लोगों को बताया कि दादा जी के हर बड़े कार्यक्रम में जाने का मौका उन्हें पहले से मिलता रहा है।

पंकज ने आगे बताया कि स्वाध्याय केन्द्र में बाकी बच्चों के साथ वो भी बैठ गए। वहाँ एक बार बैठ जाने के बाद 1 घंटे से पहले उठना अच्छा नहीं लग रहा था। इस कारण माँ के लिये पूजा के फूल लेकर तय समय पर वो नहीं पहुँच सके। जब वो डरते–डरते घर पहुँचे, तो उनसे तरह–तरह के सवाल पूछे जाने लगे। कहा गया माँ तुम्हारी पूजा में प्रतीक्षा करती थी जबकी घंटों तुम्हारा कोई पता नहीं था। घर के लगभग हर सदस्य ने पूजा में फूल नहीं लाने के कारण मुझे डाँटा। जब मैंने इसके पीछे का कारण बताया कि मैं स्वाध्याय में बैठ गया था, तब भी लोगों ने मेरी बात नहीं मानी और उनका बोलना जारी रहा। उस समय पूरे घर में केवल एक व्यक्ति ने मेरा साथ दिया, वह थे नरेन्द्र भाई। उन्होंने इस बात के लिये मेरा उत्साह बढ़ाया। मुझसे कहा कि पंकज हर सप्ताह आपको इस केन्द्र में जाना है। अगर आप वहॉ नियम से नहीं गये तो मैं आपकी शिक्षा करूँगा (दण्ड दूँगा) और इस तरह से पंकज नरेन्द्र मोदी की प्रेरणा से स्वाध्याय केन्द्र से जुड़े। नरेन्द्र मोदी ने भी इसे कभी नहीं छोड़ा।

4. बालक नरेन्द्र का सेवा भाव

बालक नरेन्द्र उस समय 8 वीं या 9 वीं के छात्र रहे होंगें। उन दिनों बिहार में बाढ से भयानक तबाही हुई थी। देश की अनेक संस्थायें वहाँ मदद के लिये काम कर रही थीं। बाढ़ सावन के महीने में आई थी। पंकज ने बताया कि हमारे यहाँ जन्माष्टमी का बहुत बड़ा मेला लगता था। मेला देखने के लिये हर परिवार की तरफ से बच्चों को पैंसा दिया जाता था। बड़े मेले के लिये हर किसी को 1 रुपया मिलता था। वहीं छोटे मेले के लिये 25 पैंसा मिलता था। बिहार में बाढ़ को लेकर नरेन्द्र मोदी के मन में विचार आया कि हम भी बाढ़ पीड़ितों की मदद कर सकते हैं। नरेन्द्र ने अपनी मित्रमण्डली को इकट्ठा किया। उनसे कहा कि हम लोगों को मिलकर एक बड़ा काम करना है। बड़ी जिम्मेदारी निभानी हैं। एन०डी० ने अपने मित्रों से कहा कि हमें बाढ़ पीड़ितों के लिये पैंसा इकट्ठा करके भेजना चाहिए। इसके लिये उन लोगों ने मेले में चाय का स्टाल लगाने का प्रस्ताव रखा। इसके लिये मित्रमंडली तुरन्त तैयार हो गई। सभी अपने–अपने घर गये और अपने घरों से

जो भी बड़ा बरतन था, उसे लेकर आए इसके बाद ये मण्डली बड़े मेले में पहुँची। वहाँ इन लड़कों ने मिलकर चाय का स्टाल लगाया। नरेन्द्र ने चाय बनाने की जिम्मेदारी खुद सम्हाली क्योंकि वडनगर रेलवे स्टेशन पर काम करने के दौरान नरेन्द्र काफी अच्छी चाय बना लेते थे। उनके बाकी साथियों ने मेले में चाय बेचने की जिम्मेदारी उठाई। यह मेला पूरी रात चलता रहा। बालक निडरता से अपने काम में लगे रहे। इस चाय स्टाल के जरिये नरेन्द्र मोदी और उनके दोस्तो ने अपनी सामर्थ्य के अनुसार पैंसा जुटाया और अगले दिन सभी ने ये पैंसा डॉ० बसन्त पारिख को सौंप दिया। उन दिनों डॉ० बसन्त पारिख बिहार प्रदेश के बाढ़ पीड़ितों की मदद के लिये काम कर रहे थे। पंकज ने बताया कि नरेन्द्र भाई ने डॉ० साहेब से कहा कि इस राशि को आप बाढ़ पीड़ितों की मदद के लिये भेज दो। पीएम 8 अक्टूबर 2017 को जब अपने गाँव वडनगर आये थे तो वह बसन्त पारिख को नहीं भूले थे। *पीएम ने कहा आज बहुत से पुराने दोस्तों को देखा, जिनके दाँत भी नहीं हैं। मोदी ने कहा कि हमारे यहाँ समाज सेवा के लिये लोग बहुत दूर तक चले जाते हैं। बसन्त भाई पारिख और द्वारका दास पारिख बिहार तक जाते थे, नेत्रदान के लिए।* यहाँ एक और बात बात दूँ कि बिहार के बाढ़ पीडित की मदद के लिए नरेन्द्र की मित्रमण्डली के सभी बच्चों ने जन्मष्टमी का मेला देखने के लिए घर से जो पैंसा मिला था, उसे भी दे दिया था।

5. ज्योतिष–माँ की चिन्ता

नरेन्द्र मोदी के बचपन के दो ऐसे दोस्त मिले, जिन्होंने बचपन में ज्योतिषों से नरेन्द्र मोदी के साथ ही अपना भविष्य जानने के किस्से से मुझे अवगत करवाया। नरेन्द्र मोदी के भाई पंकज ने भी माँ की तरफ से एन०डी० के भविष्य के लिए पूछे गए सवाल–जबाब की जानकारी दी। पहले मित्रों ने अपने और एन०डी० के भविष्य को लेकर क्या कहा वो बताता हूँ। नरेन्द्र मोदी के मित्र मोदी श्यामल दास माधव लाल ने नरेन्द्र मोदी से जुड़े ज्योतिषीय प्रसंग के बारे में बताया। यह तब की बात है जब नरेन्द्र मोदी पाँचवी कक्षा में पढ़ते थे। तब इन दोनों लोगों ने किसी ज्योतिषी को अपना भविष्य दिखाया था जिस पर उस ज्योतिषी ने नरेन्द्र मोदी के लिए कहा था कि तुम्हारे पैरों के

नीचे गाड़ियाँ घूमेंगी उनकी कही बात सच साबित हुई है। सीएम और पीएम बनने पर न जाने कितनी गाड़ियाँ उनका इंतजार करती हैं।

दूसरा प्रसंग उनके बचपन के दोस्त नाग जी भाई देसाई ने सुनाया। उन्होंने बताया कि हम सभी मित्र एक जगह इकट्ठा हुये तो वहाँ एक ज्योतिषी आए। वह देखने प्रदेश से आए हुए लग रहे थे। उस समय कुल दस लोग इकट्ठा थे। हम सभी मित्र बारी–बारी से उस ज्योतिषी को अपना हाथ दिखा रहे थे। उस ज्योतिषी ने आज से लगभग 41 साल पहले नरेन्द्र मोदी के बारे में कहा था कि यह लड़का या तो महान सन्त बनेगा या फिर इस देश का बड़ा नेता बनेगा। हम सभी दोस्तो ने उस ज्योतिषी का खूब मजाक उड़ाया था लेकिन उस ज्योतिषी की कही हुई बात सच हुई। एक समय नरेन्द्र मोदी जब घर से दूर चले गये थे। हिमालय में काफी समय तक तपस्या भी की। तब परिवार वालों को भी लगने लगा था कि यह लड़का अब हाथ से निकल गया। यह कहीं बाहर जाकर साधु या सन्त न बन जाए क्योंकि जब नरेन्द्र मोदी घर वापस लौटे थे, तब उनकी ऐसी ही हालत थी।

6. माँ ने दिखाई बेटे की जन्मकुंडली

नरेन्द्र मोदी की आयु कोई 13–14 साल की रही होगी। वडनगर ऐसी धरती थी जहाँ अक्सर साधु–सन्यासियों का जमावड़ा लगा रहता था। एक दिन एक साधु नरेन्द्र मोदी के घर खाना खाने के लिये पधारे। खाना खिलाने के बाद हीरा बॉ ने अपने बेटे सोम भाई और नरेन्द्र मोदी की कुण्डली उस महात्मा को दी। साधु ने सोम भाई की कुण्डली देखी तो कहा कि इनका जीवन तो सामान्य रहेगा, लेकिन इनकी जेल यात्रा हो सकती है। नरेन्द्र मोदी की कुण्डली जब देखी तब कहा कि इस कुण्डली को देखने से एक बात स्पष्ट है कि यह लड़का या तो संन्यासी बनेगा या चक्रवर्ती सम्राट बनेगा। आपको बताते चले की सोम भाई मोदी को जेल यात्रा करनी पड़ी थी। उन्हें कर्मचारी संघ के अध्यक्ष के नाते धारा 144 तोड़ने पर जेल जाना पड़ा था। नरेन्द्र मोदी के संदर्भ में साधु ने जो कुछ कहा था उसको प्रमाणित करने की कोई आवश्यकता अब नहीं है।

एक समय मोदी परिवार को यकीन हो गया था कि नरेन्द्र मोदी का मन रोजमर्रा के कामों में नहीं लगता था। उनको तो परोपकार,

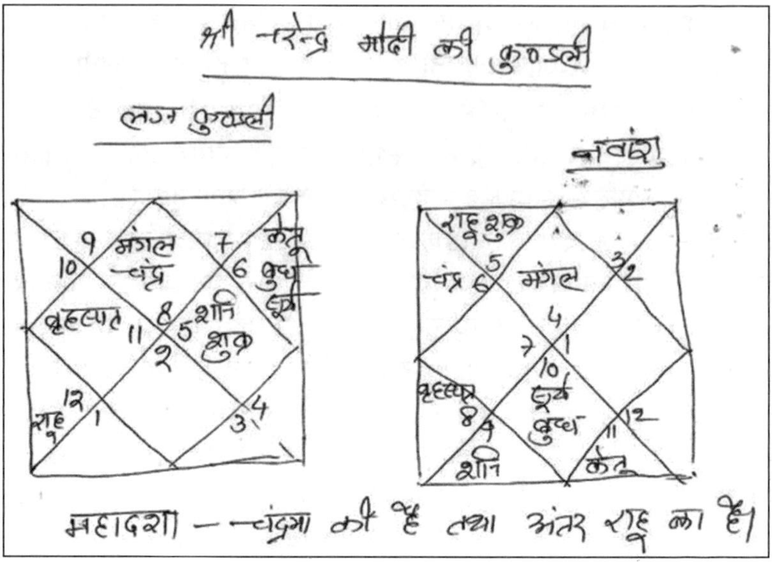

सत्तसंग दूसरों की सेवा करने में आनंद आता था। पुस्तक 'नरेन्द्र मोदी एन अर्किटेक्ट ऑफ मॉडर्न स्टेट' में माँ हीरा बॉ के हवाले से कहा गया है कि नरेन्द्र खुशी–खुशी आध्यात्मिक गतिविधियों में लगा हुआ था। उसका साधु–संतों से विशेष लगाव था। हम उसे हर बीतते दिन के साथ बढ़ते देख रहे थे। एक दिन नरेन्द्र सांसारिक गतिविधियों को छोड़कर दूर चला जायेगा। वास्तव में नरेन्द्र गृहस्थ आश्रम को लेकर उदासीन थे। जैसे ही उन्होंने स्कूल समाप्त किया, वह हिमालय चले गए।

अध्याय–6

नरेन्द्र मोदी की यात्रा का प्रारम्भ

1. हिमालय की यात्रा

तीन जून उन्नीस सौ सड़सठ को सत्रह साल की आयु में नरेन्द्र मोदी ने घर परिवार, गाँव, पढ़ाई सब छोड़ दी थी। और हिमालय की यात्रा पर चले गये थे। यह निर्णय घर वालों के लिये वज्रपात की तरह था। हीरा बॉ और दामोदर दास मोदी के लिये यह बहुत बड़ी चुनौती थी कि आखिर नरेन्द्र को वो कैसे समझाएँ कि वह घर न छोड़ें लेकिन अंत में नरेन्द्र की जीत हुई। नरेन्द्र मोदी के सबसे बड़े भाई सोम भाई मोदी ने एक टीवी चैनल के साथ बातचीत में बताया कि नरेन्द्र घर छोड़कर जाना चाहते थे। वह भाग कर नहीं जाना चाहते थे बल्कि घरवालों की इजाजत लेकर जाना चाहते थे। फिर सभी ने सर्वसम्मति से यह सहमति बनाई कि अगर नरेन्द्र जाना चाहते हैं तो उन्हें जाने दिया जाए। इसके लिये एक शुभ दिन का चुनाव किया गया। बाकायदा कई तरह के पकवान बनाये गये। परिवार के सभी सदस्यों को इकट्ठा किया गया। माँ हीरा बॉ ने अपने बेटे के माथे पर तिलक लगाया। उन्हें अच्छा भोजन करवाया गया। बाकी सदस्यों ने भी उनके साथ बैठकर खाना खाया। इसके बाद नरेन्द्र मोदी ने अपने सभी बडों का आशीर्वाद प्राप्त किया और घर छोड़कर अध्यात्म की खोज में निकल पड़े। नरेन्द्र मोदी ने 2001 में राजीव शुक्ला को दिए इंटरव्यू में कहा था कि वो तेईस हजार फीट की ऊँचाई वाले एवरेस्ट पर गये थे, वहाँ 40 दिन पैदल यात्रा की जहाँ ऑक्सीजन भी नहीं थी।

2. हमेशा रहा माँ का आशीर्वाद

नरेन्द्र मोदी स्वामी विवेकानन्द से बहुत प्रभावित थे। उनके छोटे भाई ने बताया कि नरेन्द्र भाई स्वामी जी के विचारों से इतने प्रभावित थे

कि जब घर में कोई बातचीत होती थी तब वह स्वामी जी के विचारो को हम लोगों को बताया करते थे।

नीलांजन मुखोपाध्याय को दिये साक्षात्कार में नरेन्द्र मोदी ने कहा था कि वो बाहर दीवाली के दौरान जाया करता थे। जब लोग उत्सव मनाते थे तो वो किसी दूर स्थान जहाँ कोई संगी–साथी तो क्या इंसान तक न हो, वहाँ चले जाते। बस अपने आप के साथ रहना

नरेन्द्र मोदी बहन बासन्ती के साथ।

चाहता था। नरेन्द्र मोदी ने एक और टीवी चैनल को दिए इंटरव्यू में कहा था कि मुझे अकेले रहना शायद सबसे ज्यादा सन्तोष देता है।

दो साल तक घर से दूर रहे नरेन्द्र मोदी को लेकर जब मैंने पंकज मोदी और उनकी बहन बासन्ती से सवाल पूछा तो पंकज ने कहा कि वह (नरेन्द्र मोदी) खुद इस घटना के सम्बन्ध में देश दुनिया को बताने का काम करेंगे, लेकिन लगता है, कि अभी वह समय नहीं आया है। अभी लोगों को इस प्रसंग को जानने के लिये इन्तजार करना पड़ेगा। नरेन्द्र मोदी दो साल तक घूमते रहे। इस दौरान वह बहुत सारे साधु संन्यासियों से मिलते हुये हिमालय की पहाड़ियों में पहुँचे।

हिमालय यात्रा के दौरान नरेन्द्र मोदी की जेब तो खाली थी पर अनेक लोगों से मिलकर अपनी ज्ञान की जेब भरते रहे। कुछ समय के बाद नरेन्द्र मोदी को लगा कि केवल घूमने से कोई मंजिल नहीं मिलेगी। नरेन्द्र मोदी ने अपने कई साक्षात्कारों में कहा है कि 'मैं कुछ करना चाहता था, लेकिन मैं खुद समझ नहीं पा रहा था कि आखिर मेरी मंजिल क्या हैं।'

हिमालय से लौटने के क्रम में वह राजकोट के रामकृष्ण मिशन पहुँचे और यहाँ बहुत कम दिन रुके। इसके बाद नरेन्द्र मोदी वडनगर लौट आये। माँ हीरा बॉ को तो मानो खुशियों का खजाना मिल गया था। नरेन्द्र मोदी के हाथ में एक थैला था। हीरा बॉ उस समय रसोई

नरेन्द्र मोदी हिमालय में।

घर में थीं, बहन बासन्ती घर के बाहर थीं। जब मैंने बासन्ती से इस सन्दर्भ में पूछा तो उन्होंने भी हमें यही बताया कि भाई के आने पर मैं बहुत खुश थी। माँ की खुशी का कोई ठिकाना ही नही था। माँ ने भाई से पूछा की कहाँ गये थे। तब भाई ने जबाब दिया था कि हिमालय की तरफ गया था। माँ ने भाई से खाना खाने को पूछा और कहा कि रोटी सब्जी बनाई है, खा लेगा। माँ ने बहुत दिनों के बाद घर लौटे भाई से कहा कि तुम्हारे लिये कुछ मीठा बना देती हूँ। कहो तो शीरा बना दूँ? नरेन्द्र मोदी ने मना कर दिया। उस समय ऐसा लग रहा था कि भाई कुछ सोच रहे थे। उस समय घर में मैं, माँ और भाई के अलावा कोई और नहीं था। खाना खाने के थोड़ी देर बाद भाई नरेन्द्र गाँव की ओर निकल गए। तब माँ ने भाई के झोले को देखा। इसमें केवल एक जोड़ी कपड़ा था। इसके अलावा एक भगवा रंग की शाल थी। सबसे नीचे माँ की फोटो थी। माँ ने मुझसे कहा कि ये फोटो नरेन्द्र को कहाँ से मिली, मालूम नहीं। नरेन्द्र जब वापस लौटे तो माँ

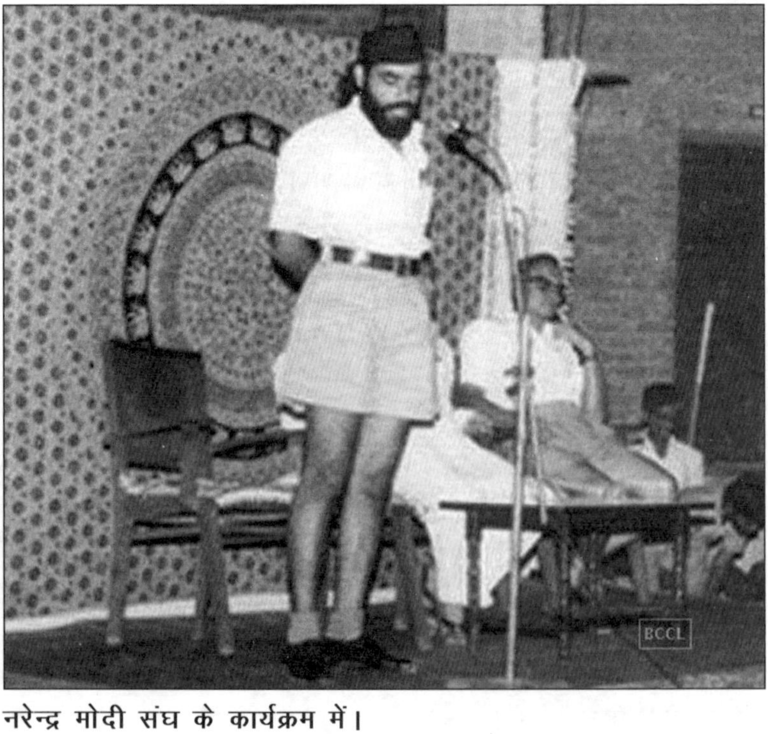

नरेन्द्र मोदी संघ के कार्यक्रम में।

के पूछने पर उन्होंने कुछ नहीं बताया। घर पर एक रात बिताने के बाद नरेन्द्र एक बार फिर यात्रा पर निकल गये।

3. संघ यात्रा का आरम्भ

पूरे देश में भारत छोड़ो आन्दोलन अपने चरम पर था। डॉ० केशव बलिराम हेडगेवार ने 1925 में विजय दशमी के दिन राष्ट्रीय स्वयं सेवक संघ की स्थापना की थी। डॉ० हेडगेवार स्वयंसेवकों का एक विशाल संगठन तैयार करना चाहते थे। एक ऐसा संगठन जो राष्ट्र के लिये समर्पित हो।

नरेन्द्र मोदी के गाँव वडनगर में 1944 में संघ की शाखा की शुरुआत हुई। इसे बाबू भाई नायक ने प्रारम्भ किया था। बाबू भाई 1944 में ही वडनगर पहुँचे थे।

बी०एन० हाईस्कूल के हिन्दी टीचर चन्द्रकान्त वडनगर में शाखा को संचालत करने का काम करते थे। कहा जाता है कि इसी समय नरेन्द्र मोदी संघ के सम्पर्क में आये थे। यहाँ कार्यक्रमों के दौरान वकील साहेब का भी आना हुआ। उन्होंने यहाँ कार्यकर्त्ताओं की बैठक ली। उस बैठक में नरेन्द्र मोदी भी उपस्थित थे। जहाँ उनका पहली बार वकील साहेब से परिचय हुआ।

नरेन्द्र मोदी अपने गुरु वकील साहेब के साथ।

4. गुरु बिना ज्ञान नहीं

संघ के बारे में नरेन्द्र मोदी को पहले से ही जानकारी थी। वडनगर में चाय बेचने वाले दामोदर दास के पुत्र नरेन्द्र मोदी की लगन, कड़ी मेहनत ने उन्हें पहले संघ में स्थान दिलाया। फिर उन्हें एक मुकाम पर पहुँचाया। भले ही नरेन्द्र मोदी स्वामी विवेकानन्द, छत्रपति शिवाजी, झाँसी की रानी, सुभाषचन्द्र बोस, और सरदार पटेल से प्रभावित रहे होंगे लेकिन उनकी जिन्दगी में असली बदलाव लाने का श्रेय लक्ष्मण राव इनामदार उर्फ वकील साहेब को ही जाता है। नरेन्द्र मोदी ने अपने प्रारंभ के साल जैसे–तैसे ही गुजारे, पर बाद में उन पर वकील साहेब का प्रभाव सबसे ज्यादा दिखाई देता है। वकील साहेब का जन्म महाराष्ट्र के सतारा जिले के खटाव नामक गाँव में हुआ था। वकील साहेब कुल 7 भाई और दो बहनें थे। संघ में एक गीत बहुत लोकप्रिय है। 'शपथ लेना तो सरल है, उसे निभाना कठिन है।' नरेन्द्र मोदी की नजरों में इसका सही रूप कहा जाए तो वकील साहेब थे जो निभाने में यकीन करने वाले संघ के कार्यकर्त्ता थे। अपनी पुस्तक 'ज्योतिपुंज' में नरेन्द्र मोदी ने वकील साहेब को त्याग, काम के प्रति जवाबदेही और संकल्प निभाने के प्रति समर्पित व्यक्ति बताया है।

वकील साहेब के जीवन में बदलाव के लिए एक घटना का बहुत बड़ा योगदान है। नरेन्द्र मोदी भी इससे जरूर प्रभावित हुए थे। संघ के प्रवास में गये दो स्वयंसेवक नहाने के दौरान डूब गये। वकील साहेब को अफसोस हुआ कि उन स्वयंसेवकों को वह बचा नहीं सके। उन्होंने मन ही मन सोचा कि उनकी जगह मैं डूब गया होता तो अच्छा होता। मृत स्वयंसेवकों के घरवालों में बहुत आक्रोश था। उन्होंने वकील साहेब के लिए बहुत कड़वे शब्दों का इस्तेमाल किया, जिन्हें वकील साहेब ने शांतिपूर्वक सुन लिया और उन्हें सांत्वना दी। मृतक लक्ष्मण की माँ को सांत्वना देते हुए इनामदार ने कहा कि आपका लक्ष्मण तो गया लेकिन अब मैं आपका लक्ष्मण हूँ। वकील साहेब ने अपने इस वचन को लक्ष्मण की माँ और उनके परिवार से पूरी जिन्दगी जीते जी निभाया ('ज्योतिपुंज', पेज नं०–139)। उनसे मोदी की मुलाकात 1960 उस समय हुई थी, जब गुजरात में इनामदार संघ के प्रांत प्रचारक थे। इनामदार नगर–नगर गाँव–गाँव घूम कर

लड़कों को शाखा के लिए प्रोत्साहित करते थे। जब इनामदार ने ऐसी ही एक सभा को वडनगर में धारा प्रवाह गुजराती में सम्बोन्धित किया तो मोदी मानों मन्त्र–मुग्ध हो गये। एन०डी० मरीनो की किताब नरेन्द्र मोदी, पालिटकल बायोग्राफी में इनामदार को लेकर नरेन्द्र मोदी ने कहा है कि मुझे जब भी कोई समस्या होती थी तो मैं उनसे बात करता था वही कामन मैन नरेन्द्र मोदी के लेखक किशोर मकवाना ने अपनी पुस्तक में कहा हैं कि मोदी को संगठन संबंधी कौशल, लोगों से जुड़ने और छोटी–छोटी बात ध्यान में रखने का गुण वकील साहेब से मिला है। नरेन्द्र मोदी ने 2008 में इनामदार सहित संघ के 16 महान हस्तियों की आत्मकथा संकलन ज्योतिपुंज प्रकाशित करवाया। इसमें नरेन्द्र मोदी ने लिखा है कि वकील साहेब को अपनी बात उदाहरण देकर प्रभावी ढंग से कहने में महारथ हासिल थी।

यही उनकी खासियत थी उनसे कार्यकर्त्ता बहुत प्रभावित रहते थे। पुस्तक में ऐसे ही एक उदाहरण का जिक्र करते हुए नरेन्द्र मोदी ने लिखा है लकड़ी की बाँसुरी को लेकर अगर तुम बजा सकते हो तो यह बाँसुरी है नहीं तो यह लकड़ी है।

'पॉलिटिकल बायोग्राफी' के लेखक एंडी मरीनो का मानना है कि संघ पर मोदी का बढ़ता ध्यान और वकील साहेब से घनिष्ठता पिता दामोदर दास के साथ उनके टकराव की वजह रही। नरेन्द्र मोदी की बहन बासन्ती ने बताया कि बचपन में जब नरेन्द्र भाई शाखा में भाग लेने के लिए जाते थे, तो पिताजी गुस्सा होते थे क्योंकि पिताजी को लगता था कि भाई पढ़ने में ठीक है और ठीक से पढ़ाई करेंगे तो जिन्दगी में कुछ अच्छा कर लेगें। इसीलिए वो आर०एस०एस० का कभी–कभी विरोध भी करते थे।

5. संघ में सफर की शुरुआत

नरेन्द्र मोदी उस समय 17 साल के थे जब 1969 में हाईस्कूल की पढ़ाई पूरी करने के बाद वडनगर का अपना घर छोड़ दिया था। 2014 में प्रकाशित किशोर मकवाना की पुस्तक 'कॉमन मैन नरेन्द्र मोदी' में उन्होंने बताया है।

रामकृष्ण मिशन

नरेन्द्र मोदी पर स्वामी विवेकानन्द के प्रभाव का हम जिक्र कर चुके हैं। इसी का असर था कि वह रामकृष्ण मिशन की ओर खिंचे चले जाते थे। मोदी ने राजकोट में रामकृष्ण मिशन आश्रम से यात्रा शुरू की और कोलकाता के निकट हुगली के किनारे बेल्लूर मठ जा पहुँचे। कुछ समय रामकृष्ण मिशन के मुख्यालय में बिताया। फिर गुवाहाटी चले गए। बाद में वह अल्मोड़ा में स्वामी विवेकानंद के एक आश्रम में रहने लगे। दो साल बाद वह वडनगर लौटे। कुछ दिन अपने घर में रहने के बाद मोदी फिर अहमदाबाद रवाना हो गए। घर पर रहने के दौरान नरेन्द्र चाय की दुकान पर काम करते थे। कुछ समय बाद यहीं पर उनका एक बार फिर वकील साहेब से संपर्क हुआ। वकील साहेब शहर में संघ के मुख्यालय 'हेडगेवार भवन' में रहते थे। मुखोपाध्याय लिखते हैं ''इनामदार मोदी के जीवन में दोबारा तब आए जब वे उलझन में थे। मोदी 1968 में अपनी शादी के बाद उससे बचने के लिए घर से निकल गए थे। वापस लौटने पर जब उन्होंने देखा कि

पत्नी इंतजार कर रही है तो वह अहमदाबाद चले गए। यहाँ अपने गुरु के संरक्षण में आने के बाद मोदी ने फिर पीछे मुड़कर नहीं देखा।

6. भरोसे की परीक्षा

लक्ष्मणराव इनामदार के सम्पर्क में युवा नरेन्द्र ने धीरे–धीरे अपनी कार्यकुशलता के बलबूते इस प्रांत प्रचारक का दिल जीत लिया और उनसे एक अलग किस्म का गहरा नाता जोड़ लिया। 'उदय माहूरकर की किताब 'द इनसाइड, द नरेन्द्र मोदी मॉडल ऑफ गर्वनेंस' में लिखा है कि 1969 में नरेन्द्र मोदी उत्तरी गुजरात के सिद्धपुर में संघ के एक प्रशिक्षण–शिविर की देख–रेख कर रहे थे। संघ में मोदी के गुरु और मार्गदर्शक लक्ष्मणराव इनामदार ने उन्हें 50 हजार रुपये से भरा बैग अपने पास रखने के लिए दिया और कहा कि प्रशिक्षण खत्म होने पर वापस मुझे दे देना। वकील साहेब ने नरेन्द्र से पूछा कि वह रुपयों को कैसे सुरक्षित रखेंगे, तब नरेन्द्र ने जबाब दिया यह सब आप मुझ

नरेन्द्र मोदी (ऊपर बायें) और लक्ष्मणराव इनामदार (दूसरी पंक्ति, दायें)

पर छोड़ दीजिए। देर रात मोदी ने प्रशिक्षण शिविर के पास ही एक गड्ढा खोदकर उस बैग को उसमें दबा दिया, अगले दो दिनों तक मोदी प्रशिक्षण के दौरान सुबह और शाम ठीक उसी जगह पर दूसरों के साथ बैठ जाते थे। प्रशिक्षण से जुड़ी राजनीति पर बात किया करते थे। आखिरी दिन शिविर खत्म होने के बाद लक्ष्मणराव इनामदार ने नरेन्द्र मोदी से रुपयो से भरा बैग वापस मांगा तो नरेन्द्र मोदी वकील साहेब को उस जगह लेकर गये जिस जगह जमीन में उन्होंने रूपयों से भरा बैग दबा रखा था। उन्होंने जमीन की मिटटी हटाकर रूपयों से भरा बैग सौंप दिया। लक्ष्मणराव इनामदार नरेन्द्र मोदी की इस प्रतिभा को देखकर दंग रह गये। शायद यही कारण रहा कि नरेन्द्र मोदी और लक्ष्मणराव इनामदार का भरोसे का जो भावनात्मक रिश्ता बना वह अंत तक कायम रहा। गुरु और शिष्य का रिश्ता इतना घनिष्ठ था कि वो कई–कई दिनों तक साथ यात्राएँ करते थे। एक ऐसा ही उदाहरण नरेन्द्र मोदी की बहन बासन्ती ने दिया। उन्होंने बताया कि नरेन्द्र भाई उनकी बेटी को देखने के लिए अपने गुरु वकील साहेब के साथ आए थे। यह उन्नीस सौ बहत्तर–तिहत्तर की बात होगी। नरेन्द्र ने अहमदाबाद के संघ कार्यालय में रहना शुरू किया था। इस बात से ये पता चलता है की गुरु का एन०डी० पर कितना भरोसा था।

अध्याय–7

नया सवेरा

1. नरेन्द्र के पहले बॉस

अहमदाबाद का नया सवेरा मानों नरेन्द्र का इंतजार कर रहा था। यहाँ आने के बाद नरेन्द्र अहमदाबाद के स्टेट ट्रांसपोर्ट बस स्टैंड की कैंटीन में काका के चाय की दुकान में काम करने लगे थे। अम्बालाल कोष्ठी गुजरात में कंकरिया इलाके में जनसंघ का काम देखते थे। 1966 में गुजरात स्टेट ट्रांसपोर्ट कॉरपोरेशन ने

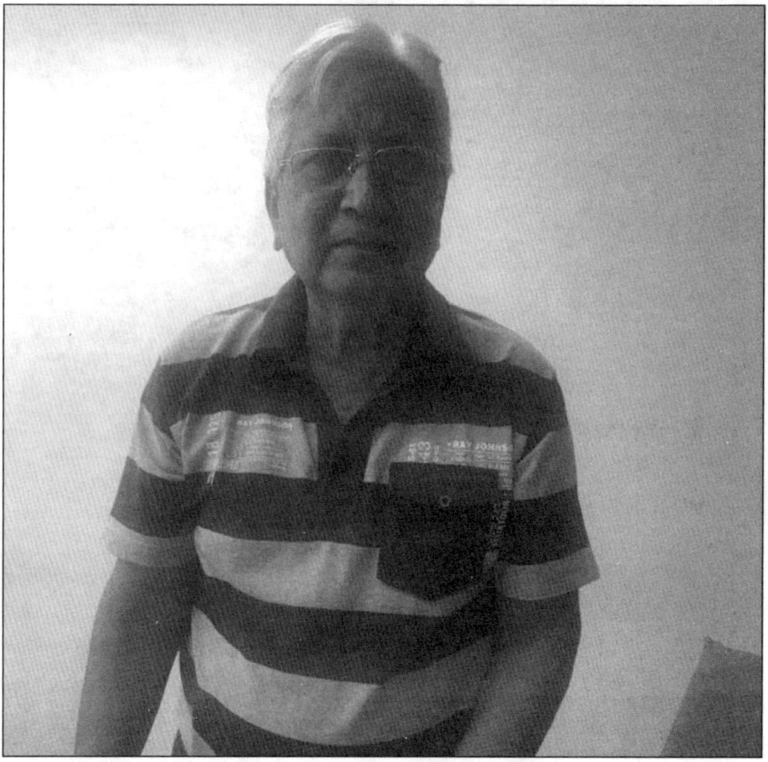

नरेन्द्र मोदी को जनसंघ की सदस्यता दिलाने वाले अम्बालाल कोष्ठी।

PROFILE ■ NARENDRA MODI

THE RISE AND SHINE

PRACHARAKS IN THE RSS ARE LIKE PLATO'S GUARDIANS—MEN of spartan lifestyle who dedicate themselves to their nationalistic ideals. They do not marry, and don't wear gold-rimmed spectacles or designer watches. They never become chief ministers.

That's the rule. Narendra Modi is the exception. The smart-dressing, smooth-talking, affable 51-year-old pracharak is the first in the organisation's history to become a chief minister while remaining a fulltimer. A fiery orator with formidable organising skills, Modi has his task cut out for him: he takes over at a difficult time, and in a manner not designed to please the BJP's veterans.

Modi, who belongs to the OBC Ghanchi community of north Gujarat, has indicated he is willing to carry all sections along. He publicly touched Keshubhai's feet and sought his blessings. "He will have to keep his ego in check. If he does that everything else will fall in line," says a senior RSS leader.

Modi's political career began when Ambalal Koshti, an old RSS worker, spotted him at a canteen in the Gujarat Road Transport office in Ahmedabad that Modi was running on contract. Koshti introduced the 18-year-old to the Jan Sangh. "The spark in him was visible from day one," he says.

PLAIN MAN: Modi is the first pracharak chief minister

Within a few years of joining the RSS, Modi became a pracharak. He graduated in political science and participated in the Navnirman student agitation against the "corrupt" Chimanbhai Patel government in 1973. In 1986, he was drafted into the Gujarat BJP as organisation secretary. He along with Keshubhai and Shankarsinh Vaghela formed the troika that put the BJP on Gujarat's political map. His purple patch ended with Vaghela's revolt in 1995 for which his imperious style was blamed. He was banished to Delhi and told to keep off Gujarat. Even mentor Keshubhai turned against him. Things turned so vicious that his former associates took care not to be seen with him publicly for fear of offending Keshubhai.

The exile worked to his advantage: it paved the way for his acquiring a national image, not least on TV. Last week, all the party stalwarts were unanimous that only Modi could save Gujarat for the BJP. His elevation, like that of Rajnath Singh in Uttar Pradesh and Babulal Marandi in Jharkhand, symbolised the generational shift in the BJP.

"It will be a different ball game now," says a party worker. "I'll ensure that there's not a single person in the administration who does not have an opportunity to perform," says Modi. That also means those who don't perform will perish. After all, it is a little over 500 days to the assembly polls.

The occasional poet and writer is known for the slogans he coins. The first to come after he took charge: "*Amaru Gujarat, aagwu Gujarat* (Our Gujarat, a distinct Gujarat)." He has begun to define his agenda in other ways too. Dispensing with tradition, he requested his supporters to refrain from the usual practice of sponsoring full-page messages of congratulation to newspapers. "Give the money for earthquake relief," he told them.

"I am more lucky than Arjuna," Modi has said. "I have two experienced charioteers in Keshubhai and Suresh Mehta." To err is human. Now, in penalising Patel and Mehta for their performance, the party may be seeking what in them is divine.

—Uday Mahurkar

was yet to recover from the
the Kandla cyclone
successive droughts.

It is these issues that Mod
to address in right earnest
RSS soldier, Modi's ability to
is what the BJP is bank
soon as his name started
rounds as the party's choic
next chief minister, there w
celebration at the state head
the BJP, as also that of th
Hindu Parishad. Much of t
tion and optimism stem fro
that Modi effectively piloted t
ing his tenure with the state
party between 1986 and 19
during this period that the
put on the political map at
roots level in Gujarat. "To
the BJP is once again charged
the Congress," says Jay
Vaghela, a party worker. Tho
believe that with his decisi
ability to easily communica
ers, Modi will be able to h
regain lost ground in the st

WHILE it is early d
precisely the la
qualities that m
led to Keshubhai
Known for his distant st
tioning, he was often at a
nect with either party w
media. As a result, he fail
even his achievements t
tage. The progress record
in infrastructure, inform
nology, education and wa
tion was completely ove
charges of corruptio
against his Governme
your-own-dam scheme
12,000 checkdams we
in the state in two ye
brought him much mile
And Keshubhai had
blame: in an age of inst
he expected television
prior appointments be
those in the Governm

It is now for Modi
exercise in damage c
Besides building a po
eyes of the common
to revitalise the d
rank and file by rest
snapped communi
the Government a
worker. And wha
will have to set the
He has just over a
tions. The option
course of actio
landing in the
February 2003

टिकट का दाम बढ़ा दिया था जिसको लेकर ये लोग गीता मन्दिर के पास धरने पर बैठे थे। तभी वहाँ एक चौदह साल का लड़का आकर रुका। हम लोगों ने वहाँ दीनदयाल जी की तस्वीर के साथ नारों की तख्तियाँ टाँग रखी थी। उसको पढ़कर वह लड़का नारे लगाने लगा। अम्बालाल कोष्ठी ने बताया कि हम बढ़ा किराया वापस लेने की लिए माँग कर रहे थे। थोड़ी देर बाद हमारी इस चौदह साल के लड़के से बात हुई तो पता चला यह नरेन्द्र दामोदर दास मोदी है। लड़के ने कहा, हमारी भी सेवा करने की इच्छा है। इतनी बातचीत के बाद नरेन्द्र भाई वहाँ से चले गए। अम्बालाल कोष्ठी ने बताया कि उनको जनसंघ में लेने के लिए मैं पच्चीस दिन बस स्टैंड वाली दुकान पर गया। नरेन्द्र भाई की चाय पी। मुझे लगा कि लड़के के अन्दर बहुत कुछ करने की इच्छा है। उसके बाद मैंने नरेद्र मोदी को जनसंघ का सदस्य बनाया। पच्चीस पैंसे की रसीद काटी। साथ ही कंकरियां वार्ड का महामंत्री भी नियुक्त कर दिया। इसके बाद हम दोनों लोग इस पूरे वार्ड में साइकिल से जनसम्पर्क में जुट गए। कभी वो मुझे बैठाकर साइकिल चलाते थे, तो कभी मैं। अम्बालाल ने बताया कि तीन महीने हम साथ रहे। नरेन्द्र मोदी ने अम्बालाल कोष्ठी को बताया कि अहमदाबाद में उन्हें रहने में बहुत तकलीफ है। आगे कहा कि मैं संघ में जाना चाहता हूँ। फिर अम्बालाल कोष्ठी उन्हें संघ लेकर गए। उन्हें लगा कि वहाँ रहने की उनकी व्यवस्था हो जाएगी। अम्बालाल ने वहाँ उनकी मुलाकात बचु भाई भगत से करवाई। नरेन्द्र मोदी को बताया गया कि आप को संघ कार्यालय का सब काम करना पड़ेगा जिसमें यहाँ की साफ–सफाई, लोगों को चाय और नाश्ता देना शामिल है। अम्बालाल कोष्ठी ने बताया कि 1966 से नरेन्द्र मोदी संघ कार्यालय आ गए थे। यहीं नरेन्द्र मोदी को लक्ष्मणराव इनामदार का साथ और सहारा मिला जिसने उनकी जिन्दगी बदल दी। जब दो हजार एक में नरेन्द्र मोदी सीएम बने थे तब उन्होंने अम्बालाल कोष्ठी के बारे में कहा था कि मेरे पहले बॉस यही थे।

गुजरात में संघ के प्रचारक साथ ही संगठन मंत्री रहे दत्ता जी चिरनदास ने एन०डी० के बारे में एक दिलचस्प जानकारी दी। उन्होंने बताया कि अहमदाबाद में बस स्टैंड के पास एन०डी० के काका कैंटीन

गुजरात के संगठन मंत्री रहे दत्ता जी चिरनदास।

चलाते थे। एन०डी० वडनगर छोड़कर आये तो अहमदाबाद बस स्टैंड वाली कैंटीन पर बैठते थे। उस समय अहमदाबाद में दो–तीन महीनों में संघ प्रचारकों की बैठकें होती थीं।

उस समय (1966–67) गुजरात के प्रचारकों के लिये नाश्ता लेकर आने का काम नरेन्द्र भाई करते थे। इन बैठकों में कम से

नरेन्द्र अपने शुरुआती दिनों में।

नरेन्द्र मोदी युवा दिनों में।

कम 30 प्रचारक भाग लेते थे। युवा नरेन्द्र हम लोगों को तीन दिन तक अलग–अलग प्रकार का नाश्ता लाकर खिलाते थे। दत्ता जी ने बताया की कुछ प्रचारकों, जैसे अनन्तराव जी, शांति भाई जिन्हें हम मामा कहते थे, उन्हें मिठाई पसन्द थी। नरेन्द्र भाई इनकी पसन्द की चीजें ही लाते थे। उन्हे आग्रहपूर्वक खिलाते थे। दत्ता जी चिरनदास ने ये भी बताया की आम के समय वह लोगों को आम भी खिलाते थे। उस समय नरेन्द्र मोदी आर०एस०एस० के कार्यकर्त्ता के तौर पर यह काम करते थे।

नरेन्द्र मोदी के साथ काम कर चुके पूर्व राज्यसभा सांसद सुरेन्द्र पटेल की मुलाकात भी काका की चाय की दुकान पर ही नरेन्द्र मोदी से हुई थी। सुरेन्द्र काका ने बताया कि वो आर०एस०एस० के एक समर्पित कार्यकर्त्ता थे। जब मेरी नरेन्द्र मोदी से पहली बार मुलाकात हुई, तो उन्होंने मुझे चाय पिलायी थी। उन्होंने मुझसे पैंसे नहीं लिये थे। अहमदाबाद के संघ कार्यालय आने के बाद नरेन्द्र मोदी को एक बार फिर लक्ष्मणराव इनामदार का साथ मिला। मानो युवा नरेन्द्र को पंख लग गये। उन्हें अब एक पथ पर चलने का रास्ता दिख गया। उस समय नरेन्द्र मोदी 18 साल के रहे होंगे। अपने काका का घर छोड़ कर हेडगेवार भवन में रहने पहुँचे नरेन्द्र को निचली मंजिल में 100 वर्ग फुट का कमरा दिया गया था।

यहाँ लक्ष्मणराव इनामदार भी रहते थे। अगर कोई अहमदाबाद के हेडगेवार भवन में अन्दर की तरफ प्रवेश करता है, बायी तरफ स्थित लक्ष्मणराव इनामदार का वो कमरा हैं, जिसमें वो रहा करते थे। उस समय नरेद्र मोदी कमरा नं० 3 हुआ करता था। वह सुबह पाँच बजे अपना बिस्तर छोड़ देते थे। सुबह से ही वह प्रचारकों के लिए चाय बनाने के काम में लग जाते थे (उस समय इमारत एक मंजिल की हुआ करती थी)।

सफाई की जिम्मेदारी भी नरेन्द्र की थी। 1974 में नरेन्द्र मोदी के काम में हाथ बँटाने के लिए अहमदाबाद के आर एस एस कार्यालय में बहुत छोटी उम्र में लाए गए प्रेमचन्द कोदर भाई पटेल ने बताया कि उस समय साहेब एक साधारण पोस्ट पर थे। हमारे यहाँ जो प्रचारक आते थे। नरेन्द्र मोदी उनके लिए पाँच बजे उठ कर चाय–नाश्ता बनाने का काम करते थे। मैं साहब की मदद के लिए था। धीरे–धीरे साहेब ने मुझे चाय–नाश्ता बनाने में ट्रेन्ड कर दिया। कहाँ से दूध लाना, कहाँ से दूसरे सामान, सब में, मैं एक्सपर्ट हो गया। नरेन्द्र मोदी वकील साहेब के कपड़े भी धोते थे (बहुत रिक्वेस्ट के बाद वकील साहेब ने यह अधिकार उन्हें दिया था)। ऐसा करने के पीछे युवा नरेन्द्र की दलील थी की उन्हें बहुत प्रसन्नता होगी। उस समय दोपहर के भोजन के लिए लोग बारी–बारी से स्वयंसेवकों के घर जाते थे। वापस आने पर नरेन्द्र को स्वयंसेवकों के लिए चाय बनानी पड़ती थी। कुछ समय तक यह सब काम करते–करते युवा नरेन्द्र का आत्म विश्वास बढ़ने लगा। साथ ही आर०एस०एस० में जिम्मेदारी भी बढ़ने लगी।

2. गुरु ने ही शिष्य को पहचाना

वैसे तो नरेन्द्र मोदी के विकास में अनगिनत लोगों का हाथ होगा पर कोयले की खान से असली हीरा ढूँढ़ने का काम तो वकील साहेब ने ही किया था। जिन्दगी में जब नरेन्द्र मोदी को रास्ता नहीं दिखाई पड़ता था तो उनका आसरा बस वकील साहेब ही हुआ करते थे। चाहे स्वयं सेवक बनाने का काम रहा हो या शादी के बाद जिन्दगी की कश्मकश से निकलकर हेड़गेवार भवन में पहुँचने का, नरेन्द्र की हमेशा अपने गुरू के ही शरण में ही आसरा मिला। एक और खास बात जिसमें लक्ष्मणराव इनामदार ने अहम रोल अदा किया वो है–नरेन्द्र को

अहमदाबाद में संघ कार्यालय का कमरा।

आगे पढ़ने के लिए प्रेरित करने का। आगे के अध्ययन के लिए वकील साहेब ने परिश्रम करके युवक नरेन्द्र मोदी को सारी जानकारी इकट्ठा करके दी जिससे दोबारा नरेन्द्र मोदी पढ़ाई कर सकें।

नरेन्द्र दामोदर दास मोदी ने अपना पूरा जीवन संघ को समर्पित कर दिया। जब मैं इस किताब को लिखने का मन बना रहा था, तो मेरे मन में भी एक सवाल था कि आखिर नरेन्द्र मोदी ने संघ का ही चुनाव क्यों किया? इसके पीछे क्या कारण रहा? मैं नरेन्द्र मोदी के परिवार, उनके जानने वालों या मित्रों से जब मिला तो उसे अवश्य जानने की कोशिश करता कि आखिर नरेन्द्र मोदी के संघ में जाने के पीछे का रहस्य क्या है?

3. संघ में जाने का रहस्य

पुस्तक के सिलसिले में रिसर्च के दौरान मेरी मुलाकात मणिनगर में अपनी क्लिनिक के माध्यम से गरीबों का इलाज कर रहे, नरेन्द्र मोदी के समर्थक मित्र डॉ० अनिल रावल से हुई।

डॉ० रावल लम्बे वक्त तक नरेन्द्र मोदी के साथ काम करते रहे है। काम का यह सिलसिला उस वक्त हुआ था जब नरेन्द्र मोदी प्रचारक के रूप में अहमदाबाद में सक्रिय थे। मोदी ने आर०एस०एस० क्यों ज्वाइन किया, यह कहानी बडी दिलचस्प है। खास बात यह है कि यह रहस्योद्घाटन खुद नरेन्द्र मोदी ने डॉ० रावल से किया।

अहमदाबाद में संघ कार्यालय का पुराना ऑफिस।

डॉ० अनिल रावल ने बताया की 1982–83 की बात है। संस्कार धाम के ट्रस्टी डॉ० आर०के० शाह ने मुझसे कहा कि नरेन्द्र भाई की माँ की तबीयत कुछ ठीक नहीं है, उनको देखने जाना है। तुरन्त ही हम लोग वहाँ के लिए निकल लिए। नरेन्द्र भाई डॉ० शाह की फियेट

डॉ० अनिल रावल नरेन्द्र मोदी के साथ।

गाड़ी चला रहे थे। मेरे मन में एक प्रश्न था कि आखिर नरेन्द्र मोदी ने सन्यास क्यों लिया? उनके मन में क्या है जिसने उन्हें इस रास्ते पर चलने के लिये प्रेरित किया? डॉ० अनिल रावल ने मुझे बताया कि जो स्वयंसेवक थे – इनका काम होता था, एक गाँव से दूसरे गाँव, एक शहर से दूसरे शहर में प्रचार–प्रसार करना। उस समय आर०एस०एस० कार्यालय में सुबह बड़ा और चाय दी जाती थी। शाम को हम किसी स्वयंसेवक के घर जाते थे, वहीं पर भोजन करते थे। यही हमारी दिनचर्या थी। अगर स्वयंसेवक के यहाँ जाना नहीं हो पाता था, तो उस दिन हम उपवास पर ही रह जाते थे। आगे डॉ० अनिल रावल का कहना था, कि नरेन्द्र मोदी ने मुझे बताया कि मैं एक स्वयंसेवक के गाँव के घर उससे मिलने के लिये गया था। गाँव में उसका टूटा–फूटा घर था। उस घर में कुल तीन सदस्य थे – पति, पत्नी और छोटा बच्चा। मैं दोपहर के समय उनके घर पर पहुँचा था। यह वह समय था, जब अमूमन लोगों के भोजन का समय होता है। दम्पत्ति ने मुझसे भी खाने का आग्रह किया और कहा कि आप धूप में दूर से आये दिख रहे हैं। हाथ मुँह धोकर आप भी प्रसाद ग्रहण कर लीजिये। हमें बहुत अच्छा लगेगा। मैं भी पास की बाल्टी में रखे पानी

से हाथ–मुँह धोने के बाद भोजन करने के लिये बैठ गया। उनकी पत्नी ने मुझे एक बाजरे का रोटला (रोटी), एक बहुत ही छोटी कटोरी में दूध दिया। नरेन्द्र मोदी ने अनिल रावल को बताया कि मैंने रोटी तोड़कर पहला निवाला मुँह में डाला था और दूसरा निवाला अपने मुँह में डालने जा ही रहा था तो थोड़ी दूरी पर मैंने देखा कि एक बच्चा खड़ा होकर एकटक, कटोरी को देखे जा रहा था। फिर पता नहीं क्यों, मेरे मन में अन्दर से लगा कि हो न हो यह जो छोटी कटोरी में मुझे दूध दिया गया है, कहीं उस बच्चे का तो नहीं है। मैंने खाना छोड़ दिया और थाली एक तरफ कर दी। इसके बाद बच्चे की माँ ने मेरी नजरों के सामने ही मेरी थाली में रखी दूध की कटोरी बच्चे को दे दी जिसे बच्चा एक सांस में ही पूरा पी गया। यह देखकर मैं काँप गया, मैंने एक माँ का त्याग और गरीबी का इतना भयानक चेहरा पहले कभी नहीं देखा था। मैं तुरन्त खाने वाली जगह पर से उठ खड़ा हुआ। नरेन्द्र मोदी का मन उस दम्पत्ति के त्याग के लिए उनका बहुत सम्मान करने को हुआ। मोदी को लगा कि आज भी लोगों में त्याग और समर्पण कायम है। उस घर से निकलते वक्त उनके मन ने भारत में हर उस अन्तिम व्यक्ति तक पहुँचने का संकल्प लिया जो दुखी हो, असहाय हो। उन्होंने उसी समय ये प्रण किया कि अगर मैं अपनी जिन्दगी में कुछ बन गया तो हर उस गरीब के हाथ में रोटी कपड़ा और मकान देने की कोशिश करूँगा, जो इससे वंचित होगा। अनिल रावल ने कहा कि इसके बाद नरेन्द्र मोदी ने संघ में पूर्णतः समर्पित हो जाने का रास्ता चुना। जब नरेन्द्र मोदी गुजरात में मुख्यमंत्री के पद पर थे, तब भी उनकी तरफ से गरीबों के रोटी, कपड़ा और मकान के लिए अभियान चलाए गए, देश का प्रधानसेवक बन जाने के बाद भी उन्होंने देश के लोगों से यही वादा किया कि हर गरीब को रोटी कपड़ा और मकान मिलना चाहिए।

4. संघ का सफर

नरेन्द्र मोदी के साथ संघ के शिक्षा वर्ग का तीनों साल पूरा करने वाले भगीरथ भाई देसाई ने बताया कि पहले साल की ट्रेनिंग हमने 1973 में नाडियाड में पूरी की थी। जबकि दूसरे साल की हमारी ट्रेनिग 1974 में होनी चाहिए थी। नवनिर्माण आन्दोलन के कारण उस साल वो ट्रेनिंग

नरेन्द्र मोदी के साथी भगीरथ भाई देसाई।

नहीं हो पाई। इसके बाद 1975 में बाजवा जिला–बड़ौदा में हमारे द्वितीय वर्ष संघ शिक्षा वर्ग की ट्रेनिंग हुई। आपातकाल के तुरन्त बाद नागपुर में तृतीय वर्ष की संघ शिक्षा वर्ग का प्रशिक्षण लिया। इसके बाद नरेन्द्र मोदी की जिम्मेदारी भी बढ़ने लगी, पद भी मिलने लगे। हेडगेवार भवन में उनके साथ रहने वाले प्रेमचन्द ने हमें बताया की शुरुआत में कार्यालय में साहब को बाहर से आए प्रचारकों के लिए टिकट कराने, चाहे वो रेल का टिकट हो या फिर हवाई जहाज का टिकट हो, साथ ही उनके ट्रेवल के लिए गाड़ियों के इंतजाम की जिम्मेदारी दी गई थी।

वही भगीरथ भाई देसाई ने बताया कि 1974–75 में उनके पास अहमदाबाद इलाके के एबीवीपी की जिम्मेदारी थी। एन०डी० यहाँ कार्यालय आया करते थे। उस समय आपातकाल का दौर था। नरेन्द्र

मोदी को संघ की तरफ से आपातकाल की सामग्री, तथ्यों के संकलन की जिम्मेदारी दी गई थी। वह संघ की तरफ से भूमिगत आन्दोलन के साथ ही भूमिगत पत्रिकाओं में लेख के लिए सामग्री के संकलन के साथ ही उसे छपवाने की जिम्मेदारी उठाते थे।

5. जापानी दोस्त

नरेन्द्र मोदी बाकी लोगों की सोच से कितना आगे की सोचते थे,इसकी कल्पना करना कठिन है। क्या आप इस बात का भरोसा करेंगे कि नरेन्द्र मोदी की 1974 में जापान के लोगों से दोस्ती थी। यह दिलचस्प किस्सा नरेन्द्र मोदी के साथ बहुत समय तक काम करने वाले उनके साथी भगीरथ भाई देसाई ने सुनाया। भागीरथ भाई ने मुझे बताया कि 1974 में नरेन्द्र भाई ने उन्हें एक बार पार्सल छुड़ाने के लिए डाकखाने भेजा था। उसका कारण था कि नरेन्द्र भाई किसी काम में व्यस्त थे। जब मैं डाकघर गया और पार्सल छुड़ाया तो पता चला कि यह पार्सल जापान से आया था। मैं नरेन्द्र भाई के पास वो पार्सल ले कर गया पार्सल मेरे सामने ही खोला गया। जब पार्सल खोला गया तो उसमें बहुत सारा जापानी सामान था। जैसे शेविंग मशीन, बाल को सुखाने वाली मशीन, नेल कटर, जापानी पेन आदि। उस समानों में से नरेन्द्र भाई ने नेलकटर और जापानी पेन मुझे दे दिया। तब मैंने नरेन्द्र भाई से इस किस्से को पूछा कि ये क्या है? तो नरेन्द्र भाई ने मुझे बताया कि मैं अलग–अलग प्रकार की पुस्तकों का अध्ययन करता हूँ। जिसमें दुनिया भर के लोग लेख लिखते हैं। उस किताब में उन लोगों के पते भी दिए जाते थे जिस पर आप उन के लिखे पर अपनी प्रतिक्रिया भेज सकते थे। इस तरह से इस जापानी मित्र से मेरी दोस्ती हुई, जिसने समाग्री भेजी।

6. गुरु के लिए सर्मपण

नरेन्द्र का अपने गुरु लक्ष्मणराव इनामदार को लेकर कितना आदर और सम्मान था, इससे जुड़ा एक प्रसंग नरेन्द्र मोदी के मित्र रमेश भाई मेहता ने मुझे सुनाया।

यह बात 1979 के आस पास की है, जब गुजरात के मोरवी में आई बाढ़ के बाद पुनर्वास के लिए आर एस एस की तरफ से बनाए घरों के वितरण का कार्यक्रम था। इस कार्यक्रम में मुख्य अतिथि के

नरेन्द्र मोदी और रमेश भाई मेहता।

रूप में बाला साहेब देवरस आए थे। पूरे मोरवी में उत्साह का माहौल था। नरेन्द्र मोदी और रमेश मेहता वहीं–कहीं घूमने जा रहे थे। तभी नरेन्द्र मोदी को एकाएक याद आया कि आज तो ऋषिपंचमी है। मोरवी में आई बाढ़ के बाद लोगों के पुनर्वास में जुटे नरेन्द्र मोदी को अपने गुरु के जन्मदिन की जब याद आई तो वह चिन्तित हो गए। रमेश भाई का कहना था कि वकील साहेब नरेन्द्र भाई के लिए पिता तुल्य थे। वकील साहेब के इतना करीब होने के बाद भी नरेन्द्र मोदी वकील साहेब को जन्मदिन मनाने के लिए कहने का साहस नहीं कर पा रहे थे। उन्होंने यह बात अपने मित्र रमेश मेहता को कही। उनके मित्र रमेश मेहता ने ये बात बाला साहब देवरस को बताई क्योंकि बाला साहेब देवरस की बात को तो वकील साहेब टाल नहीं सकते थे। आपको बता दें कि वकील साहेब अपने लिए कुछ करने के खिलाफ रहते थे। जिस दिन वकील साहेब का जन्मदिन था उस दिन मोरवी का सारा बाजार बन्द था लेकिन नरेन्द्र मोदी पर तो जनून सवार था कि अपने गुरू के जन्मदिन पर उन का सम्मान करना है। मेहता के मुताबिक – हम लोग जब बाजार पहुँचे तो पूरा मोरवी बन्द था। फिर हम लोगों ने प्रयास करके एक दुकान खुलवाई, और वहाँ से कुछ सामान खरीदा। इसके बाद हम दूसरी जगह गए और वहाँ से एक

शाल खरीदी। सारा समान लेकर हम कैम्प पहुँचे जहाँ सभी लोगों के ठहरने की व्यवस्था थी। फिर सर संघ चालक बाला साहेब देवरस ने वकील साहेब को जन्मदिन की बधाई दी। उनकी बात को भला वकील साहेब कैसे मना कर सकते थे? इस तरह से नरेन्द्र भाई को भी अपने गुरु का जन्मदिन के अवसर पर सम्मान करने का मौका मिल गया। यह नरेन्द्र मोदी का अपने गुरु के प्रति लगाव, समर्पण और आत्मीयता दिखाता हैं।

गुरु का सपना पूरा किया नरेन्द्र ने

नरेन्द्र मोदी का अपने गुरु से कितना लगाव था, इस बारे में एक प्रसंग संस्कार धाम के ट्रस्टी डॉ० आर०के० शाह ने भी सुनाया।

अहमदाबाद में संस्कार धाम।

डॉ० आर०के० शाह के परिवार के साथ नरेन्द्र मोदी।

उन्होंने अपने गुरु वकील साहेब के प्रति नरेन्द्र मोदी की चिन्ता का उल्लेख किया।

वकील साहेब जब कैंसर की बीमारी से गंभीर रूप से पीड़ित थे और अपना इलाज करवा रहे थे, तब यह शिष्य पूरे समय अपने गुरु की सेवा में लगा रहा। वकील साहेब ने अपनी अन्तिम साँस पूना में ली। इनामदार की मौत ने मोदी के जीवन में खालीपन ला दिया यह खालीपन कितना गहरा था, इसका उल्लेख एंडी मरीनो ने मोदी के हवाले से अपनी पुस्तक में किया है। उन्होंने कहा कि उन दिनों मुझे जो भी समस्या आती तो मैं उनसे बात करता था। अब अपनी सोच की प्रक्रिया में मैं आटो पायलट हूँ। मृत्यु के बाद भी वकील साहेब ने नरेन्द्र मोदी के लिए सहारे का काम किया। अहमदाबाद के बाहरी इलाके में लड़कों के लिए रिहाईशी हाईस्कूल बनाने के प्रोजेक्ट में इनामदार मोदी के लिए प्रेरणा बने। इस समय नरेन्द्र मोदी राजनीति के हशिए पर थे। 'संस्कार धाम' में मोदी ने देश भर के हर उस शख्स से सम्पर्क स्थापित करने का प्रयास किया जिसने उसको बेहतर बनाने की सलाह दी होगी। इस क्रम में डॉ० आर०के० शाह ने हमें बताया कि किस तरह से नरेन्द्र मोदी इस संस्थान को बनवाने के लिए दिन–रात एक किए हुए थे। खिड़की, दरवाजे से लेकर हर छोटी–बड़ी बात पर नरेन्द्र मोदी खुद निगाह रखते थे। यूएसए में 'विश्व हिन्दू परिषद' का काम करने वाले महेश भाई मेहता ने बताया की संस्कार धाम का प्रोजेक्ट जब मुझे नरेन्द्र मोदी ने बताया तो मुझे विश्वास ही नहीं हो रहा था कि आखिर वह इतने बड़े प्रोजेक्ट को कैसे पूरा करेंगे।

अहमदाबाद में मेरी मुलाकात नरेन्द्र मोदी के जानने वाले साथी मोहसीन शेख से हुई, जो कि एक जाने माने चित्रकार हैं। उन्होंने संस्कार धाम से जुड़ी बात हमसे साझा की। यहाँ पर नरेन्द्र मोदी के लिए जो कमरा बनवाया गया है, उसको ठंडा करने के लिए एयरकंडिशनर का कहीं भी इस्तेमाल नहीं होता है। ऐसी इसकी संरचना बनाई गई है कि यह पूरी तरह से एयरकूल्ड है। मोहसीन शेख ने बताया कि नरेन्द्र भाई ने इस कमरे के लिए उनसे एक तस्वीर बनाने को कहा था। उन्होंने स्वामी विवेकानन्द की एक तस्वीर अपने पर्स से निकालकर दी थी।

संस्कार धाम में लगी विवेकानन्द की तस्वीर।

इस तस्वीर में विवेकानन्द के चेहरे पर दाढ़ी और मूँछ की हल्की रेखाएँ ही आई थी। नरेन्द्र भाई का कहना था कि स्वामी जी की तस्वीर को मैं अपने कमरे में सिरहाने की तरफ लगाऊँगा, जिससे वो हमेशा मेरे साथ रहें। 'संस्कार धाम' के निर्माण में नरेन्द्र मोदी ने अपने को इतना व्यस्त कर लिया था कि उस समय राजनीति में हाशिए पर होने के बाद दिन काटना उतना मुश्किल नहीं रहा होगा।

अध्याय–8

मोदी की स्पेशल चाय

1. संघ कार्यालय में कड़क चाय का पाठ

चौदह नवम्बर दो हजार सोलह को गाजीपुर की एक रैली में देश के पीएम ने कहा कि लोग कहते थे, मोदी जी जरा कड़क चाय बनाना। गरीबों को कड़क चाय पसन्द आती है। प्रेमचन्द कोदर भाई पटेल ने मुझे बताया की नरेन्द्र भाई खास तरह की चाय बनाते थे। पहले मुझे समझ में नहीं आया की आखिर वो इतनी अच्छी चाय कैसे बना लेते हैं। एक दिन उन्होंने मुझे चाय बनाने का गुर सिखाया। उन्होंने मुझे चाय में अदरक के साथ तुलसी का पत्ता जरूर डालने को कहा, साथ ही आँच को कम करके चाय को धीरे–धीरे पकाने की सलाह दी। यह चाय मुझे सुबह 5:00 बजे बनाकर लोगों को देनी होती थी। आठ बजे कार्यालय में मुझे लोगों को नाश्ता देना होता था।

प्रेमचन्द को अहमदाबाद कार्यालय में बहुत कुछ सिखाने वाले नरेन्द्र मोदी मुख्यमंत्री बनने के बाद उन्हें अपने साथ सीएम कार्यालय ले गए। प्रेमचन्द ने नरेन्द्र मोदी का अपनों को लेकर एक दिल छूने वाला प्रसंग सुनाया। प्रेमचन्द का नरेन्द्र मोदी के साथ काम करना भी एक अद्‌भुत संयोग था। प्रेमचन्द्र ने मुझे बताया कि असल में मेरे माता–पिता ने मुझे जन्म जरूर दिया, परन्तु मेरे अभिभावक और गुरु नरेन्द्र मोदी ही थे। प्रेमचन्द ने बताया कि युवा नरेन्द्र को हेडगेवार भवन में बाकी काम के साथ–साथ संघ के पदाधिकारियों के लिये बस और रेलगाड़ी में सीट आरक्षित करवाने का काम भी सौंप दिया गया। इससे उनका लोगों से परिचय का दौर आरम्भ हुआ। जिसने युवा नरेन्द्र को बहुत कुछ सीखने का मौका दिया। प्रेमचन्द कोदर भाई पटेल ने एक ऐसा प्रसंग सुनाया जिससे पता चलता है कि नरेन्द्र मोदी अपनों के लिये किस तरह से सच्चाई की लड़ाई लड़ते हैं। यह 1974

प्रेमचन्द कोदर भाई पटेल सीएम कार्यालय में।

की बात है। नरेन्द्र भाई मोदी ने मुझे बस स्टेशन पर टिकट लेने के लिये भेजा। बाहर से कोई बड़े प्रचारक आये थे। प्रेमचन्द ने बताया कि जब टिकट खिड़की पर पहुँचा तो बुकिंग क्लर्क ने मुझसे कहा कि मेरे पास 1 रुपये का खुल्ला नहीं है। आप मुझे 25 पैंसे खुल्ला लाकर दो। वहाँ बैठे कई लोगों से पूछा कि क्या आप के पास खुल्ले है, तो लोगों ने मना कर दिया।

तभी वहाँ एक पुलिस वाला आ गया। उसने मुझसे कहा कि तुम मुझे एक रुपया दो, मैं तुम्हें 25 पैंसा देता हूँ। 75 पैंसे का हिसाब बाद में होता रहेगा। मैंने पुलिस वाले से कहा कि मैं आप से बात नहीं कर रहा हूँ। प्रेमचन्द ने बताया कि पुलिसवाला उनसे दादागीरी करने लगा। हम लोगों का जबरदस्त झगड़ा हो गया। मुझे प्रान्त प्रचारक जी का टिकट लेकर जिस नियत समय पर पहुँचना था, उसमें बहुत देर हो गई। जब मैं आर०एस०एस० कार्यालय पहुँचा तो नरेन्द्र भाई मेरा बड़ी बेसब्री से इंतजार कर रहे थे। जैसे ही मैं पहुँचा, वह नाराज होकर बोले कि प्रेमचन्द तुम्हें टिकट लेकर बहुत पहले आना था। तुम इतनी देर से क्यों आये? जिनको जाना था अब वो कैसे जायेंगे। तब प्रेमचन्द्र ने नरेन्द्र मोदी को पूरी घटना बताई। नरेन्द्र भाई को प्रेमचन्द की इतनी बात सुननी भर थी कि वह झटपट कुर्ता–पायजामा पहनकर तैयार हो गये। उस समय नरेन्द्र मोदी आने–जाने के लिये लम्ब्रेटा

स्कूटर का इस्तेमाल कर रहे थे। उन्होंने तुरन्त अपना स्कूटर निकाला और बस स्टेशन पहुँच गये। उन्होंने मुझसे कहा कि प्रेमचन्द उस पुलिस वाले को ढूँढ़ो। लेकिन हमारे जाने के साथ ही वह पुलिस वाला जाकर कहीं छिप गया था। सारी बातें अब तक फैल चुकी थी। हल्ला हंगामा होने पर उसके बड़े अफसर आये। उन्होंने ये विश्वास दिलाने की कोशिश की कि अब आगे से ऐसा नहीं होगा। नरेन्द्र भाई इससे कहाँ मानने वाले थे। उन्होंने कहा कि अगर उसकी ड्यूटी यहाँ पर है तो वह लौटकर जरूर आयेगा। नरेन्द्र मोदी ने कहा कि आज रात के 12 भी बजे जायें, हम उसे बिना खोजे यहाँ से नहीं जायेंगे। मैं एक बार फिर से उस पुलिस वाले की खोज में लगा, थोड़ी देर ढूँढ़ने के बाद वह पुलिस वाला मिल गया। नरेन्द्र भाई ने उससे पहला सवाल पूछा कि तुम कौन से गाँव से आये हो? तुम्हारा फर्ज क्या है? तुम्हारा फर्ज किसी को मारना हैं या उसकी रक्षा करना है? उस पुलिस वाले ने दलील दी कि इसने मुझे ये नहीं बताया कि यह कहाँ से आया है। इस पर नरेन्द्र भाई ने कहा कि यहाँ जो भी आयेगा वह क्या तुम्हें अपना नाम बतायेगा, तब तुम उसकी रक्षा करोगे। नरेन्द्र भाई ने उसे चेतावनी देते हुये कहा कि अगर तुमने मेरे आदमी को हाथ लगाया होता तो मैं तुम्हारी टोपी व बेल्ट उतरवा देता। नरेन्द्र मोदी ने कहा कि ये लड़का हर रोज चार बार यहाँ पर आयेगा। इससे तुम्हें क्या मतलब? लेकिन बाद में नरेन्द्र भाई ने उस पुलिस वाले को सबक देने के बाद माफ कर दिया।

अध्याय–9

बड़ी जिम्मेदारी

1. प्रेस का महत्व व इस्तेमाल की बड़ी जिम्मेदारी

नरेन्द्र मोदी के साथ काम करने वाले प्रफुल्ल रावल जो कि अहमदाबाद में 15 साल कॉरपोरेटर रहे, इन्होंने एक घटना का उल्लेख किया। इन्होंने बताया कि 1973 में पहली बार गुजरात में विश्व हिन्दू परिषद का महाधिवेशन मेहसाणा जिले के शीतपुर में रखा गया। नरेन्द्र मोदी उस समय प्रचारक के नाते यहाँ का काम देख रहे थे। मुझे प्रेस से सम्बन्धित जिम्मेदारी निभाने का दायित्व सौंपा गया था। उस समय मैं शीतपुर से अहमदाबाद, रोज सम्बन्धित सामग्री प्रेस के लोगों तक पहुँचाता था। साथ ही फोटो भी उपलब्ध करवाने की जिम्मेदारी मेरे ही कन्धों पर थी। विश्व हिन्दू परिषद का यह सम्मेलन डॉ० वी०ए० वनीकर के नेतृत्व में आयोजित किया गया था। प्रफुल्ल

नरेन्द्र मोदी वरिष्ठ नेताओं के साथ

रावल ने बताया कि नरेन्द्र मोदी ने उस समय ही मीडिया के महत्व को समझ लिया था, क्योंकि मैं उस कार्यक्रम की जो भी प्रेस रिलीज बनाता था वह उनके मार्गदर्शन में बनती थी। उसके साथ फोटो का होना अत्यन्त आवश्यक होता था। उस समय न तो टेलीफोन हुआ करता था, न ही इन्टरनेट का जमाना था। आने–जाने के लिये हम लोग भाड़े की एक एम्बेसडर कार का इस्तेमाल कर रहे थे। हमें प्रेस रिलीज और फोटो देने के साथ ही वापस लौटना होता था ताकि अगले दिन के कार्यक्रम की रूपरेखा भी बना सकें। शायद ये पहला मौका था, जहाँ नरेन्द्र मोदी को अपनी प्रतिभा को दिखाने का इतना बड़ा मंच मिला। इससे पहले नरेन्द्र मोदी आर०एस०एस० कार्यालय में अपनी जिम्मेदारियों का बखूबी निर्वाहन कर रहे थे। धीरे–धीरे आत्मविश्वास भी बढ़ रहा था। युवा नरेन्द्र का मन कुछ कर गुजरने के लिये बेचैन था। तभी इतनी बड़ी जिम्मेदारी ने नरेन्द्र को सबके सामने अपनी प्रतिभा दिखाने का मौका दे दिया, जिसने निश्चित रूप से उनके लिये आगे के रास्ते खोले। मेहसाणा में तीन दिनों तक चलने वाले इस सम्मेलन में देश भर से साधु–सन्तों और विचारकों का जमावड़ा हुआ था।

2. नव–निर्माण आन्दोलन – दिखाया हौंसला

संघ की पहले साल की ट्रेनिंग समाप्त करने के बाद गुरु का सानिध्य मिलने और अहमदाबाद के हेडगेवार भवन में काम करने से नरेन्द्र का कान्फिडेंस लेवल बहुत बढ़ गया। धीरे–धीरे इसकी चमक भी दिखने लगी। विश्व हिन्दू परिषद के सम्मेलन के आयोजन में महत्वपूर्ण भूमिका निभाने वाले नरेन्द्र के लिये मानो यह समय इंतजार कर रहा था। 1973 के आखिरी माह में मोरबी इंजीनियरिंग हॉस्टल में फूड बिल से संबंधित समस्या की वजह से विद्यार्थी आन्दोलन की राह पर चल पड़े। जनवरी 1974 में इस आन्दोलन का प्रभाव अहमदाबाद के इंजीनियरिंग कालेज तक पहुँच गया। सरकार को ऐसा प्रतीत हो रहा था कि यह आन्दोलन जनसंघ द्वारा प्रायोजित किया गया है। छात्र भ्रष्टाचार के खिलाफ सड़कों पर उतर आये थे। 73 दिन तक चले इस आन्दोलन में 108 लोगों की मौत हुई, 8000 से ज्यादा लोग गिरफ्तार किये गये। 'अखिल

भारतीय विद्यार्थी परिषद' ने इस आन्दोलन में महत्वपूर्ण भूमिका अदा की। कई जगहों पर जबरदस्त हिंसा हुई। यह वही समय था, जब नरेन्द्र को भ्रष्टाचार के खिलाफ लड़ाई लड़ने के लिए चर्चित नेता जय प्रकाश नारायण के साथ बातचीत करने का अवसर मिला। इस दिग्गज नेता के साथ कई बार की उत्साहजनक चर्चा ने नरेन्द्र पर गहरी छाप छोड़ी। इन सबका परिणाम यह हुआ की चिमनभाई पटेल को इस्तीफा देना पड़ा। नए चुनाव कराए गए। जनता ने कांग्रेस सरकार को उखाड़ फेंका। लेकिन यहाँ चुनावों का परिणाम 12 जून (1975) को आया। यह दिन इतिहास में हमेशा याद रखा जाएगा क्योंकि इस दिन इलाहाबाद उच्च न्यायालय ने इंदिरा गांधी को चुनावी भ्रष्टाचार का दोषी पाया था। प्रधानमंत्री के रूप में उनके भविष्य को लेकर सवाल खड़े कर दिए थे। एक हफ्ते के बाद बाबू भाई जस भाई पटेल के नेतृत्व में गुजरात में नई सरकार का गठन किया गया था। यह एक ऐसा आन्दोलन था जिसने नरेन्द्र मोदी को राजनीति में शुरुआती पहचान देने का काम किया। नरेन्द्र ने नई ताकत के साथ हिम्मत दिखानी शुरू कर दी। इस आन्दोलन में किए गए काम का पारितोषिक भी मिला, जब वकील साहेब ने शिष्य नरेन्द्र को 1975 में लोक संघर्ष समिति के सचिव की भूमिका दिलाई। इस आन्दोलन में नरेन्द्र ने एक प्रयोग किया था।

3. लीडर की भूमिका में नरेन्द्र

नरेन्द्र मोदी बचपन से साहसिक निर्णय और नए प्रयोग करते रहे परन्तु इस आन्दोलन में उन्होंने कुछ अलग किया। नरेन्द्र मोदी के साथ आर०एस०एस० में काम करने वाले पूर्व पार्षद प्रफुल्ल रावल ने बताया कि मंहगाई को लेकर छात्र उबल रहे थे।

सरकार ने छात्रों पर दमनकारी नीति अपना रखी थी। अहमदाबाद को मिलिट्री के हवाले कर दिया गया था। उस समय नरेन्द्र मोदी अहमदाबाद के खाड़िया इलाके में मौजूद थे। नरेन्द्र मोदी ने स्थानीय लोगों और नेताओं को सुझाव दिया कि जब मिलिट्री आपके इलाके से गुजरे तो आप उनको फूल देंगे और माला पहनाकर उनका भव्य स्वागत करेंगे।

प्रफुल्ल रावल नरेन्द्र के साथी।

उस इलाके में युवाओं को कई जगहों पर फूल–माला लेकर खड़ा रहने के लिये कहा गया। कई जगहों पर नरेन्द्र मोदी के कहने के अनुसार बोर्ड लगवा दिये गये जिसमें लिखा था – मिलिट्री दुश्मन के लिये है, जो सरहद के पार हैं, आप हमारी रक्षा करते हैं, हम आपका स्वागत करते हैं, आप भी मंहगाई से दो–चार हो रहे हैं। जहाँ से

Courtesy Narendra Modi official website.

मिलिट्री को गुजरना था, वहाँ महिला, बुजुर्ग, बच्चे सभी खड़े होकर मिलिट्री का स्वागत कर रहे थे। नरेन्द्र मोदी इस समय प्रचारक के तौर पर काम कर रहे थे। निश्चित रूप से उस समय के लिये यह अनूठा प्रयोग था, जो बहुत हद तक कामयाब रहा। इसका परिणाम यह हुआ कि सरकार पर भारी दबाब पड़ा। आन्दोलन को आगे बढ़ाने में और भी कई नेताओं का बड़ा योगदान रहा होगा लेकिन नरेन्द्र ने नया प्रयोग कर दिखाया कि वो कुछ अलग तरह की सोच रखते हैं।

1975 में हुए चुनाव में कांग्रेस की सीटों की संख्या 75 थी। कांग्रेस और सहयोगियों की संख्या 56 तक बढ़ी। जनसंघ आर०एस०एस० को 18 सीटें मिली। चिमन भाई पटेल की पार्टी को 12 सीटें मिलीं। लेकिन इन सब में महत्वपूर्ण यह था कि सरकार बनवाने में इनकी भूमिका महत्वपूर्ण हो गई। इसे जनता मोर्चा की सरकार का नाम दिया गया। जब आपातकाल अपने चरमोत्कर्ष पर था, तब जोड़–जुगाड़ से बनी इस सरकार को बर्खास्त कर दिया गया।

अध्याय–10

आपातकाल

1. आपातकाल : युवा नरेन्द्र का जोश

पुस्तक लिखने के सन्दर्भ में मैं यह भी जानना चाहता था कि जिस आपातकाल ने अच्छे–अच्छों का पसीना छुड़ा दिया, उसमें नरेन्द्र मोदी ने कैसे काम किया था? यही कारण था कि मैं गुजरात में कई ऐसे लोगों से मिला जिनके साथ नरेन्द्र मोदी ने आपातकाल में काम किया। नरेन्द्र मोदी ने अपनी पुस्तक 'संघर्षमय गुजरात' में आपातकाल के दौरान किए गए कार्यों का वर्णन तो किया है, परन्तु उन्होंने उस समय क्या किया था? मैं उसे समझना चाहता था। इसलिए मैंने यह जानने के लिए गुजरात में डॉ० आर०के० शाह, महेन्द्र भाई भट्ट, अमेरिका से आपातकाल विरोधी आन्दोलन की गतिविधियों में मदद करने वाले महेश भाई मेहता, हर्षद भाई शाह, प्रफुल्ल भाई रावल, अंजली बहन पंड्या, अटल बिहारी वाजपेई के सहायक रहे शिव कुमार, सुब्रमण्यम स्वामी, नरेन्द्र मोदी के छोटे भाई पंकज मोदी, आर०आर०एस० के प्रचारक रहे स्व० गोपाल शाह के बेटे, सुरेन्द्र काका, भागीरथ भाई देसाई, दत्ता जी, चिरनदास, शंकर सिंह वाघेला जैसे सैकड़ों लोगों से मुलाकात की। इन लोगों ने नरेन्द्र मोदी के आपातकाल में किए गए काम को समझने में मेरी मदद की। इस क्रम में लगभग सभी लोगों ने एक बात समान रूप से कही, वह यह कि आपातकाल में किये गये काम ने नरेन्द्र मोदी को बड़ा प्रधान (प्रधानमंत्री) पद तक पहुँचाने में अहम भूमिका निभाई है। आपातकाल में ही अपने काम के बल पर नरेन्द्र मोदी ने लालकृष्ण आडवाणी के मन में स्थान बनाने में सफलता प्राप्त की। बाद में उन्होंने नरेन्द्र मोदी के कौशल का सबसे सही तरीके से इस्तेमाल किया। आडवाणी जी मोदी को लगातार उन्हें राष्ट्रीय स्तर पर काम करने का मौका देते रहे जबकि गुजरात में कई दूसरे लोग उनका विरोध कर रहे थे।

2. आपातकाल की सुर्खियाँ

अगर देखा जाये तो आपातकाल ने नरेन्द्र मोदी की कुशलता का हर स्तर पर इम्तहान लेने का भी काम किया। जब नरेन्द्र मोदी के गुरु लक्ष्मणराव इनामदार ने गुजरात लोक संघर्ष समिति बनाई तो अपने शिष्य को एक बड़ी जिम्मेदारी दी। उन्होंने इस संघर्ष समिति में मोदी को महासचिव नियुक्त किया। नरेन्द्र मोदी आपातकाल के दौरान पूरे समय अहमदाबाद में रहे। इस समय नरेन्द्र मोदी दो विद्वानों के सम्पर्क में आये जिनसे उन्होंने बहुत कुछ सीखा। ये विद्वान थे–गुजरात विश्वविद्यालय के राजनीतिक विभाग के डीन प्रोफसर के०डी० देसाई और पी०एम० सेठ, जिन्होंने किताबें भी लिखी हैं। इन्हीं के कहने पर नरेन्द्र मोदी ने किताब लिखी, जो इमरजेन्सी के ठीक बाद छपी। इन दोनों ने नरेन्द्र मोदी को आगे पढ़ने के लिए भी प्रेरित किया।

आपातकाल ने नरेन्द्र मोदी को उन लोगों के साथ काम करने का अवसर दिया जो महारथी थे। नरेन्द्र मोदी अपने आपको खुशकिस्मत मानते हैं कि इस दौरान उन्होंने राजनीतिक विश्वास को व्यापक बनाया। यह वही दौर था जब दूसरे दलों के नेताओं के साथ मोदी ने कंधे से कंधा मिलाकर काम किया। इनमें गांधीवादीं, इस्लामी संगठनों, साम्यवादी दलों, समाजवादी और उदार संगठनों के नेता शामिल थे।

THE HINDU

India's National Newspaper

President Proclaims National Emergency

"Security of India Threatened by Internal Disturbances"

Preventive Arrests: Press Censorship Imposed

PM Explains Action

इससे उनकी कार्य शैली समझने का मौका नरेन्द्र को मिला। शायद इतना अनुभव ज्ञान, युवा नरेन्द्र को इतनी आसानी से कहीं और नहीं मिल पाता। आपातकाल में काम करने का परिणाम रहा कि नरेन्द्र मोदी के आर०एस०एस० के वरिष्ठ सदस्य दत्तों पंथ ठेगड़ी के साथ अच्छे सम्बन्ध बने।

3. पुरानी यादें

आपातकाल के समय गुजरात में हुये संघर्ष को लेकर नरेन्द्र मोदी ने खुद पुस्तक लिखी, जिसका नाम 'संघर्षमय गुजरात' है। आर०एस०एस० के वरिष्ठ सदस्य ठेगड़ी को लगा कि युवा नरेन्द्र के अन्दर आग है जिसकी रोशनी पूरे देश में फैलनी चाहिये। यही कारण था कि नरेन्द्र मोदी को आर०एस०एस० के काम को लेकर उस पर वृतांत और शोध के लिये दिल्ली बुलाया गया। यही वह वक्त था जब उन्हें पूरे देश में लोगों से मिलने का मौका मिला और दिल्ली में अपनी पैठ बनाने का अवसर भी। अपनी पुस्तक लिखने के दौरान नरेन्द्र मोदी को आर०एस०एस० मुख्यालय में रहने का मौका मिला। तथ्यों को इकट्ठा करने के संदर्भ में उन्हें देश के अलग–अलग हिस्सों में घूमना पड़ा

जिससे लोगों से सम्बन्ध स्थापित करने का अवसर मिला। इस दौरान दूसरे राजनीतिक दलों के नेताओं से भी उनकी कई मुलाकातें हुईं जिससे आगे की राजनीति में बहुत मदद मिली होगी।

3 जनवरी 2015 को कोल्हापुर में दी गई अपनी स्पीच में *प्रधानमंत्री नरेन्द्र मोदी ने कहा कि आपातकाल का समय याद है, जब लोकतन्त्र को दबोच लिया गया था। अखबारों पर ताले लग गए थे। सभी वरिष्ठ नेताओं को जेल में डाल दिया गया था। यह वो वक्त था, जब 12 जून 1975 को गुजरात के आये नतीजो में जनता ने मोर्चा के गले में जयमाला पहना दी।* 19 जून को मोर्चा सरकार ने बाबू भाई पटेल के नेतृत्व में कामकाज संभाला ही था कि गर्मी की रात 25 जून 1975 को पूरे देश में हलचल मच गई। कोई सपने में भी नहीं सोच सकता था कि सत्ता के लिये इतना कठिन कदम कोई सरकार उठायेगी। पूरी रात बड़े लोगों की गिरफ्तारी का संदेश मिलता रहा। जय प्रकाश नारायण, मोरार जी देसाई को गिरफ्तार कर लिया गया। नाना जी देशमुख को पुलिस तलाश कर रही थी। आर०एस०एस० कार्यालय को पुलिस ने घेर लिया था। कहा गया कि एस०एस०एस० का कार्यालय खाली करें। दिल्ली में भी प्रमुख नेताओं को गिरफ्तार कर लिया गया था। लालकृष्ण आडवाणी और अटल बिहारी वाजपेयी को बैंगलौर में गिरफ्तार कर लिया गया था। रेडियो से इंन्दिरा गांधी का संदेश प्रसारित करवाया हुआ था।

4. आपातकाल का रॉबिनहुड

नरेन्द्र मोदी ने अपनी स्कूली शिक्षा के दौरान 'जोगी दास खुमान' नामक नाटक में काम किया था। जिसमें दिखाया गया था कि किस तरह से अत्याचार के खिलाफ लड़ाई लड़ी जाती है। वो बात युवा नरेन्द्र के मन में पूरी तरह बैठी थी। इसके साथ ही नरेन्द्र मोदी के मन में हमेशा से कुछ अलग करने की चाह रही। अगर कहा जाये तो नरेन्द्र ने जिन महापुरुषों का अध्ययन किया था उनका प्रभाव भी आपातकाल में मोदी के संघर्ष के दौरान कही न कहीं दिखाई पड़ा। यहाँ महान स्वतंत्रता सेनानी सुभाष चन्द्र बोस का यह प्रसंग बहुत समीचीन है, जिससे युवा नरेन्द्र ने बहुत कुछ सीखा होगा।

जब सुभाष चन्द्र बोस ने 'फारवर्ड ब्लाक' के अध्यक्ष के रूप में विश्वयुद्ध का विरोध किया, तो अंग्रेजों ने उन्हें कलकत्ता के एक मकान में नजरबन्द कर दिया। सुभाष चन्द्र बोस ने अपने बारे में यह प्रचारित करना प्रारम्भ कर दिया कि वह बार–बार जेल जाकर बीमार होने से ऊब चुके हैं। अब वह एकांत में तप साधना करने का काम करेंगे। इस बात को प्रचारित करने के बाद सुभाष चन्द्र बोस ने खुद को बाहरी दुनिया से पूरी तरह काट लिया। सरकार ने अपनी खुफिया रिपोर्ट दी,जिसमें कहा गया कि अब सुभाष चन्द्र बोस पूरी तरह से निराश हो गये हैं। आध्यत्मिक साधना कर रहे हैं। पूरे 40 दिन तक सुभाष चन्द्र बोस न तो घर से बाहर निकले और न ही किसी से मुलाकात की। लोग यह समझ रहे थे कि सुभाष चन्द्र बोस अपनी आराध्य देवी काली की उपासना में लगे हैं। 15 जनवरी 1941 को लंबी दाढ़ी तथा लंबे चोगें वाला एक मोलवी कलकत्ता के एल्गिन रोड स्थित उस मकान से निकल कर घर के बाहर खड़ी कार में बैठ कर बर्द्धवान रेलवे स्टेशन जा पहुँचा। वह वहाँ से पेशावर जाने वाली पंजाब मेल में सवार हो गया। जब वो पेशावर पहुँचा तो वहाँ से वह जियाउद्दीन बन गया। भागने के 10 दिन बाद सरकार को यह पता चला कि सुभाष चन्द्र बोस यहाँ से निकल चुके हैं। आपातकाल के दौरान भी युवा नरेन्द्र ने भी इस तरह का प्रयोग किया। नरेन्द्र मोदी ने आपातकाल में कई छद्‌म वेष धारण किए और एक बार भी पकड़े नहीं गए। इस दौरान उन्होंने सरकार के खिलाफ लोगों तक अपनी बात पहुँचाने के लिये कई प्रयोग किये जिसे उन्होंने महापुरुषों के जीवन से सीखा। अहमदाबाद के कंकरियाँ में एस०एस०एस० का आंचलिक कार्यालय में गहमागहमी थी। संघ प्रचारक एवं प्रदेश जनसंघ के मंत्री नाथा लाल झगड़ा पूरी रात सन्देशों का आदान–प्रदान करते रहे। गहमागहमी लगातार बढ़ रही थी। आर०एस०एस० के तत्कालीन क्षेत्र प्रचारक लक्ष्मणराव इनामदार की अध्यक्षता में 'लोक संघर्ष समिति' का गठन किया गया। इसका काम भूमिगत होकर आन्दोलन को आगे बढ़ाना था। भूमिगत आन्दोलन के दृष्टिगत, लक्ष्मणराव इनामदार ने उस समय कम चर्चित रहे अपने शिष्य नरेन्द्र मोदी को कई महत्वपूर्ण जिम्मेंदारियाँ निभाने को दीं। इसके लिए वह सन्यासी, सरदार, वकील,

नरेन्द्र मोदी और हरिन व्यास

पत्रकार, स्टूडेन्ट, बीमा एजेन्ट, ड्राईवर न जाने क्या–क्या, इसके बारे में आगे विस्तार से बताऊँगा।

अहमदाबाद में फुटपाथ पार्लियामेन्ट चलाने वाले हरिन व्यास ने बताया कि 25 जुलाई 1975 के दिन नाथा लाल झगड़ा, जो आर०एस०एस० के प्रमुख व्यक्ति थे, अपने साथ दो ट्रंक और एक नवयुवक को लेकर आये और कहा कि हरीन तुमको इस अमानत को सम्भालना है, तो मैंने उनसे कहा कि दो ट्रंक तो मुझे दिख रहा है और क्या सम्भालना है? उन्होंने कहा, नरेन्द्र भी तो है।

नाथ लाल झगड़ा ने कहा कि नरेन्द्र को खुफिया काम करना है। हरीन व्यास ने बताया कि वो जाते और दो–तीन दिन बाद वापस आते थे। उन्होंने आगे बताया कि मैं ओरियन्टल बैंक में उस समय मैनेजर था जिसकी वजह से अहमदाबाद में वृन्दावन डेरी के पास एक फ्लैट मिला था। नरेन्द्र मोदी ने आपातकाल में कई रातें यहीं गुजारी। रात को नरेन्द्र मोदी छत पर सोते थे। ताकि किसी तरह का खतरा हो तो वो फरार हो सकें। उस ट्रंक में आर०एस०एस० कार्यालय के वो महत्वपूर्ण कागजात थे, जो आपातकाल आन्दोलन के समय अलग–अलग जगहों पर भेजने थे।

5. पोल खोल का निर्णय

आर०एस०एस० के प्रमुख नेताओं ने इंदिरा सरकार का पोल खोलने का निर्णय लिया। अक्टूबर 1975 में दिल्ली में राष्ट्रमंडल देशों के

संसदीय प्रतिनिधियों की बैठक आयोजित की गई थी। इंदिरा गांधी ने आपातकाल के निर्णय को जायज ठहराने के लिये इसका उपयोग करने का फैसला किया था। इंदिरा गांधी की तरफ से ऐसी रिपोर्ट तैयार करवाई गई जिसमें दिखाया गया कि देश के लोग इस निर्णय से खुश हैं। संघर्ष समिति के नेताओं ने इंदिरा के इस काम का पोल खोलने का निर्णय लिया। इसके तहत प्रचार सामग्री तैयार करना, उसे छपवाना और दिल्ली भेजकर बाँटना था। यह काम गुजरात इकाई के पास था। इसके अन्तर्गत पाँच पुस्तिकायें तैयार की गई–

1. Indian Press Gagged इण्ड़ियन प्रेस गैग्ड
2. FACT (Nail Indiras lies) फैक्ट (नेल इन्द्रिरा लाइस)
3. 20 Lies of Mrs Anti Gandhi 20 लाइस ऑफ मिसेस एंटी गाँधी।
4. When Disobedience to Law is Duty & Mahatama Gandhi वेन डिसोबीडीअन्स टू लॉ इज डयूटी एण्ड महात्मा गाँधी
5. A Decade of Economic Chaos ए डिकेड ऑफ इकोनोमिक केओस

उस समय हालात बेहद खराब थे। जनसंघ के कार्यालय मंत्री बचुभाई ठाकुर के नेतृत्व में इन पुस्तिकाओं को छपवाने का काम हुआ। उस समय इनको छपवाना आसान नहीं था। सरकार की तरफ से इस तरह के सभी अधिकार छीन लिये गये थे। इसके बाद इसे ट्रेन से दिल्ली भेजना भी एक कठिन चुनौती थी। जिसके लिये कुछ कार्यकर्त्ताओं का चुनाव किया गया। बिस्तर में भरकर इस सामग्री को भेजा गया। इन कामों को रोकने के लिये इंदिरा सरकार ने चप्पे–चप्पे पर जासूस लगा रखे थे। सम्मेलन में कई ऐसे लोग थे जो कांग्रेस शासित प्रदेशों से थे। गुजरात का नेतृत्व सुरेश मेहता कर रहे थे। यह जनसंघ के विधायक थे। जनसंघ का जनमोर्चा के साथ समझौता था। सुरेश मेहता ने खतरा उठाकर सामग्री को सदस्यों के बीच वितरित कर दिया।

6. राष्ट्रमण्डल प्रतिनिधिमण्डल में खुलासा

दिल्ली में बीजेपी के नेता सुब्रमण्यम स्वामी जो उस समय आर०एस०एस० के महत्वपूर्ण नेता थे। मुलाकात में बताया कि उन्हें राष्ट्रमंडल की बैठक

आपातकाल में मोरारजी देसाई और सुब्रमण्यम स्वामी।

में आये लोगों से मिलने और सम्पर्क कर उनके सामने बात रखने की जिम्मेदारी दी गई थी। जिस होटल में राष्ट्रमण्डल देशों के सदस्य ठहरे हुए थे उसी होटल में सुब्रमण्यम स्वामी ने अपने लिये कमरा बुक करवा लिया। इस तरह स्वामी ने नेताओं से मुलाकात की। इंदिरा सरकार के खिलाफ निडरता पूर्वक वह सारी बातें कही जिसके लिये सुब्रमण्यम स्वामी को जिम्मेंदारी सौंपी गई थी।

डॉ० सुब्रमण्यम स्वामी आपातकाल के सम्बन्ध में प्रचार के लिये जब विदेश गये तो वह लगातार नरेन्द्र मोदी के सम्पर्क में थे। सुब्रमण्यम स्वामी ने बताया कि नरेन्द्र मोदी में कमिटमेन्ट पहले से था। जो काम वह हाथ में लेते थे उसे हर हाल में पूरा करते थे। यह पहले आपातकाल में भी किया और बाद में मुख्यमंत्री बनने के बाद भी।

आपातकाल में नरेन्द्र मोदी के किए गए कार्यों की बहुत चर्चा हमें लिखित रूप में नहीं मिलती। यही कारण था कि मैंने जिन भी लोगों से मुलाकात की, उनसे मोदी की तरफ से आपातकाल में किए गए काम को जानने की कोशिश की। इसी क्रम में मेरी मुलाकात पूर्व प्रधानमंत्री अटल बिहारी वाजपेयी के राजनैतिक सचिव रहे शिवकुमार जी से हुई। शिवकुमार जी आपातकाल के दौरान 18–19 दिन अटल बिहारी वाजपेयी के साथ गुजरात में रहे। इनकी नरेन्द्र मोदी से

आपातकाल में साथ–साथ।

गुजरात के अहमदाबाद में मुलाकात हुई थी। शिवकुमार ने बताया की जब ये लोग गुजरात पहुँचे तो वहाँ सबसे पहले नाना जी देशमुख से भेंट हुई। भेष बदला होने के कारण ये नाना जी को पहचान ही नहीं सके।

शिवकुमार ने बताया सुब्रमण्यम स्वामी भी उस समय सरदार के भेष में मिले थे। खास बात यह कि उन्होंने भी अपनी पहचान छुपाने के लिए दाढ़ी और मूँछें कटवा ली थी। शिवकुमार ने बताया कि उस दौरान हम लोग कभी किसी साइकिल वाले के घर रहे तो कभी किसी रिक्शे वाले के घर। किसी बड़े आदमी के घर तो शायद ही रहे हो क्योंकि पकड़े जाने का डर बना रहता था। मुझे और अटल बिहारी वाजपेयी को वहाँ से बाहर जाना था। इसका इन्तजाम उस समय नरेन्द्र मोदी ने किया था। उन्होंने हमारे साथ दया बहन नाम की कार्यकर्त्ता को लगा दिया था जिससे कि हम लोग एक परिवार की तरह लगे और पुलिस की पकड़ में ना आ सके। इस तरह से हम और अटल जी महाराष्ट्र होते हुए हैदराबाद पहुँचे।

7. क्रान्तिकारी मोदी

युवा नरेन्द्र की काम करने की क्षमता के साथ ही टीम भी बहुत जबरदस्त थी। 21 नवम्बर 1976 को अहमदाबाद में युवा सम्मेलन के

Courtesy web **नरेन्द्र मोदी सरदार के भेष में।**

अटल बिहारी वाजपेयी के निजी सचिव शिवकुमार।

दौरान नरेन्द्र मोदी के नेतृत्व में उनकी टीम ने शानदार काम किया। इस सम्मेलन को बाबू भाई पटेल और पीलू मोदी आदि सम्बोधित करने वाले थे। सरकार ने इस सम्मेलन पर बैन लगा दिया। इस कारण

आयोजकों ने इसे अहमदाबाद से बाहर कराने का निर्णय लिया। सभी लोगों को शहर से बाहर आने के लिये आमंत्रित किया गया।

पीलू मोदी, बाबू भाई पटेल और के डी देसाई पुलिस को चकमा देकर सम्मेलन स्थल पर पहुँच गये। नरेन्द्र मोदी के साथ बहुत दिनों तक आर०एस०एस० में काम करने वाले प्रफुल्ल रावल याद करते हुये बताते हैं कि नरेन्द्र मोदी पूरी रात बैठकर स्टांशिल बनाते व बनवाते रहे। हम लोगों ने बहुत सारे स्टांशिल संदेश तैयार किए। यह सन्देश कार्यक्रम स्थल में परिवर्तन को लेकर था।

नरेन्द्र मोदी ने क्रान्ति का जो सन्देश सम्मेलन में भेजा था, उसे पढ़ा गया। साथ ही लोगों में बढ़–चढ़कर इसकी प्रतियाँ बाँटी। इसमें कहा गया था कि किस तरह से हमें इस आन्दोलन में काम करना है। प्रफुल्ल रावल ने कहा कि नरेन्द्र मोदी ने उस समय अपने सन्देश में कहा था "आपने तानाशाही के सामने कभी घुटने नहीं टेके। आइये हम आजादी की दूसरी जंग में कूदे। नरेन्द्र मोदी की एक बड़ी खासियत है कि उन्हें स्लोगन और नारा बनाने में महारत हासिल है।

8. गुमनाम लेखक

साधना के बन्द होने के बाद नरेन्द्र मोदी ने खबरदार छद्म नाम से मुक्तवाणी के सम्पादन की जिम्मेदारी सम्भाली। उस समय गुजरात में मुक्तवाणी ही समाचार जानने के माध्यम के तौर पर काम कर रहा था। नरेन्द्र मोदी को लिखने पढ़ने का शौक है। उन्होंने इस कला का आपातकाल में जमकर इस्तेमाल किया। नरेन्द्र मोदी ने अपने एक भाषण के दौरान कहा था कि *आपातकाल में सेंसरशिप थी, ऐसे में सत्य लोगों तक पहुँचाना एक बड़ा काम था।* नरेन्द्र मोदी के मित्र भगीरथ भाई देसाई ने बताया कि आपातकाल में नरेन्द्र मोदी को भूमिगत होकर आन्दोलन चलाने और उसका प्रचार–प्रसार करने की जिम्मेदारी दी गई थी। *नरेन्द्र मोदी ने अपने भाषण में बताया की गर्भ पत्रिका वह अभय के नाम से निकालते थे। उन्होंने कहा कि यह केवल संघ के प्रयासों से ही संभव हो पाया। नरेन्द्र मोदी ने अपने भाषण में कहा कि उनकी पहली किताब का लोकार्पण गुजरात के मुख्यमंत्री रहे बाबू भाई जस भाई पटेल ने किया था और चन्द्रकान्त बक्शी ने इसकी समीक्षा की थी। नरेन्द्र मोदी का कहना है कि जब एक्टिविस्ट लिखता*

है तो समाज उसका उपयोग करता है। नरेन्द्र मोदी की लिखी पुस्तक 'संघर्षमय गुजरात' में किस तरह से लोकतन्त्र को जिन्दा रखने के लिए स्वयंसेवक पत्र–पत्रिकाओं का इस्तेमाल कर रहे थे, इसका बहुत अच्छा उदाहरण दिया गया है (पेज–45–46)।

नरेन्द्र मोदी की लिखी पुस्तक 'संघर्षमय गुजरात'

गुजरात लोक संघर्ष समिति ने 'जनवाणी' नामक पत्रिका निकालने का फैसला किया। गुजरात लोकसंघर्ष समिति के सचिव भोगी लाल गांधी के नेतृत्व में यह 2 जुलाई से निकलने लगी। इसे 'जनता छांपु' का भी नाम दिया गया। आरम्भ में इसमें सुनी सुनाई खबरों का प्रकाशन किया जाता था। आपातकाल में काफी समय तक 'जनता' अखबार ने महत्वपूर्ण भूमिका अदा की।

नरेन्द्र मोदी के साथ संघ शिक्षा ग्रहण करने वाले भगीरथ भाई देसाई ने बताया कि एक और स्थानीय पत्रिका 'साधना' ने 'जनता' अखबार की जगह ले ली। इस पत्रिका ने विरोधियों के कार्यकलापों की खबरें छापनी शुरू कर दी थीं। सरकार ने जुलाई 1976 में इस पत्रिका के कार्यालय को भी सील कर दिया। इसके बाद एक भूमिगत पत्रिका 'मुक्तवाणी' शुरू की गई। नरेन्द्र मोदी ने अपनी पुस्तक 'संघर्षमय गुजरात' में गुजराती साप्ताहिक की तरफ से निकाले जाने वाली पत्रिका 'साधना' का उल्लेख किया है। 26 जून 1975 में 'साधना' के एक अंक में 'आपातकाल के बारे में पुनर्विचार किया जाए', लेख छपा। इस लेख को उच्च न्यायालय में रिट डालकर भी सेंसर नहीं किया जा सका। इस अंक में जेल में बन्द जय प्रकाश नारायण, अटल बिहारी वाजपेयी, मोरारजी देसाई और राजमाता विजयाराजे सिंधिया की तस्वीर छपी थी, जो उस समय कौतुहल का विषय थी। लेख और तस्वीरों के साथ ही प्रकाशित होने के दस मिनट में इसकी चालीस हजार प्रतियाँ बिक चुकी थीं। 'गुजरात सत्याग्रह' नाम की यह पत्रिका आपातकाल के दौरान समाचार देने वाली एक प्रकार से अलग तरह की पत्रिका थी। इस पत्रिका में गुजरात के अलावा देशभर से सत्याग्रहियों के समाचार दिए जाते थे। इसके अलावा 'जनजागृति', 'जनता समाचार', 'लोक समाचार', 'तणखा' (चिनगारी), 'संघर्ष समाचार' आदि अलग–अलग शीर्षकों से पत्रिकाएँ छपती थीं।

9. वो आपातकाल का भाषण

नरेन्द्र मोदी के साथी भगीरथ भाई देसाई ने आपातकाल के दिनों का प्रसंग सुनाया। नरेन्द्र मोदी आगे बढ़ने के लिए संघर्ष कर रहे थे। उस संघर्ष को भगीरथ भाई देसाई ने बहुत करीब से देखा था। उन्होंने बताया कि जनजागृति के लिये आपातकाल में कई जगहों पर सभायें होनी थी।

नरेन्द्र मोदी भागीरथ भाई देसाई के साथ।

ताकि ज्यादा से ज्यादा लोगों तक आन्दोलन के विचारों को फैलाया जा सके। हम लोंगो ने तय करके मीटिंग रखी, लेकिन लोगों के बीच भाषण देने वाले लोग, आम लोगों में उत्साह का संचार नहीं कर पा रहे थे।

इसी बीच युवा नरेन्द्र मोदी वहाँ आ गये। उन्होंने मंच संभाला और 15 मिनट तक जोरदार भाषण दिया। नरेन्द्र के भाषण ने लोगों में जोश भर दिया। आपातकाल में आर०एस०एस० की तरफ से नरेन्द्र मोदी को सार्वजनिक जगहो पर मंच का इस्तेमाल नहीं करने के लिये कहा गया था लेकिन युवा नरेन्द्र ने जोश में इस बात की परवाह नहीं की पर वह अपनी काबिलियत की वजह से आपातकाल के दौरान पकड़े भी नहीं गये।

अध्याय–11

आपातकाल में सरदार के रोल में मोदी

1. आपातकाल के सरदार जी

आपातकाल में नरेन्द्र मोदी ने अलग–अलग रूप धारण करके अपने काम को बेहतरीन ढ़ंग से अंजाम दिया। गोपाल शाह हरी भाई मगन भाई शाह के पुत्र थे। हरी भाई मगन भाई शाह हेडगेवार भवन में ट्रस्टी थे। साथ ही हेडगेवार भवन का एकाउन्ट भी देखते थे। नरेन्द्र भाई हर 15 दिन में हरी भाई के घर जरूर आया करते थे। उस समय गोपाल छोटे थे। गोपाल ने बताया कि आपातकाल के दौरान प्रचारक केशव राव देशमुख और लक्ष्मणराव इनामदार उनके घर में ठहरते थे। नरेन्द्र भाई भी इमरजेन्सी में हमारे घर आकर रूकते थे। एक दिन नरेन्द्र भाई हमारे घर रात को आये और यही रुके, अगले दिन जब वह भोजन करके जाने के लिये तैयार

नरेन्द्र मोदी मगन भाई शाह के साथ।

हो गये तो मैंने देखा कि उन्होंने सरदार जी का हुलिया धारण कर रखा था। उन्होंने मुझसे कहा कि गोपाल बाहर से जाकर किसी रिक्शा वाले को बुला कर ले आओ। मैं बाहर गया और एक रिक्शे वाले को बुला लाया। नरेन्द्र भाई रिक्शे पर बैठे और वहाँ से चले गये। अगले दिन जब वह घर आये तो उन्होंने मुझे बुलाया और कहा कि गोपाल मैं तो तुम्हें कितना बुद्धिमान समझता था, तुमको तो कुछ ध्यान ही नहीं रहता है। तो मैंने उनसे पूछा कि क्या हुआ? उन्होंने मुझे बताया कि तुमने ध्यान दिया था कि कल तुम जिस रिक्शे वाले को मुझे ले जाने के लिये लेकर आये थे, वह असली सरदार था। अगर वह मुझसे मेरी सच्चाई के बारे में पूछता तो मैं उसे क्या बताता कि मैं कौन हूँ और कहाँ से आया हूँ, आज ऐसा लग रहा था कि पोल खुल सकती थी। तब मुझे लगा कि यह तो बहुत बड़ी गलती थी। इससे तो नरेन्द्र भाई पकड़े भी जा सकते थे।

आपातकाल में वैसे तो नरेन्द्र मोदी ने कई तरह का भेष बदला पर सबसे ज्यादा कहानियाँ और किस्सें सरदारों के ही सुनने को मिले हैं। ऐसा ही एक रोचक सच हमें पंकज मोदी ने भी सुनाया।

2. दमदार सरदार

1975 में आपातकाल के समय आर०एस०एस० के ज्यादातर लोगों को कारावास में डाल दिया गया। नरेन्द्र भाई को गिरफ्तार करने के लिये भी वारण्ट जारी किया गया। नरेन्द्र भाई भूमिगत हो गये थे। उस समय पंकज 'हिन्दुस्तान' समाचार के लिए काम करते थे। नरेन्द्र भाई को अगर घर के लिये सूचना देनी होती थी या घर का कोई हाल चाल लेना होता था, तो फोन कर लेते थे। आपातकाल में गुजरात के हालात, और रोज हो रही गिरफ्तारियों से नरेन्द्र मोदी के पिता दामोदरदास मोदी और माँ हीरा बॉ बहुत चिन्तित थे। कई दिनों से बेटे का कोई समाचार न पाकर माँ की चिन्ता और बढ़ गई थी। पंकज ने बताया कि मेरे मामा बाबू भाई मोदी अहमदाबाद में रहते थे। एक दिन नरेन्द्र भाई का मेरे ऑफिस में सन्देश आया कि माताजी और पिताजी को मामा के घर पर बुला लो। मैं वही रात को 9.00 बजे के आस–पास आऊँगा। नरेन्द्र भाई रात तकरीबन 9.00 बजे सरदार के भेष में मामा के घर पर पहुँचे। माता–पिता नरेन्द्र की

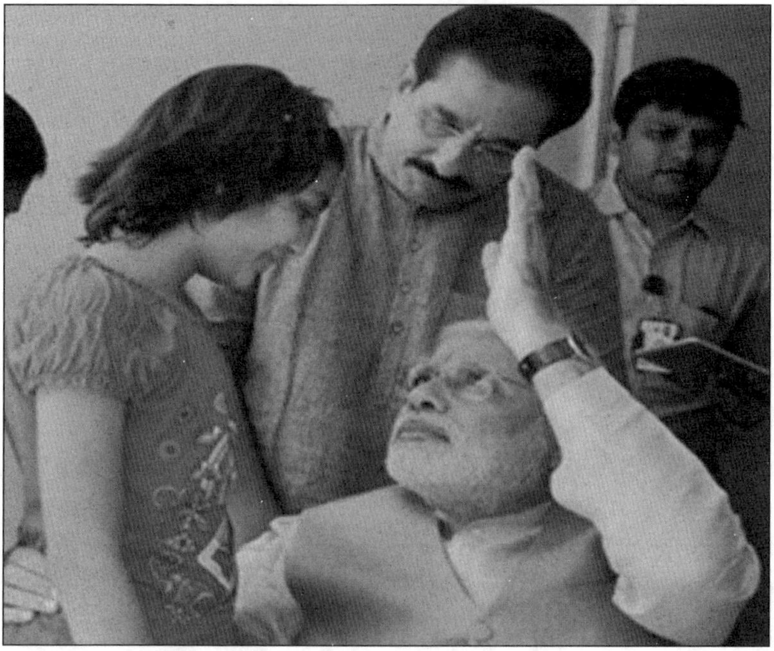

पंकज मोदी नरेन्द्र मोदी के साथ।

जगह सरदार को देखकर जोर–जोर से रोने लगे। तब नरेन्द्र भाई ने दोनों को समझाया और कहा कि यह सब मैं देश के लिये कर रहा हूँ। आप दोनों लोगों को परेशान होने की जरूरत नहीं है। उन्होंने मुझसे कहा कि मुझे यहाँ से जाने के लिये एक ऑटो लेकर आओ, लेकिन उस ऑटो वाले से बहुत दूर जाने की बात मत कहना, नहीं तो वह जाने से मना कर देगा। जब मैं ऑटो ड्राइवर के पास गया तो मैंने उससे कहा कि कंकरिया जाना है, वह तुरन्त तैयार हो गया। मैं उसकी गाड़ी में बैठकर मामा के घर आ गया। मेरे आने के तुरन्त बाद नरेन्द्र भाई ने मुझे ऑटो से उतार दिया और उसमे खुद बैठ गये। बैठने के बाद उन्होंने कहा कि मुझे एलिस ब्रिज लेकर चलो। ऑटो वाला नाराज हो गया। उसने कहा कि भाई साहब जो ऑटो लेकर आये हैं उन्होंने तो कंकरिया चलने की मुझसे बात की थी। उसने जाने से साफ मना कर दिया। तब ऑटो में बैठे 'सरदार' नरेन्द्र मोदी को गुस्सा आ गया। उन्होंने ऑटो वाले से कहा कि अगर तुम मुझे एलिस ब्रिज नहीं ले जा सकते हो तो पुलिस स्टेशन पर चल कर

वहीं उतार दो। ऑटो वाला घबरा गया और वह उन्हें एलिस ब्रिज ले जाने के लिये तैयार हो गया। इस तरह नरेन्द्र भाई ने दमदार सरदार का रोल बखूबी निभाया।

3. लुधियाना के सरदार जी

संजय भाई शाह और बेला बहन के घर नरेन्द्र भाई ने कई बार प्रवास किया और आते जाते थे। संजय भाई शाह के पिता रसिक भाई शाह से नरेन्द्र मोदी की बहुत दोस्ती थी। वह रसिक भाई के यहाँ पर स्थाई रूप से नहीं रहते थे। पास में ही संघ कार्यालय था इसलिये नरेन्द्र मोदी कार्यालय से यहाँ आ जाते थे। संजय शाह ने आपातकाल की एक घटना बताई। उन्होंने बताया कि हम लोग जहाँ रहते हैं, वह जैन लोगों की कॉलोनी है। आपातकाल का समय चल रहा था। उस समय नरेन्द्र भाई मेरे घर पर ही टिके हुये थे। खास बात यह कि वह सरदार के भेष में घर पर रहते थे। मैं छोटा था। हम लोगों को पिता जी ने घर में बता रखा था कि अगर कोई पूछे कि ये कौन हैं, तुम्हारे यहाँ क्यों आकर रह रहे हैं? तो तुम लोगों को कहना है कि सरदार जी पिताजी के दोस्त हैं, जो लुधियाना से व्यापार के सिलसिले में आये हैं। संजय भाई शाह के पिता का बाल बेयरिंग का कारोबार था इसलिये शायद लोगों को ज्यादा शक नहीं हुआ। संजय भाई के मुताबिक जब लोग पूछते थे कि इनको तो यहाँ आए हुए काफी दिन बीत चुके हैं, फिर भी नहीं जा रहे हैं, तो हम लोग ये दलील देते थे कि माहौल खराब होने के कारण अपने घर नहीं लौट रहे हैं।

4. दो दिन से भूखे सरदार जी

पुस्तक लिखने के लिए सामग्री जुटाने के क्रम में मेरी मुलाकात बीजेपी के पूर्व राज्यसभा के सांसद सुरेन्द्र पटेल और उनकी पत्नी से अहमदाबाद में हुई। सुरेन्द्र पटेल की पत्नी आसुमती ने नरेन्द्र मोदी को लेकर आपातकाल का प्रसंग सुनाया। उन्होंने बताया कि नरेन्द्र भाई उन्हें भाभी कहकर पुकारते थे।

आपातकाल के समय एक रात लगभग डेढ़ बजे घर का दरवाजा खटखटाने की आवाज आई। आपातकाल के कारण सुरेन्द्र पटेल घर में नहीं थे। वह गिरफ्तारी से बचने के लिए दूसरी जगह रह रहे थे। सुरेन्द्र पटेल के पिता और उनकी पत्नी ने दरवाजा खोला। सामने

सुरेन्द्र पटेल पूर्व एमपी बीजेपी।

खड़े एक सरदार को देखकर सुरेन्द्र पटेल के पिताजी ने कहा कि इतनी रात गए आप आए हो, आप हो कौन? इस पर सुरेन्द्र पटेल की पत्नी ने पिता से कहा कि नरेन्द्र भाई हैं। फिर भी तसल्ली के लिए सुरेन्द्र पटेल के पिता ने उनसे पूछताछ की फिर उन्हें घर में आने दिया। अन्दर आने के बाद नरेन्द्र मोदी ने जब परिवार को ये बताया कि उन्होंने दो दिनों से अन्न का एक दाना नहीं खाया है तो पूरा परिवार इस सरदार के लिए चिन्तित हो गया। रात को सरदार बने नरेन्द्र मोदी को भरपेट खाना खिलाया गया। खाना खाने के बाद एक बार फिर नरेन्द्र मोदी उस घर से कहाँ गायब हो गये यह किसी को पता नहीं, पर आपातकाल में सच की लड़ाई जारी रही।

अध्याय–12

आपातकाल में अलग–अलग किरदारों में किए गए काम

1. पुलिस की नकली तलाश

आपातकाल में एक दिन नरेन्द्र मोदी रसिक भाई शाह (आर०एस०एस० के पदाधिकारी) के घर ठहरे थे। उस समय सरकार के दबाव में घरों की खूब तलाशी चल रही थी। उसी समय एक पुलिसवाला एक डायरी लेकर आया। नरेन्द्र भाई घर पर लुंगी और गंजी पहन कर बैठे हुये थे। संजय भाई ने बताया कि जैसे ही पुलिस वाला हमारे घर की तरफ बढ़ा हम सभी लोग बहुत चिन्तित हो गये। हम लोगों ने निर्णय लिया कि यहाँ से नरेन्द्र भाई को तुरन्त हटा दिया जाये तो बेहतर होगा। हमने वही किया, हमारे घर के पीछे एक दरवाजा था। हम लोगों ने नरेन्द्र भाई को पीछे के दरवाजे पर बुला लिया। मैं स्कूटर स्टॉर्ट करके खड़ा था, नरेन्द्र भाई लुंगी और गंजी में ही स्कूटर पर सवार हो गये। मैं उनको 7–8 किलोमीटर दूर सरखेज में अपने एक जानने वाले के घर छोड़ कर आ गया। बाद में हम लोगों को पता चला कि वह पुलिस वाला किसी और का पता पूछ रहा था। हालात ऐसे थे कि हम कोई खतरा नहीं उठा सकते थे क्योंकि नरेन्द्र मोदी को मुक्त रहकर आर०एस०एस० का काम करना था, जो उन्होंने बखूबी किया।

रमेश भाई बाम्बे वाला को आपातकाल के दौरान पुलिस ने पकड़ लिया। पुलिस को उनके घर की तलाशी के दौरान एक डायरी मिली जिसमें आर०एस०एस० से जुड़े कई बड़े लोगों के नाम और पते लिखे हुये थे। इससे आर०एस०एस० के लोगों में खलबली मच गई लोग

सोचने लगे कि कैसे बचा जाये। इस डायरी में संजय भाई शाह के पिता रसिक भाई शाह का भी टेलीफोन नम्बर था। संजय भाई शाह के घर पर ही कई बार नरेन्द्र मोदी भी रहते थे। आपातकाल के समय वितरित किया जाने वाला बहुत सारा साहित्य भी इन्हीं के घर पर रखा हुआ था। पूरा परिवार सोच में पड़ गया कि अब क्या किया जाए? पुणे से लक्ष्मणराव इनामदार का सन्देश मिला कि तुरन्त आपातकाल के साहित्य को हटा दिया जाए और जो कार्यकर्त्ता भूमिगत होकर काम कर रहे हैं, उन्हें सूचित किया जाए जिससे कि वो हट–बढ़ जाए। वकील साहेब ने भी सन्देश दिया था यह कि आपातकाल से जुड़ा साहित्य सही जगह रखवा दिया जाए। संजय शाह ने बताया कि हम लोगों ने सारे साहित्य को घर से इकट्ठा किया। पास में ही रहने वाले हमारे जानने वाले के घर रख आये। साथ ही जिन लोगों का टेलीफोन हमारे पास उपलब्ध था। उन्हें सूचित कर दिया कि आर०एस०एस० की एक डायरी पकड़ ली गई हैं। आप लोग अपने स्थानों से दूसरी जगह कूच कर लें। नरेन्द्र भाई भी कुछ दिनों के लिए यहाँ से शिफ्ट हो गए।

2. वो फकीर जुझारू जॉर्ज से मुलाकात

नरेन्द्र मोदी आपातकाल के दौरान भूमिगत आन्दोलन को बहुत सफलतापूर्वक अंजाम दे रहे थे। इस दौरान मेल–मुलाकात का दौर जारी था। नरेन्द्र जब किसी से मिलते थे तो उसे अपना बना लेते थे, अहमदाबाद के अंबाबाड़ी इलाकों के परिमल गार्डन में नरेन्द्र मोदी रोज टहलने के लिये आते थे। तमिलनाडु के राज्यपाल रह चुके थे। प्रभुदास पटवारी से युवा नरेन्द्र का मेल–मिलाप हो गया था। एक दिन प्रभुदास ने उन्हें अपने घर आने को कहाँ जब नरेन्द्र प्रभुदास के घर पहुँचे तो वहाँ उनके अलावा कोई नहीं था, उन्होंने युवा नरेन्द्र से कहा कि अभी थोड़ी देर बाद जॉर्ज फर्नांडिस आने वाले हैं। आपको उनसे मिलने के लिये बुलाया है। युवा नरेन्द्र प्रभुदास पटवारी से बातचीत कर रहे थे, तभी कार से सिर पर हरे रंग का कपड़ा बाँधे दाढ़ी वाला एक फकीर वहाँ पर उतरता है।

आपातकाल में जनता की आवाज

गेट पर युवा नरेन्द्र ने जॉर्ज को बाबा कह कर अन्दर आने को कहाँ जॉर्ज के गेटअप से नरेन्द्र बेहद प्रभावित हुये और आपातकाल के

INDIAN HERALD

NATIONAL ENGLISH DAILY

Founder & Editor : THAKUR V. HARI PRASAD

SPECIAL SUPPLEMENT

EMERGENCY DECLARED

JP, Morarji, Advani, Asoka Mehta & Vajpayee arrested

Raj Narain, Mady & Chandra Sekhar held

दौरान अलग–अलग गेटअप करके आन्दोलन को बढ़ाने में अहम भूमिका निभाई।

3. बहन को सम्मान

नरेन्द्र मोदी ने अपनी पुस्तक 'संघर्ष में गुजरात' में लिखा है कि जिस दिन सुभगा बहन नागपुर पवनार के लिये विदा हुईं, वह एक यादगार दिन था। उनकी हिम्मत की जितनी भी प्रशंसा की जाये वह कम है – रास्ते में गिरफ्तारी का डर, पुलिस की पूछताछ का भय और न जाने कितने अनगिनत खतरे थे। उस बहन के चेहरे पर डर का नामोनिशान तक नहीं था। उन्हें लग रहा था कि यह एक ऐसा मौका है, जब उन्हें कुछ कर दिखाना चाहिये। नरेन्द्र मोदी ने लिखा है कि जब मैं उनसे मिलने गया तो उनके चेहरे पर गजब की खुशी थी। खतरों के मद्देनजर मेरे दिल में एक चिन्ता बनी हुई थी। भगवान न करे कहीं कुछ अनहोनी न हो जाये, नहीं तो मैं इनके परिवार को क्या जवाब दूँगा। इनके परिवार पर तो विपत्ति का पहाड़ टूट पड़ेगा, यह सोचकर मैं घबरा रहा था। साथ ही इस बात का फक्र भी हो रहा था

कि आर०एस०एस० में ऐसे लोग भी हैं जो इसके लिये कुछ भी करने के लिये तैयार हैं।

4. ज्योतिषी का किरदार

हल्की दाढ़ी, माथे पर तिलक और रोबदार चेहरा। किसी को भी अपनी बातों से प्रभावित करने वाला 25 वर्ष का नवयुवक जब किसी को उसका भविष्य बताता था तो लोग जरा भी शक नहीं कर पाते थे। आपातकाल में पुलिस की गिरफ्तारी से बचने के लिये नरेन्द्र ने ज्योतिषी की वेशभूषा भी धारण की थी। कुशल वार्त्ताकार नरेन्द्र को अपने लोग भी आसानी से नहीं पहचान पाते थे। इन सब के दौरान कष्ट केवल इतना था कि अक्सर जहाँ भी ज्योतिषी नरेन्द्र ठहरते थे वहाँ के लोगों के घरों पर आने वाले ज्योतिषी अपने भविष्य को लेकर कई सवाल करते थे। ऐसे में नकली ज्योतिषी नरेन्द्र मोदी को कई सारी सही गलत बातें उनके बारे में बतानी पड़ती थीं, जो उन्हें अच्छी नहीं लगती थीं। नरेन्द्र के सामने दूसरा लक्ष्य इतना बड़ा था कि उसके सामने ये बातें कोई मायने नहीं रखती थीं।

नरेन्द्र मोदी भगवा वस्त्र भी धारण करते थे। आपातकाल के दौरान भी नरेन्द्र ने भगवा वस्त्रों का इस्तेमाल कर नकली स्वामी का रूप धारण कर लिया था। गिरफ्तारी से बचने के लिये नरेन्द्र एक–दो दिनों से ज्यादा किसी के घर पर नहीं ठहरते थे। वह अक्सर अपना ठिकाना बदलते रहते थे। उस समय शायद यही उपयुक्त था क्योंकि एक जगह पर रहने से गिरफ्तारी का बहुत बड़ा खतरा था। एक दिन की घटना है कि जिस कार्यकर्त्ता के घर नरेन्द्र स्वामी बन कर टिके हुये थे, उनके यहाँ स्वामी नारायण संम्प्रदाय के एक आचार्य आ गये। परिजनों ने राजस्थान से आये नकली स्वामी का स्वामी नारायण सम्प्रदाय के असली स्वामी से परिचय कराया। एक बार औपचारिक परिचय होने के बाद असली स्वामी और नकली स्वामी के बीच शास्त्रार्थ शुरू हो गया। नकली स्वामी के लिये इससे काफी मुश्किल आयी। काफी समय के बाद जाकर यह अन्तहीन शास्त्रार्थ बिना किसी निष्कर्ष समाप्त हुआ, तब जाकर नकली स्वामी की जान में जान आई लेकिन इसके बाद भी नरेन्द्र ने अपनी पहचान जाहिर नहीं होने दी।

आपातकाल के दौरान नरेन्द्र की एक जगह से दूसरे जगह की

यात्रायें जारी थीं। एक दिन नरेन्द्र पंडित जी का भेष बनाकर बस से यात्रा कर रहे थे। इसी बस में उन्हें जानने वाले एक व्यक्ति भी यात्रा कर रहे थे। नरेन्द्र को लगा कि अगर परिचित से बात करता हूँ तो पकड़े जाने का खतरा है इसलिये उन्होंने बात नहीं करने का निर्णय लिया। जब उन सज्जन की और नरेन्द्र की आँख से आँख मिली तो सज्जन से रहा नही गया। उन्होंने पूछा कि अरे भाई पहचान नहीं रहे हो क्या? हम कई बार मिल चुके हैं। बस में बैठे नरेन्द्र ने हर बार परिचित का नकारात्मक उत्तर दिया। फिर उन्होंने नरेन्द्र से उलजलुल के सवाल पूछने शुरू कर दिये। जब उन्होंने अपने परिचित को उन्हीं के अंदाज में जबाब देना शुरू कर दिये, तब जाकर उनके परिचित को लगा की वह शायद गलत आदमी से बात कर रहा है। नरेन्द्र को जरूर अपने व्यवहार पर पछतावा भी हुआ होगा, लेकिन यह दौर था जब बड़े–बड़े राजनीतिज्ञ जेल में थे। काम की जिम्मेदारी उन कंधों पर थी जो बहुत चर्चित नहीं थे। नरेन्द्र मोदी भी गुजरात के पटल पर उस समय तक सूरज नहीं बने थे पर अपने प्रकाश से संघ में काम करने वाले लोगों को जरूर प्रभावित कर रहे थे।

5. बीमा तो करवा लो

आपातकाल में भेष बदलकर एक जगह से दूसरी जगह, एक मित्र से दूसरे मित्र के घर, एक स्वयंसेवक से दूसरे स्वयंसेवक के घर, इस

राजनीति में पुराने साथी।

तरह से युवक नरेन्द्र की जिन्दगी चल रही थी। इस क्रम में नरेन्द्र कभी शर्मा जी, कभी दीक्षित जी, कभी सिंह साहब, कभी मास्टर जी और भी न जाने कौन–कौन सी भूमिकाओं के बीच एक भूमिका बीमा एजेन्ट की भी थी। नरेन्द्र मोदी अपने किसी परिचित के घर पर रह कर अपने आन्दोलन को आगे बढ़ा रहे थे। पहचान छिपाने के लिये उन्होंने बीमा एजेन्ट का रूप बना रखा था। परिचित के एक जानने वाले उनसे मिलने के लिये उनके घर आये, वहाँ परिचित तो नहीं मिले लेकिन बीमा एजेन्ट नरेन्द्र से मुलाकात हो गई। फिर क्या था, उन्होंने अपने पूरे परिवार के बीमा की जानकारी ले डाली। इस पूछताछ ने नरेन्द्र को भारी परेशानी में डाल दिया और किसी तरह से उन्हें इस मुसीबत से छुटकारा मिला।

6. स्वामी जी की जेल यात्रा

सितम्बर 1976 में नरेन्द्र मोदी शंकर सिंह वाघेला और विष्णु पाण्ड्या से मिलने भावनगर जेल गये।

इन लोगों से मुलाकात करके चल रही गतिविधियों की जानकारी का आदान–प्रदान करना था। जेल में लम्बी चर्चा संभव नहीं थी। इस काम के लिये युवा नरेन्द्र ने एक महिला को तैयार किया और पुलिस को चकमा देकर जेल में मिलने के लिये चले गये। मोदी ने अपने मस्तिष्क पर केसरिया पगड़ी बांध रखी थी। एक घंटा जेल में बिताने के बाद वह दोनों नेताओं तक अपनी बात पहुँचाने में सफल रहे।

7. कोडवर्ड

आपातकाल के दौरान पत्र पत्रिकाओं के प्रकाशन पर रोक लगा दी गयी थी। ऐसे में बहुत ही गुप्त तरीके से पत्र–पत्रिकाओं का प्रकाशन करवाया जाता था। आपातकाल से जुड़ी खबरों के लिये गुजरात में मुक्तवाणी नामक पत्रिका प्रकाशित होती थी। इसके सम्पादन का काम नरेन्द्र मोदी भी देखते थे। इसके लिये जगह–जगह से सामग्री जुटाकर कई पांडुलिपियाँ तैयार करवाई जाती थी। यह कोशिश की जाती थी कि पत्रिका का हर अंक किसी नए प्रेस में छपने के लिये दिया जाये। अक्सर होता था कि प्रेस वाले प्रतिबंध होने के कारण सामग्री छापने के लिये तैयार नहीं होते थे। ऐसे में उन्हे ज्यादा पैंसा देकर इसे छपवाया जाता था। छपवाने के बाद इनको अलग–अलग जगहों

पर भेजना भी बहुत चुनौती भरा काम था। बम्बई, राजस्थान, दिल्ली आदि जगहों पर इस पत्रिका को कार्यकर्त्ताओं द्वारा गुप्त विधि से भेजा जाता था। पुलिस की नजरों से बचने के लिये पत्रिका में तारीख को बदल दिया जाता था। पत्रिका को छापने का काम बहुत कम समय में किया जाता था। आपातकाल के दौरान प्रिटिंग प्रेसों में पर पुलिस के छापे आये दिन पड़ते थे। ऐसे ही एक बार मुक्तवाणी कि छपाई का काम जोरों पर जारी था तभी मुखबिर की सूचना पर एक पुलिस का सिपाही गुप्त वेश में वहाँ पहुचा। प्रेस मालिक को 'मुक्तवाणी' का पुराना अंक दिखाकर यह कहता है कि वह लोक संघर्ष समिति का कार्यकर्त्ता है। उसे इस पत्रिका की बहुत सारी कापियाँ छपवानी है, ताकि उन्हें बाहर भेज सके। प्रेस मालिक को पहले से ही पूरी तरह से सतर्क किया गया था और इसके लिये एक खास कोड बनाया गया था, जिसके देने के बाद ही यह पता चलता था कि ये असली है या नकली। प्रेस मालिक को यह पता चल चुका था कि ये असली पुलिस वाला हैं। उन्होंने असली पुलिस के कर्मचारी को इतनी जमकर डाट लगाई कि वह उल्टे पैर भाग खड़ा हुआ। मालिक ने उससे कहा कि आपातकाल का समय है और तुम हमें गलत काम करने की सलाह दे रहे हो। हम तुम्हें जेल भिजवा देंगे। बाद में इस गुप्त पुलिस वाले ने प्रिंटिंग प्रेस के मालिक के सम्बन्ध में आई शिकायत को खारिज करते हुये अपनी तरफ से इस पर एक अच्छी रिपोर्ट सरकार को बनाकर भेजी।

8. बुरा न मानो

1 जनवरी 1976 के नये साल पर सुबह–सुबह नरेन्द्र मोदी को रविन्द्र वर्मा से मिलने के लिये जाना था। आर०एस०एस० कार्यकर्त्ता रामलाल पारिक के घर पर वो नरेन्द्र का इंतजार कर रहे थे। नरेन्द्र ने जाते ही अंग्रेजी में 'हैप्पी न्यू ईयर' कहकर रविन्द्र वर्मा को प्रणाम किया। रविन्द्र वर्मा ने उत्तर देते हुये कहा कि मैं आप को पहले ही 'नववर्ष मंगलमय हो' कहने वाला था, लेकिन आप हिन्दुत्ववादी हैं कहीं बुरा न मान जायें, इसलिये मैंने नहीं कहाँ नरेन्द्र मोदी ने कहा कि हिन्दुत्व की महानता यही है कि वह अपने पथ पर चलने वालों को संकुचित नहीं रहने देता है। वह एक ऐसा रास्ता प्रदान करता

है जिसके मार्ग पर चलकर कोई भी व्यक्ति अन्ततोगत्वा सत्य तक पहुँचता है।

आपातकाल में देश के कई महान नेताओं ने अपनी–अपनी तरह से काम किया नवम्बर 2014 के दिन एकनाथ राना डे के जन्मदिवस पर दिल्ली में एक कार्यक्रम को सम्बोधित करते हुए मोदी ने कहा कि *आपातकाल में लोकतन्त्र में विश्वास करने वाले लोग जेल में थे। कुछ ऐसे लोग भी थे, जो जेल से बाहर थे। उनमें एकनाथ राना डे भी थे। एकनाथ जी सरकार से बातचीत कर रहे थे। प्रधानमंत्री नरेन्द्र मोदी ने कहा कि वह आपातकाल में कई दिनों तक एकनाथ राना डे के साथ थे। उन्होंने कहा कि विकट परिस्थियों में भी उन्हें समस्या का समाधान निकालना आता था।*

अध्याय–13

नरेन्द्र का नया जन्म

आपातकाल के 640 दिनों में एक नये नरेन्द्र का जन्म हुआ। आपातकाल ने युवा नरेन्द्र को एक बहुत बड़ा मौका दिया। नरेन्द्र के काम चाहे वह पत्रिका निकालना रहा हो, अखबार के लिये लेख लिखना या एक जगह से दूसरे जगह सन्देश पहुँचाना या फिर भेष बदलकर आपातकाल के आन्दोलन को आगे बढ़ाना। बुराई के खिलाफ आन्दोलन कर नई चेतना जगाने के इन सभी कामों को बखूबी अंजाम दिया। आपातकाल में युवा नरेन्द्र को नये लोगों से मिलने का खूब मौका दिया। इस दौरान उन्हें विचारों का आदान–प्रदान करने के कई मौके मिले। एक समय था जब लोकतंत्र अपनी अन्तिम साँसे ले रहा था। उस वक्त नरेन्द्र मोदी जैंसे कई लोगों ने देश और समाज के लिए काम नहीं किया होता तो देश की दशा और दिशा ही कुछ और होती।

1. विकास में भागीदार उनका स्कूटर

आज देश का प्रधानमंत्री बनने के बाद नरेन्द्र मोदी की अगवानी में बड़ी–बड़ी गाड़ियां लगी रहती हैं लेकिन उनके विकास में एक साधन ने बड़ी महत्वपूर्ण भूमिका निभाई वो है स्कूटर वैसे तो नरेन्द्र मोदी के पास अलग–अलग समय पर अलग–अलग स्कूटर हुआ करते थे। लक्ष्मणराव इनामदार के एक मात्र जीवित सहोदर 85 वर्षीय गजानन इनामदार जो अहमदाबाद इलेक्ट्रिक कंम्पनी से रिटायर हुए हैं, उन्होंने बताया कि घनी काली दाढ़ी वाला मजबूत कद काठी का नौजवान 1970 के शुरुआती दशक में अपने क्रीम कलर के बजाज स्कूटर पर उनके भाई को छोड़ने आया करता था। उन्होंने यह भी बताया कि उनके दस साल के बेटे दीपक को स्कूटर चलाना भी सीखाया था। मोदी के साथ अहमदाबाद संघ दफ्तर में काम करने वाले प्रेमचन्द कोदर भाई पटेल के मुताबिक 1974 में

नरेन्द्र मोदी का स्कूटर जिससे उन्होंने कई यात्राएँ की।

नरेन्द्र भाई के पास लम्ब्रेटा स्कूटर हुआ करता था। प्रेमचन्द उसका नम्बर और रंग बता पाने में असमर्थ थे, लेकिन यह स्कूटर ही था जिससे नरेन्द्र मोदी को एक जगह से दूसरी जगह ले जाने का काम किया।

शंकर सिंह वाघेला अपनी बुलेट के साथ

शंकर सिंह वाघेला जो गुजरात विधान सभा में नेता थे और अब खुद की पार्टी चालाते है ने बताया कि नरेन्द्र मोदी को अपना स्कूटर सबसे प्रिय था और वह इसे किसी को भी चलाने के लिए नहीं देते थे, उन्होंने बताया कि हमने और नरेन्द्र मोदी ने स्कूटर से कई लम्बी–लम्बी दूरियाँ एक साथ तय की है।

GJ-01-N-4242 अहमदाबाद के आर०एस०एस० कार्यालय में खड़ी स्लेटी कलर का बजाज सुपर स्कूटर अपने आप पर इठला रहा है कि उसने देश के प्रधानमंत्री नरेन्द्र मोदी को न जाने कितनी बार समय पर उनकी मंजिल पर पहुँचाने का काम किया। अब भी तैयार है चलने को। मणिनगर के संघ कार्यालय में रहने के दौरान नरेन्द्र मोदी ज्यादातर इसी स्कूटर का इस्तेमाल आने–जाने के लिए करते थे। अहमदाबाद के संघ कार्यालय में रखे स्कूटर के बारे में गिरीश भाई पटेल ने बताया कि 1991 में नरेन्द्र मोदी को जब कर्णावती नगर के काम की जिम्मेदारी दी गई थी, तब से वह इस स्कूटर का इस्तेमाल कर रहे थे। इस स्कूटर के कागजात भी नरेन्द्र मोदी के ही नाम पर

गुजरात में आर०एस०एस० की तरफ से गाड़ियों का काम देखने वाले गिरीश पटेल।

थे। जब नरेन्द्र भाई ने प्रधानमंत्री पद की शपथ ली तो उन्होंने कहा कि मेरे नाम कोई प्रॉपर्टी नहीं होनी चाहिए जिसके बाद इस स्कूटर के कागजात को योगेश भाई के नाम पर ट्रासंफर करा दिया गया। अहमदाबाद के ऑफिस में गाड़ियों का काम देख रहे गिरीश भाई ने बताया कि वैसे हम चार–पाँच साल में गाड़ियों को बदल देते है। इस समय हमारे कार्यक्षेत्र में कुल 51 प्रचारक हैं। हम लोगों के पास कुल 52 टूव्हीलर है।

नरेन्द्र मोदी का वह वेस्पा स्कूटर

शंकर सिंह वाघेला ने बताया कि शुरू में हम लोग कहीं भी आने जाने के लिए फिएट गाड़ी का इस्तेमाल करते थे, जिसे बाइस हजार रुपये में खरीदा गया था।

2. स्कूटर स्टॉर्ट करने की स्टाइल

अहमदाबाद संघ कार्यालय में मेरी मुलाकात हरीश नायक से हुई जो कई वर्षों से आर०एस०एस० के लिए काम करते हैं। इन्होंने नरेन्द्र मोदी के स्कूटर से जुड़ी दिलचस्प जानकारी दी। उन्होंने बताया कि नरेन्द्र भाई जब अपनी स्कूटर के पास बैठने के लिए आते थे तो स्कूटर स्टॉर्ट करने के पहले वो अपने बाएँ हाथ को ऊपर उठाते थे। उन्होंने बताया कि नरेन्द्र मोदी अपने हाथ में जो घड़ी पहनते थे वह ढ़ीली पहनते थे जिसे वो पीछे करने के लिए अपना हाथ ऊपर उठाते थे और इसके बाद स्कूटर स्टॉर्ट करते थे। उन्होंने बताया कि गुजरात की एल०आई०यू० ने अपनी एक रिपोर्ट में इस बात का उल्लेख भी किया है।

नरेन्द्र मोदी का वह वेस्पा स्कूटर

नरेन्द्र मोदी ने जब बीजेपी में प्रवेश किया तो उनकी जिम्मेदारियों के साथ–साथ भाग–दौड़ भी बहुत बढ़ गयीं। गुजरात प्रदेश के संगठन मंत्री भरत भाई पड्डया ने बातचीत में बताया कि जब नरेन्द्र भाई बीजेपी में थे तो उस समय वह क्रीम कलर के वेस्पा स्कूटर का इस्तेमाल करते थे।

अध्याय–14

योग्य व्यक्ति को ही बड़ा पद

1. योग्य व्यक्ति को ही जिम्मेदारी दी जाए

कहते हैं बड़ा पद दिया जाता है तो साथ ही जिम्मेदारी भी बहुत बढ़ जाती है। एक समय नरेन्द्र मोदी को धौलका शहर के विभाग प्रचारक की जिम्मेदारी दी गई। नरेन्द्र मोदी ने कनु भाई जोशी को अहमदाबाद ग्रामीण इलाके का जिला कार्यवाहक बनाया था। कनु भाई जोशी ने नरेन्द्र मोदी की दो खास बातें बताईं। एक तो यह कि वह कोई निर्णय लेने के पश्चात् उससे पीछे नहीं हटते थे, चाहे कितनी ही परेशानियों का सामना क्यों न करना पड़े। हाँ, इनको जब यह पता चलता था कि यह तो लीक से हटकर कुछ अलग हो गया तो उसकी भरपाई करते थे। कनु भाई जोशी ने दूसरी बात यह बताई कि 1982–83 में धौलका में विजयदशमी का उत्सव था, उसी दौरान वहाँ आर०एस०एस० की तरफ से एक बौद्धिक भी रखा गया था। नरेद्र मोदी भी प्रवास में आए थे। कनु भाई जोशी ने बताया कि एक आर०एस०एस० के पदाधिकारी ने अपने पुत्र को ही बौद्धिक करने की जिम्मेदारी दे दी, चूँकि नरेन्द्र मोदी की देख–रेख में यह कार्यक्रम चल रहा था। ऐसे में नरेन्द्र मोदी को यह बात बहुत नागवार गुजरी कि एक वरिष्ठ स्वयंसेवक अपने ही लड़के को कैसे ये जिम्मेदारी दे सकता है। किसी तरह से वो कार्यक्रम समाप्त हुआ। जब वह लौटकर आए तो नरेन्द्र मोदी ने उस वरिष्ठ स्वयंसेवक को जमकर लताड़ लगाई और कहा कि इतने वरिष्ठ लोगों को बौद्धिक की शिक्षा देने के लिए आप को अपना ही लड़का मिला था जो खुद एक विद्यार्थी की तरह अभी सीखने की कोशिश कर रहा है। आपको यह जिम्मेदारी किसी ऐसे व्यक्ति को देनी

कनु भाई जोशी, नरेन्द्र मोदी के साथ।

चाहिए थी जो हम लोगों में वरिष्ठ होता, जिसके ज्ञान से सभी को फायदा होता।

2. गीतकार नरेन्द्र का संगीतकार दोस्त

तथ्यों को एकत्रित करने के दौरान मेरी नरेन्द्र मोदी के एक ऐसे मित्र से मुलाकात हुई जो उनके बनाए गाने को सुर देने का काम करता था। नरेन्द्र मोदी के इस मित्र का नाम है हर्षद भाई शाह। शाह को नरेन्द्र मोदी ने अपने गुजरात का मुख्यमंत्री रहने के दौरान चिल्ड्रेन विश्वविद्यालय का कुलपति बनाया था। हर्षद भाई का सामना नरेन्द्र मोदी से आपातकाल में हुआ था जब नरेन्द्र मोदी गुरु लक्ष्मणराव इनामदार को स्कूटर से लेकर एक मीटिंग में भाग लेने के लिए आए थे।

हर्षद भाई ने हमें बताया कि खेड़ा जिले के गाँव सुराश्यामल में हमें साथ काम करने का मौका मिला। हर्षद भाई शाह के पास प्रिया स्कूटर था, जिसका नम्बर जेआरएच 474 था। इसी स्कूटर से हम और नरेन्द्र भाई गाँव–गाँव घूमते थे। वहीं से हमारी गीत को लेकर जुगलबन्दी है। वह अपनी कविता लिखकर ले आते। मुझे राग बिठाने की जिम्मेदारी देते थे। मुझे एक कविता याद है जो उन्होंने लिखी

नरेन्द्र मोदी के गाना गाने वाले मित्र।

थी और उसका सुर मैंने बिठाया था। ये गीत कुछ इस तरह से था।

अजेय शक्ति ईश दे अमेय राष्ट्रभक्ति दे
अजेय शक्ति भक्ति दे।

ग्यारह हजार का चंदा

नरेन्द्र मोदी अपनेपन से हर्षद भाई शाह को हर्षद राय कहते थे। यह उस समय की बात है जब नरेन्द्र मोदी खेड़ा जिले में प्रचारक हरीश रावल के साथ उप प्रचारक की जिम्मेदारी निभा रहे थे। उस समय वनवासी कल्याण आश्रम के लिए चंदे का कलेक्शन करना था। हर्षद भाई शाह ने बताया कि उस समय वह इंडियन बैंक में मैनेजर के पद पर काम कर रहे थे और किसी से चंदा माँगना उनके लिए बहुत कठिन काम था। नरेन्द्र मोदी ने सभी लोगों की बैठक करवायी। उस बैठक में मैं भी खेड़ा जिले का शारीरिक प्रमुख होने के नाते भाग लेने के लिए पहुँचा। यह बैठक नडियाड में आयोजित की गई थी। नरेन्द्र मोदी उप प्रचारक की हैसियत से यह बैठक ले रहे थे। जब फंड के कलेक्शन का हिसाब माँगा जाने लगा तो हर्षद भाई शाह ने बताया कि मैं नजरे चुराने की कोशिश करने लगा, क्योंकि इसमें सबसे फिसड्डी मैं ही था। इसके बाद वनवासी कल्याण को लेकर फंड के महत्व पर

नरेन्द्र मोदी के मित्र हर्षद भाई शाह।

नरेन्द्र मोदी ने जो प्रेरक कहानी सुनाई वह मेरे ज़हन में आज भी ताजा है। उसके बाद से मेरी झिझक ऐसी दूर हुई कि आज तक नहीं फटकी। नरेन्द्र मोदी ने कहा कि अगर हम किसी से कोई चंदा माँगते हैं तो अपने लिए तो माँगते नहीं। आप उनकी सोचो जिनके पास खाने के लिए कुछ नहीं है, पहनने के लिए कपड़े नहीं हैं, वो खुले आसमान के नीचे रहने के लिए मजबूर हैं। यह पैंसा उनके कल्याण के लिए है। अगर आपका उद्देश्य अच्छा है तो आपके विश्वास को कोई डिगा नहीं सकता। उन्होंने हम लोगों को प्रेरित करने के लिए जो कहानी सुनाई वो कुछ इस तरह से है–

किसी गाँव में एक घर में माँ–बेटा रहते थे। माँ बेटे को हर रोज 10 पैंसे का एक सिक्का देती थी। बेटा उस 10 पैंसे के सिक्के से एक दातून बेचने वाली महिला से रोज बीस दातून खरीद कर ले जाता था। वह बालक उन दातूनों को रोज कहाँ लेकर जाता था, यह दातून बेचने वाली महिला को नहीं पता था। लेकिन उस महिला को यह पता था कि इस गाँव के एक घर में ये माँ–बेटे ही रहते हैं और कोई इनके घर में नहीं है। दातून बेचने वाली महिला ने निर्णय लिया कि इस बालक से यह पूछेगी कि आखिर वह इस बीस दातून का करता

क्या है? ऐसा सोच कर उसने उस लड़के से पूछा कि तुम्हारे घर में तो तुम दो लोग ही हो, ऐसे में रोज तुम बीस दातून का क्या करते हो? तब थोड़ा देर रुक कर उस लड़के ने जबाब दिया की आप से जो दातून मैं खरीद कर लेकर जाता हूँ वो पास में ही एक अस्पताल हैं, वहाँ के हर बेड पर एक–एक दातून रख देता हूँ। ऐसे में बाहर से आने वालों की मदद हो जाती है। जब दातून बेचने वाली ने यह सुना तो उसे लगा कि ये लड़का तो एक नेक और बहुत परोपकार का काम कर रहा है। उस दातून बेचने वाली महिला ने लड़के से कहा कि मैं अब तुमसे दातून के पैंसे नहीं लूँगी। इस पर लड़के के पास रोज 10 पैंसे बचने लगे क्योंकि उस लड़के ने तय किया था कि इस पैंसे को परोपकार के लिए ही खर्च करना है। ऐसे में उस लड़के ने इस 10 पैंसे का पोस्टकार्ड खरीदना प्रारम्भ कर दिया और अस्पताल में दूर से इलाज कराने के लिए आने वालों के लिए चिट्ठी लिखने का काम करने लगा। धीरे–धीरे उसकी ख्याति उस पूरे इलाके में फैल गई। एक दिन उस अस्पताल में उस इलाके के एक बड़े सेठ आए। उनको भी उस लड़के की ख्याति के बारे में पता चल चुका था। उन्होंने उस लड़के को अपनी कोठी पर बुलावा भेजा। अपने मुनीम से कहा कि इसे 100 रुपये दे दीजिए। उस लड़के से सेठ ने कहा कि ये 100 रुपये लेकर जाओ और परोपकार में खर्च कर दो। इसका तुम्हें कोई हिसाब नहीं देना है। जब यह रुपया खर्च हो जाए तो फिर आ कर ले जाओ। इस तरह से वह लड़का जवान होने लगा और उसकी ख्याति फैलती गई। एक दिन ऐसा आया की उस इलाके में कोई भी महत्वपूर्ण काम होता तो उस लड़के से सलाह ली जाती।

इस तरह नरेन्द्र मोदी ने कहा कि अगर आप की नीयत साफ है तो आपको आगे बढ़ने से कोई रोक नहीं सकता। इस कहानी को सुनने के बाद हर्षद भाई शाह ने 1978 में ग्यारह हजार रुपये का चंदा वनवासी कल्याण के लिए इकट्ठा किया था।

अध्याय–15

अलग नजरिया

1. फिल्में, द 36 चेम्बर ऑफ शॉओलिन

नरेन्द्र मोदी फिल्म देखने के बड़े शौकीन थे। पुस्तक लेखन के दौरान एक बड़ी दिलचस्प बात पता चली कि नरेन्द्र मोदी की जिन लोगों से मित्रता होती थी उनके लड़कों से भी उतनी ही दोस्ती हुआ करती थी। नरेन्द्र मोदी अपने युवा दोस्तों के साथ फिल्म देखने जाया करते थे। फिल्म देखने के पीछे उनकी सोच पूरी तरह से अलग होती थी। एक ऐसी ही फिल्म नरेन्द्र मोदी ने आपातकाल के बाद देखी थी जिसका नाम '36 चेम्बर ऑफ शॉओलिन' था। यह फिल्म नरेन्द्र मोदी ने अपने मित्र रसिक भाई मगन भाई शाह के लड़के संजय के साथ देखी थी, वह भी नाइट शो। संजय भाई ने मुझे बताया कि हम लोग ऐसे ही बात कर रहे थे कि तभी ये तय हुआ, चलो फिल्म देखने चलते हैं। हम लोग जो फिल्म देखने गए, इस फिल्म की कहानी में नायक सरकार के अन्याय के खिलाफ लड़ता है। इसमे नायक सैंटी अपने कौशल के बलबूते पर सरकार के अन्याय के खिलाफ लड़कर उस पर विजय प्राप्त करता है। इस लड़ाई की शुरूआत सैंटी के कुंगफू स्कूल को अनैतिक तरीके से सरकार के लोगों की तरफ से बन्द किए जाने के कारण होती हैं। नरेन्द्र मोदी ने आपातकाल में कुछ ऐसे ही लड़ाई लड़ी। हर्षद भाई शाह ने मुझे बताया उन दोनों लोगों ने नडियाड में साथ–साथ कई फिल्में देखी। गुजरात के अहमदाबाद में आर०एस०एस० में वरिष्ठ नेता रहे महेश भाई मेहता और उनकी पत्नी रागिनी मेहता से मिलने गया उन्होंने एक दिलचस्प बात बताई कि सन् 1993 में जब नरेन्द्र भाई अमेरिका की यात्रा पर गए थे तब उन्होंने घर पर एक अंग्रेजी फिल्म देखी थी, जो बेहद इमोशनल फिल्म थी फिल्म का नाम 'नॉट विदाउट माई डॉटर' था।

वहीं अंजली बहन पांड्या ने आपातकाल में काम किया और

फिल्म की तस्वीर।

इसका उल्लेख नरेन्द्र मोदी ने अपनी पुस्तक 'संघर्षमय गुजरात' में भी किया है। अंजली पांड्या ने बताया कि नरेन्द्र भाई को संगीत का भी शौक था और वे गुनगुनाते भी थे। उनकी एक और खासियत थी कि वह अपने पास बढ़िया से बढ़िया रिकॉर्डर रखते थे।

फिल्म अभिनेता मनोज कुमार के साथ

नरेन्द्र मोदी के साथ बहुत दिनों तक काम करने वाले सुरेन्द्र पटेल की पत्नी आसुमति ने मुझे बताया कि नरेन्द्र भाई फिल्में बड़े चाव से देखते थे पर सुरेन्द्र पटेल को फिल्मों का शौक ही नहीं था। नरेन्द्र मोदी उनके देवर के साथ फिल्में देखते थे। कई लोगों से बातचीत करने के बाद एक बात स्पष्ट हुई कि नरेन्द्र मोदी अगर किसी फिल्म को देखते थे तो उसके पीछे उनकी सोच पूरी तरह से अलग हुआ करती थी। चाहे 'द 36 चेम्बर ऑफ शॉओलिन' रही हो या फिर 'नॉट विदाउट माई डॉटर'। दोनों फिल्मों में बड़ा संदेश बुराईयों के खिलाफ लड़ने का था। नरेन्द्र मोदी ने सेशेल्स में 'टुडे' अखबार को दिए अपने इन्टरव्यू में कहा था कि मेरा सामान्यतया फिल्मों की ओर झुकाव नहीं है। मोदी ने कहा कि अपनी जवानी के दिनों में फिल्में केवल उत्सुकता के लिए देखता था लेकिन उन दिनों भी कभी मेरा फिल्में देखने में मनोरंजन की नीयत से झुकाव नहीं था। इसकी बजाय मैं फिल्मों में जीवन से जुड़ी सीखों को खोजता था। उन्होंने कहा कि मुझे याद है कि एक बार मैं अपने मित्रों और अध्यापकों के साथ मशहूर हिन्दी फिल्म 'गाईड' देखने गया जो कि आर०के० नारायणन के नॉवेल पर आधारित थी। फिल्म देखने के बाद मैं दोस्तों के साथ गहरी बहस में

पड़ गया। मेरा तर्क था कि फिल्म का मूल विषय यह था कि अंत में प्रत्येक व्यक्ति को अंतरआत्मा से मार्ग दर्शन मिलता है। नरेन्द्र मोदी ने कहा, "क्योंकि मैं उम्र में छोटा था तो मेरे दोस्तों ने गंभीरता से नहीं लिया।" 'गाइड' फिल्म ने नरेन्द्र मोदी पर छाप छोड़ी – सूखे की सच्चाई एवं पानी की कमी से किसानों की निरीहता। जब नरेन्द्र मोदी को गुजरात में सीएम पद पर बैठने का मौका मिला तो उन्होंने किसानों की इस तकलीफ को दूर किया। (नमो एप से 'गाईड' की कहानी ली गई है।)

2. रेड मून

नरेन्द्र मोदी के साथ काम कर चुके, लालचन्द सोनी ने पिलानी से इंजीनियरिंग पास किया था। नरेन्द्र मोदी लालचन्द सोनी को 'रेड मून' कहा करते थे। लालचन्द सोनी ने बताया कि मैंने एक स्वयंसेवक के रूप में नरेन्द्र मोदी के साथ काम करते हुये बहुत कुछ सीखा। मैंने उनके नेतृत्व में जो यात्रा शुरू की तो पाया कि जब भी नरेन्द्र मोदी स्वयंसेवकों से मिलते थे तो उनके बीच में वो एक नये विचार का संचार करते थे।

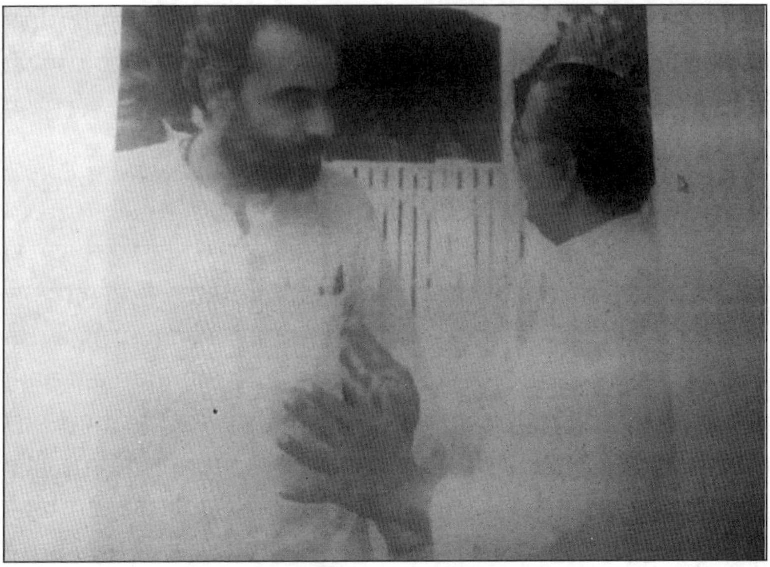

नरेन्द्र मोदी, रेड मून के साथ।

'रेड मून' ने बताया कि नरेन्द्र भाई का गजब का प्रेजेंटेशन होता था। 15 दिनों में हम लोग एक बार साथ बैठकर खाना जरूर खाते थे। नरेन्द्र मोदी को आलू के पराठे और दाल बहुत पसन्द थी।

3. पहली विमान यात्रा

अगस्त 1979 में मोरवी में भयानक बाढ़ आई थी। बाढ़ आने के समय नरेन्द्र मोदी मुम्बई में अपने मित्र के पास थे। अगले दिन इन दोनों को गुजराती अखबार 'जन्मभूमि' में किसी से मिलने के लिए जाना था। वहीं पर इन दोनों को पता चला कि मोरवी में बहुत जबरदस्त बाढ़ आई हुई है। इसमें जनधन की काफी हानि हुई है। जैंसे ही नरेन्द्र मोदी को यह जानकारी मिली वह बेचैन हो गए, उन्हें लगा कि तुरन्त मोरवी जाना चाहिए। लेकिन इसके पहले उन्हें दिल्ली में दत्तोपन्त ठेगड़ी से बहुत महत्वपूर्ण मुलाकात के लिए जाना था। ऐसे में मोरवी इतनी जल्दी पहुँचना संभव नहीं था। फिर समय बचाने के लिए तय हुआ कि नरेन्द्र मोदी मुम्बई से दिल्ली विमाग से जाएं। उनके मित्र ने बताया कि इसके पहले नरेन्द्र मोदी ने विमान में कभी यात्रा नहीं की थी। उस समय नरेन्द्र मोदी के विमान के टिकट का किराया 440 रुपया था। इस तरह से नरेन्द्र मोदी की पहली विमान यात्रा मुम्बई से दिल्ली के लिए हुई थी। नरेन्द्र मोदी दिल्ली में दत्तोपन्त ठेगड़ी से मुलाकात कर सीधे ट्रेन से मोरवी के लिए रवाना हो गए। मोरवी में आई बाढ़ के दौरान किये गये काम ने नरेन्द्र को आगे बढ़ाने में बड़ी मदद की।

4. सात लाख का चंदा चाहिये

जब नरेन्द्र मोदी बड़ोदरा में विभाग प्रचारक रूप में काम कर रहे थे तब 11 अगस्त 1979 शाम के चार बजे सिर्फ 30 मिनट में मोरवी शहर में स्थित मच्छू–बाँध के टूटने से भयानक विनाश हुआ। थोड़ी देर के लिये आए पानी ने मोरवी एवं उसके आस–पास के गाँवों को तबाह और बरबाद कर दिया। इस भयानक त्रासदी की वजह से बहुत सारे लोग मारे गये, लाखों लोग बेघर हो गये। इस भयानक विनाशलीला के बाद नरेन्द्र मोदी तो दिल्ली से पहुँचे पर स्वयंसेवकों की टीम पहले ही पहुँच चुकी थी। वह बचे लोगों को जीवनदान देने में स्वयंसेवकों के साथ लग गए। इस दल में 50 से ज्यादा लोग होंगे परन्तु हल्की

गुजरात पब्लिक सर्विस कमीशन के पूर्व चेयरमैन महेन्द्र भाई भट्ट।

दाढ़ी वाला 25 वर्षीय नवयुवक अपनी पूरी टीम के साथ जी–जान से लोगों की जिन्दगी को पटरी पर लाने में जुट गया। महेन्द्र भाई भट्ट ने बताया कि गाँव के गाँव कीचड़ और लाशों से भरे पड़े थे लेकिन नरेन्द्र मोदी ने स्वयंसेवकों के साथ जिस तरह से मोरवी में काम को अंजाम दिया वह अतुलनीय है। उन्होंने बताया की हमारी टीम ने दिन–रात एक करके लाशों को उठाने का काम किया। सैकड़ों ट्रकों में भरकर कीचड़ वहाँ से निकाला गया। नरेन्द्र मोदी के साथ स्वयंसेवक के रूप में काम कर चुके और गुजरात पब्लिक सर्विस कमीशन के चेयरमैन रहे महेन्द्र भट्‌ट उन दिनों को याद कर सिहर जाते हैं।

उन्होंने वहाँ का आँखों देखा हाल जब हमें सुनाया तो लगा कि कितनी भयानक त्रासदी रही होगी। महेन्द्र भट्ट की माने तो उस समय नरेन्द्र मोदी के नेतृत्व में स्वयंसेवकों ने मानवता के लिए बहुत बड़ा काम किया था। महेन्द्र भट्ट ने बताया कि जो गाँव तबाह और बरबाद

हो गये थे, उनके लिये हम लोगों को फंड जुटाना था। हम लोग टोली बनाकर लोगों के यहाँ जाते, उन्हें मौरवी में हुई बरबादी के बारे में बताते और मदद के लिए चंदा माँगते थे। हमें कोई दो रुपया, कोई पाँच रुपया देता तो कभी 50 और 100 रुपया भी मिल जाया करता था। हमें उसे स्वीकार करना पड़ता था। इस काम के लिये कई प्रचारक अपने–अपने तरीके से अलग–अलग जगहों पर जाकर चंदा माँगने का काम कर रहे थे। एक प्रचारक ने स्वंयसेवकों की बैठक में कहा कि मेरा एक मित्र है जो बड़ा उद्योगपति है, वह हमारी बेहतर तरीके से इस काम में मदद कर सकता है। उस प्रचारक महोदय ने कहा कि वह बड़ा इंडस्ट्रलिस्ट तो जरूर है लेकिन थोड़ा कंजूस है, इतना कहकर वो चुप हो गये। उस समय नरेन्द्र मोदी आगे बढ़े और बैठक में प्रचारकों से कहा कि आप अपने मित्र से बातचीत तो कर लेना लेकिन उनसे पैंसा माँगने का काम मैं ही करूँगा। नियत दिन पर सभी लोग उस स्वयंसेवक के साथ उस उद्योगपति के कार्यस्थल पर पहुँचे। हम लोगों की बातचीत शुरू हुई, उन्होंने बहुत सहानुभूति जताई और कहा कि आखिर आप लोग मुझसे क्या चाहते हैं? नरेन्द्र मोदी ने इस पूरे गाँव की रूपरेखा मन–मस्तिष्क में वार्त्तालाप के समय ही बना लिया थी कि किस तरह उन तबाह–बरबाद हो गये गाँवों को बसाना है। जो स्वयंसेवक हम लोगों को उस उद्योगपति मित्र के पास लेकर आये थे वह अपने मन में सोच रहे थे कि बहुत होगा 5,000 या 10,000 हजार रुपये तक नरेन्द्र भाई माँगने का काम करेगें। जब उद्योगपति ने पूछा कि जी बताये, आप लोगों को मुझ से किस तरह के मदद की अपेक्षा है। तो नरेन्द्र मोदी ने छूटते ही कहा कि हमें आप से कुल 7 लाख रुपये चाहिये। इतना सुनते सभी स्वयंसेवक हतप्रभ हो गये उनको लगा कि आखिर नरेन्द्र मोदी ने ये क्या कह दिया। थोड़ी देर बाद उस उद्योगपति ने नरेन्द्र मोदी को कहा कि मैं इतना धन आपको देने के लिये तैयार हूँ लेकिन इसको लेकर मेरी भी एक शर्त है। जिस गाँव में आप लोगों को इस पैंसा का उपयोग करना है, मुझे उसका प्लान चाहिये। मैं यह पैंसा आप लोगों को 3 किश्तों में दे पाऊँगा। हम सभी लोग तुरन्त तैयार हो गये। हम लोगों को लगा कि भगवान ने हमारी सुन ली।

नरेन्द्र मोदी महेन्द्र भाई भट्ट के साथ।

उस समय 7 लाख रुपये की क्या कीमत थी, यह किसी को बताने की जरूरत नहीं है। इस पैंसे से उस गाँव में खूब काम किया गया। एक बार फिर से वह गाँव चहकने लगा। यह नरेन्द्र मोदी की दूरदर्शिता, हिम्मत और एक बड़ी सोच थी। महत्वपूर्ण यह नहीं कि उन्होंने हिम्मत करके चंदा माँगा, बल्कि महत्वपूर्ण यह है कि उस योजना के साथ उस व्यक्ति के पास गए, जिससे उसको यह समझ में आ जाए कि जो लोग आए हैं वे क्या करना चाहते हैं। नरेन्द्र मोदी ने एक बार में ही इतना रुपया माँगकर उस गाँव का उद्धार कर दिया। मोरवी में तबाही के बाद यहाँ स्वयंसेवकों की तरफ से जब काम किया गया और उन लोगों की जिन्दगी पटरी पर लौटने लगी। यहाँ बहुत सारे घर बनाए गए थे, जिनको वितरित करने के लिए उस समय आर०एस०एस० के प्रमुख बाला साहेब देवरस, लक्ष्मणराव इनामदार और कई बड़े पदाधिकारी पहुँचे थे। यहाँ के काम से भी नरेन्द्र को प्रशंसा मिली जिसने उनको आगे बढ़ाने में अहम रोल अदा किया।

5. कांग्रेस की सभा में वापसी

1980 में इंदिरा गांधी की सत्ता में वापसी हो गई। उत्तर प्रदेश, मध्य प्रदेश, राजस्थान, पंजाब, उड़ीसा, महाराष्ट्र, तमिलनाडु और गुजरात की विधान सभा को भंग कर दिया गया। उस समय जनता पार्टी सत्ता में थी। इसके 106 सदस्य थे और कांग्रेस के 54 सदस्य ही थे। इसी चुनाव में जनता पार्टी विभाजित हो गई थी भाजपा का गठन हो चुका था। इस चुनाव में कांग्रेस का बोलबाला था। 162 सीटों में से कांग्रेस ने 141 सीटें जीत लीं। जनता पार्टी ने 21 सीटें जीती, जबकि बीजेपी के पास दो सीटें आईं। 8 जून 1980 को माधव सिंह सोलंकी गुजरात के मुख्यमंत्री बने।

आपातकाल का टॉक शो

रमेश मेहता से नरेन्द्र मोदी की मुलाकात मोरवी में हो चुकी थी लेकिन उनकी पत्नी कीर्ति बहन के साथ नरेन्द्र मोदी की मुलाकात भी बड़ी दिलचस्प रही। आपातकाल में अपने काम को बखूबी अंजाम देने के बाद एक दिन नरेन्द्र मोदी मुम्बई की यात्रा पर आए थे। देशभर में आपातकाल के दौरान इंदिरा सरकार की निरंकुश नीतियों को लेकर एक टॉक शो रमेश भाई के घर पर हो रहा था। जिसमें नरेन्द्र मोदी, कीर्ति मेहता के साथ ही एक और शख्श शामिल हुए थे। इस शो में आपातकाल के दौरान हुए अलग–अलग अनुभव को बताया। यह शो दूरदर्शन की तरफ से रिकॉर्ड किया गया था और यहीं कीर्ति बहन से मोदी की मुलाकात हुई।

अध्याय–16

संघ का लक्ष्य

1. संघ का लक्ष्य 'परिवार सम्पर्क' दोस्तों के साथ

वैसे तो नरेन्द्र भाई ने पूरे देश का भ्रमण किया होगा पर रमेश भाई मेहता और कीर्ति बहन ने नरेन्द्र मोदी के साथ अपनी राजस्थान यात्रा का वृतांत जो उनके काम के प्रति उनके जुनून को जाहिर ही है, साथ ही उसे अंजाम देने की बानगी की भी झलक देता है। राजस्थान का यह टूर मोरवी में आई बाढ़ के दौरान प्लान किया गया। रमेश मेहता और उनकी पत्नी कीर्ति बहन ने बताया की यह दिवाली के बाद की सुबह थी। हम अपने पूरे परिवार के साथ नरेन्द्र भाई के बुलावे पर सुबह–सुबह संघ कार्यालय पहुँच गए। हम लोगों को सुबह के पहर में ही यहाँ से राजस्थान के लिए निकलना था। तय समय के अनुसार सारी तैयारियाँ पूरी की जा चुकी थी, अब सभी लोगों को गाड़ी आने का इंतजार था। आधा घंटा बीत गया। नरेन्द्र भाई और हम लोगों को लगा कि दिवाली की सुबह है, हो सकता है कि देर तक परिवार के साथ समय बिताने के कारण गाड़ी वाले को आने में देर हो रही होगी, लेकिन ऐसे ही समय बीतने लगा। नरेन्द्र मोदी की बेचैनी भी बढ़ने लगी, क्योंकि नरेन्द्र मोदी समय के बहुत पाबन्द हैं। जब समय गुजरने लगा और जिस मेटाडोर से नरेन्द्र मोदी के साथ हम लोगों को राजस्थान जाना था वो नहीं आई तो नरेन्द्र मोदी टेलीफोन के पास बैठ गए। एक के बाद एक कई टूर एण्ड ट्रेवलस एजेन्सियों को फोन लगाने लगे। हर जगह से उन्हें निराशा हाथ लग रही थी। जैसे–जैसे सूरज आसमान पर चढ़ रहा था, वैसे–वैसे नरेन्द्र मोदी का गुस्सा भी बढ़ता जा रहा था। रमेश मेहता ने बताया कि बड़ा कठिन लग रहा था कि गाड़ी का इंतजाम हो पाएगा। नरेन्द्र मोदी ने अपने विश्वस्त अमित भाई शाह को फोन लगाया। अहमदाबाद में जब मैं अलग–अलग लोगों से मिल रहा था

तब मेरी मुलाकात बीजेपी के गुजरात प्रदेश के वरिष्ठ कार्यकर्त्ता और संघ में काम करने वाले नटवर आर० पटेल से हुई। उन्होंने बताया कि अमित भाई बहुत कर्मठ कार्यकर्त्ता थे। नरेन्द्र मोदी की खासियत है कि वह काम करने वाले को कहीं से भी ढूँढ़कर निकाल ही लेते हैं। अमित शाह को किताबें पढ़ने का बहुत शौक है, वह भी महान लोगों की। नरेन्द्र मोदी ने अमित भाई को मेटाडोर का इंतजाम करने को कहाँ एक बार कह देने के बाद नरेन्द्र भाई कहाँ शांति से बैठने वाले, उन्होंने फिर अमित भाई को ताबड़तोड़ फोन लगाना प्रारम्भ कर दिया। यह 1980 की बात है, उस समय मोबाइल फोन का जमाना नहीं था। जब नरेन्द्र भाई ने कई फोन अमित भाई शाह को लगाये तो अमित भाई को कहना पड़ा कि नरेन्द्र भाई, जब आप फोन रखेंगे तब ही तो मैं किसी को फोन कर पाऊँगा और तभी तो आपके लिए गाड़ी आ पाएगी। अमित भाई के सहयोग से आखिरकार मेटाडोर आई, तब हम लोग राजस्थान के लिए निकल सके। बाद में इस राजस्थान यात्रा में उस समय के प्रांत प्रचारक केशव राव देशमुख और लाल जी भाई पटेल भी शामिल हो गए। नरेन्द्र मोदी ने अपनी पुस्तक 'ज्योति पुंज' में पेज न० 185 में लिखा है कि 'किसी भी संगठन के लिए दो चीजें बेहद महत्वपूर्ण होती है पहला प्रवास और दूसरा सम्पर्क'। नरेन्द्र मोदी ने अपने प्रांत प्रचारक के लिए लिखा है कि केशवराव देशमुख की कार्यशैली बेजोड़ थी। मोदी केशव राव जी के बारे में कहते है कि परिवार सम्पर्क केशवराव जी ने ही विकसित किया। उन्होंने लिखा है कि परिवार सम्पर्क हल्के–फुल्के वातावरण में होता है जहाँ खाने–पीने और मौज–मस्ती के साथ अनौपचारिक बैठकें होती हैं। नरेन्द्र मोदी की राजस्थान यात्रा को भी इसी श्रेणी में रख सकते हैं।

2. गलत करने की इजाजत किसी को नहीं

यह 1980 में मेहता परिवार के साथ राजस्थान प्रवास के समय की घटना है, जब नरेन्द्र मोदी केशवराव देशमुख, लालजी भाई पटेल और मेहता परिवार के साथ एक होटल में खाना खा रहे थे। वहाँ अचानक लड़कों का एक झुण्ड आ गया। थोड़ी देर तो वो लड़के बैठे रहे, पर बाद में वो लोगों पर गन्दे कमेन्ट करने लगे। वहाँ बहुत सारे दूसरे लोग भी खाना खा रहे थे, उनमें से कोई भी सामने नहीं आया। तब

अमित भाई और नरेन्द्र भाई मोदी सघर्ष के दिनों में।

नरेन्द्र मोदी उठे। उन्होंने उन लड़कों को डाँट लगाई और कहा कि किसी को भी सार्वजनिक जगह पर इस तरह की भाषा का इस्तेमाल करने की छूट नहीं दी जाती है, चाहे वह कोई हो। यह एक टूरिस्ट प्लेस है, यहाँ पर घूमने के लिए दूर–दूर से लोग आते हैं। वे यहाँ की कैसी छवि लेकर जाएँगे? क्या आप लोगों ने कभी इसके बारे में सोचा है?

नरेन्द्र मोदी राजस्थान यात्रा के दौरान।

3. वो काली रात

नरेन्द्र मोदी के जीवन पर लक्ष्मणराव इनामदार उर्फ वकील साहेब के अलावा केशव राव देशमुख का भी बहुत प्रभाव था। 2 मार्च 1981 की वो काली रात नरेन्द्र मोदी शायद ही भूल पाएँगे जब वह लक्ष्मणराव इनामदार और नाथा लाल झगड़ा के साथ अपने एक साथी सुभाष भाई मेहता के घर भोजन करने जा रहे थे। अचानक एक मोड़ पर नरेन्द्र मोदी की जीप मुड़ी जिसको नरेन्द्र मोदी खुद चला रहे थे। ड्राइवर की सीट पर बैठे नरेन्द्र मोदी की बाजू पर केशव राव देशमुख का शरीर लुढ़क गया। शरीर बर्फ की तरह ठंडा पड़ चुका था। लोगों ने डॉक्टर को भी बुलाया पर सब व्यर्थ गया। आगे के काम को कैसे अंजाम दिया जाता है, कल के लिए पहले से ही प्लानिंग कैसे करनी है, यह सब नरेन्द्र मोदी ने केशवराव देशमुख से सीखा। रमेश मेहता ने बताया कि जब वह उनके अंतिम संस्कार में भाग लेने के लिए गए तो नरेन्द्र खूब रोए जिसको याद करके रोंगटे खड़े हो जाते हैं। कुछ दिनों के बाद रमेश भाई को लिखे अपने एक पत्र में नरेन्द्र मोदी ने कहा है कि जब केशवराव जी जीवित थे तो बात कुछ और थी। उस समय मुझे चिन्ता नहीं रहती थी। अब उन्होंने मुझे जो जीवन में सिखाया है उस तरीके से काम करने की कोशिश कर रहा हूँ। अंजली बहन ने बताया कि नरेन्द्र मोदी पर केशवराव जी का बहुत प्रभाव था। 'ज्योति पुंज' में नरेन्द्र मोदी ने लिखा है कि केशवराव जी की कार्यशैली सतत् विकासशील थी। वह नया कुछ भी अपनाने और स्वीकार करने में तत्पर रहते थे। उनका व्यक्तित्व गतिशील था, जीवन

नरेन्द्र भाई मोदी केशवराव जी के साथ राजस्थान यात्रा के समय।

कर्मशील था। उनका शोध ऊर्जावान था, उनका व्यू प्राणवान था। ('ज्योति पुंज', पेज नं० 182)

केशवराव देशमुख के साथ ही नरेन्द्र मोदी हेडगेवार भवन में कमरा नं० 2 में रहते थे। उनकी मृत्यु के बाद भी नरेन्द्र मोदी ने हेडगेवार भवन का कमरा नं० 2 नहीं छोड़ा, इसका परिणाम यह जरूर हुआ कि आर०एस०एस० में कुछ लोग उनसे नाराज हो गये। अंजली बहन ने बताया केशवराव जी कि मौत ने नरेन्द्र भाई को अन्दर तक हिला दिया था।

4. इनोवेटिव आइडिया

1982 की वो महान क्रान्ति का पाठ

1981–82 की बात है जब युवा नरेन्द्र अहमदाबाद के आर०एस०एस० कार्यालय में रहते थे। वहाँ हेडगवार का जन्मोत्सव था। इसे संघर्ष प्रतिपदा उत्सव कहा जाता है। इस कार्यक्रम में लोगों को अलग–अलग आइडिया देने को कहा गया। आइडिया का मकसद था कि डॉक्टर हेडगेवार का जन्मदिन कैसे मनाया जाये कि लोग हमेशा याद रखें। इसमें मोदी ने शानदार सुझाव दिया। नरेन्द्र ने कहा, डॉ० हेडगवार ने स्वतंन्त्रता आन्दोलन के समय अपनी यात्राओं के दौरान जो बातें लोगों के बीच कही हैं, क्यों न हम उसको लेकर कोई योजना बनायें। आगे नरेन्द्र का सुझाव था कि डॉ० हेडगेवार ने जो भाषण दिया था, उसे एक लड़के की आवाज में रिकॉर्ड करवाना चाहिए। ऐसा ही किया गया। जन्मदिन के दिन एक बड़े से हाल में हेडगेवार की एक बड़ी तस्वीर बीचों–बीच रख दी गई, तस्वीर के पीछे का पूरा हिस्सा काले कपड़े से ढ़क दिया गया। पूरे हाल में अन्धेरा कर दिया गया था। एक तरफ आर०एस०एस० के वरिष्ठ कार्यकर्त्ताओं के बैठने की व्यवस्था की गई और दूसरी तरफ युवा कार्यकर्त्ताओं के बैठने की जगह बनाई गई थी। नरेन्द्र मोदी के आइडिया के अनुसार डॉ० हेडगेवार की बातें रिकॉर्डर के माध्यम से लोगों के सामने रखी गयी, जो उन्होंने स्वतन्त्रता आन्दोलन के समय कही थी। लोग इसे बहुत ध्यान से सुन रहे थे और उन्हें यह काम शानदार लगा। जब लोग हॉल से बाहर निकले तो इस इनोवेटिव आइडिया की प्रशंसा की और नरेन्द्र का लोहा मान लिया।

अध्याय–17

बड़ी जिम्मेदारी

1. धर्मान्तरण का दंशः बड़ी जिम्मेदारी

1981 में मीनाक्षीपुरम् में हुए सामूहिक धर्मांतरण से पूरा हिन्दू समाज सन्न रह गया। इसके बाद एक यात्रा निकालने का निर्णय हुआ, फरवरी महीने में दक्षिण के तिरुनेलवेली जिले के गाँव मीनाक्षीपुरम् में लगभग 150 दलित परिवारों को इस्लाम अपनाने पर मजबूर कर दिया गया, जिससे विद्रोह भड़क गया। यह ऐसी पृष्ठभूमि थी, जिसने विश्व हिन्दू परिषद को पनपने का पूरा अवसर प्रदान किया। इसके अगुआ बने लाला हंसराज, ओ०पी० त्यागी, विष्णु हरि डालमिया और अशोक सिंघल। 1983 में इकतमाता यज्ञ आरम्भ किया। यह दावा किया गया कि 85,000 किलोमीटर की यात्रा की गई जिसमें लाखों लोगों ने भाग लिया। इसके तहत तीन मुख्य यात्रायें शुरू की गई। इस यज्ञ के लिए नरेन्द्र मोदी, जो उस समय प्रान्त व्यवस्था प्रमुख का दायित्व संभाल रहें थे उन्हें राज्य में यात्रा के दौरान रसद का इंतजाम करने की प्रमुख भूमिका दी गई।

1. नेपाल में काठंमाडू
2. उत्तर प्रदेश में हरिद्वार
3. तमिलनाडु में कन्याकुमारी और रामेश्वरम्
4. पूर्व में गंगासागर से गुजरात के सोमनाथ तक

मार्च 1981 में नरेन्द्र मोदी को आर०एस०एस० में बड़ी जिम्मेदारी दी गई। नरेन्द्र मोदी को आर०एस०एस० और अन्य सहयोगियों में समन्वय करने का काम दिया गया। इसमें ए०बी०वी०पी०, भारतीय किसान मोर्चा, वी०एच०पी० शामिल थे। इसी के साथ नरेन्द्र मोदी को गुजरात में 'साधना प्रकाशन' का भी प्रभार दिया गया।

नरेन्द्र मोदी को जब कोऑर्डिनेशन करने की जिम्मेदारी संघ की तरफ से दी गई थी, उस समय शंकर सिंह वाघेला भी गुजरात में

एक महत्वपूर्ण नेता थे। शंकर सिंह वाघेला और नरेन्द्र मोदी भले ही राजनीति में एक–दूसरे के बड़े दुश्मन हों लेकिन व्यक्तिगत रूप में ये दोनों बहुत ही अच्छे मित्र हैं। इसका नमूना लोगों को तब देखने को मिला, जब प्रधानमंत्री पद की शपथ लेने के बाद नरेन्द्र मोदी गुजरात विधान सभा में लोगों को संम्बोधित करने के लिये पहुँचे थे। जब वह आ रहे थे तब रास्ते में कांग्रेस नेता शंकर सिंह वाघेला के कान में उन्होंने कुछ कहा, जो किसी को सुनाई नहीं दिया। शंकर सिंह वाघेला ने भी नरेन्द्र मोदी की जमकर तारीफ की। इस किताब के सिलसिले में जब मेरी शंकर सिंह वाघेला से दिल्ली में मुलाकात हुई तो मेरे जहन में सवाल था कि आखिर नरेन्द्र मोदी और शंकर सिंह वाघेला की राजनीति में क्यों नहीं पटी? हो सकता है इसके पीछे राजनीति ही कारण रही हो लेकिन जब हम मिले तो शंकर सिंह वाघेला ने 1981 की नरेन्द्र मोदी की एक दिलचस्प घटना सुनाई। उन्होंने बताया कि केशव राव देशमुख की मृत्यु के बाद जब संघ में कोऑर्डिनेट करने की जिम्मेदारी दी गई, तब उनको कई जगह की यात्रायें करनी थी। हो सकता है कि किसी कारण से नरेन्द्र मोदी उन दिनों गुजरात प्रदेश में अलग–अलग जिलों की यात्रा करने नही जा पाये हों। शंकर सिंह वाघेला ने बताया कि एक दिन जब नरेन्द्र भाई से मुलाकात हुई तब मैंने नरेन्द्र भाई से पूछा कि आपको तो कई जगहों के दौरे पर जाना था। आप गये नहीं क्या? उस समय नरेन्द्र मोदी ने जबाब दिया कि मेरे काम करने की स्टाइल आप लोगों से पूरी तरह अलग है। अगर मैं अपने तरीके से काम करना शुरू कर दूँगा तो आप लोगों को अपना काम बन्द करना पड़ेगा। यह बात नरेन्द्र मोदी ने शंकर सिंह बाघेला से उस समय कही थी, जब वह किसी बड़े पद पर नहीं थे। उसी अलग तरीके के काम करने की नरेन्द्र मोदी की स्टाईल ने उन्हें कहाँ से कहाँ पहुँचा दिया।

2. नरेन्द्र की पुस्तक लिखने की स्टाइल

नरेन्द्र मोदी ने कई किताबें लिखी हैं। वह किस माहौल में किताब लिखते थे, उनके साथ रहे लोगों से हमें इसे भी जानने का मौका मिला। सुरेन्द्र पटेल की पत्नी आसुमति ने बताया कि किताब लिखने से पहले नरेन्द्र मोदी को बहुत शान्त कमरे की तलाश होती थी।

कमरा पूरी तरह से साफ–सुथरा होना चाहिए। उन्होंने बताया कि उस कमरे में फूल हों तो क्या कहने। आसुमति ने यह भी बताया कि नरेन्द्र भाई अपनी किताब बहुत कम दिनों में पूरी कर लेते थे। उन्होंने 'पत्ररूप गुरूजी' पुस्तक की रचना हमारे घर पर की थी। उन्होंने इस पुस्तक को नवरात्र में लिखना शुरू किया था।

कुछ ऐसा ही अंजली बहन ने भी नरेन्द्र मोदी के पुस्तक लेखन के तरीके के बारे में बताया। उन्होंने विस्मय जताया कि पता नहीं कैसे वह इतनी जल्द रचना पूरी कर लेते थे।

3. 1981–82 का प्रसंग

नरेन्द्र भाई का कल्फ लगा कुर्ता

मोदी कुर्ता एक ब्रांड है। लोग इसे पहनना पसन्द करते हैं लेकिन इसके मूल में कहीं ना कहीं सादगी और देशप्रेम समाहित है। मोदी कुर्ता की कहानी भी कई बार नरेन्द्र मोदी ने लोगों के सामने रखी है। खासतौर पर उनके प्रधानमंत्री बनने के बाद और इसके बढ़े क्रेज के बाद कई बार उनसे उनके कुर्ते की स्टाईल पर सवाल पूछे गऐ। प्रधानमंत्री ने कहा कि आर०एस०एस० और भाजपा में काम करने के दौरान सिर्फ अध्यात्मिक यात्राएँ ही नहीं बल्कि अनिश्चित और दुष्कर कार्यक्रम भी है, परन्तु मैं अपने कपड़े हमेशा खुद ही धोता था। पूरी बाँह का कुर्ता धोना अधिक कठिन काम है। आमतौर पर यह ज्यादा समय लेता था तो मैंने अपने कुर्ते को काटकर आधी बाँह का करने का फैसला किया। इस तरह से मोदी कुर्ते की शुरुआत हुई। लेकिन आपको नरेन्द्र मोदी के कुर्ते से जुड़ी एक पुरानी हकीकत बताते हैं।

नरेन्द्र भाई के कल्फ़ लगे कुर्ते की कहानी भी बड़ी दिलचस्प है। नरेन्द्र भाई संघ के प्रचारक थे। मुख्यमंत्री बनने से पहले 'रूबरू' (2001) में दिए अपने इन्टरव्यू में नरेन्द्र मोदी ने कहा, मुझे साफ–सुथरा धोया कपड़ा पहनना पसन्द है। अहमदाबाद में रहने वाले रसिक भाई मगन भाई शाह जो अब इस दुनिया में नहीं है, उनका घर अहमदाबाद में आर०एस०एस० कार्यालय के पास में ही स्थित है। नरेन्द्र मोदी को रसिक भाई के यहाँ अक्सर जाना होता था। नरेन्द्र भाई की रसिक भाई के बेटे संजय से भी खूब बनती थी। संजय भाई की छोटी बहन बेला ने नरेन्द्र मोदी के कुर्ते से जुड़ा रोचक किस्सा सुनाया। बेला बहन ने बताया कि जब नरेन्द्र काका कई अलग–अलग जिलों का दौरा करके आते थे तो उनके बहुत सारे कुर्ते पायजामें मैले हो जाते थे, जिसे वह इकट्ठा कर हमारे यहाँ ले आते थे। हम लोगों का नरेन्द्र काका से इतना लगाव था कि जब वो घर पर आते और अपने कपड़े धोने की कोशिश करते तो हम उनको ऐसा करने से हमेशा रोकते थे। फिर नरेन्द्र काका के कपड़े धोने की जिम्मेदारी हम दोनों बहनों पर आ जाती थी। नरेन्द्र काका के कपड़े धोना तक तो ठीक था लेकिन हमें उस कपड़े को एकदम कड़क करना होता था। इसके लिये हम

लोगों ने एक खास तरीका अपनाया था। जब नरेन्द्र काका हमारे घर आ जाते थे तब हम सुबह ही अपने आस–पास के कई घरों में जाकर यह बोल आते थे कि जिसके यहाँ भी चावल बनाया जा रहा है, वह उसमें से निकलने वाले माड़ (पके हुए चावल का पानी) को हमारे घर पहुँचा देना। इस तरह से हम कई घरों सें इकट्ठा किये हुये माड़ से नरेन्द्र काका के कपड़ों को कड़क करने का काम करते थे। लेकिन इसके बाद भी हमारी चुनौती खत्म नहीं होती थी क्योंकि उस समय हमारे घर में कपड़ा प्रेस करने वाला आयरन नहीं था तो हम दोनों बहनें नरेन्द्र काका के कपड़ों को लोटे के अन्दर कोयला डालकर प्रेस करते थे। इसमें हमें कई घंटे लग जाते थे, जिसे हम आज भी नहीं भूल पाये हैं।

4. वो साबूदाने की शानदार खिचड़ी

नरेन्द्र मोदी को खाने में सबसे ज्यादा क्या पसन्द है? यह लाख टके का सवाल है। इस तरफ नरेन्द्र मोदी खुद ही इशारा करते हैं। *जो लोग सार्वजनिक जीवन में काम करते हैं उनका जीवन बहुत अनियमित होता है इसलिए यदि कोई सार्वजनिक जीवन में सक्रिय होना चाहता है, तो उसका पेट मजबूत होना चाहिए। मोदी ने कहा कि 35 वर्षों तक संगठन में काम करने के दौरान मुझे पूरे देश का भ्रमण करना पड़ा। मुझे भोजन माँगना पड़ा, जो मिला उसे खाया। नरेन्द्र मोदी का कहना है कि मैंने कभी किसी से अपने लिए कोई खास खाना बनाने को नहीं कहाँ 'मुझे खिचड़ी बहुत पसन्द है, लेकिन मुझे जो मिले मैं खा लेता हूँ।' मोदी कहते है कि मैं चाहता हूँ कि मेरी सेहत ऐसी हो कि वह देश के लिए बोझ न बनें। मैं अपनी अंतिम साँस तक स्वस्थ व्यक्ति के रूप में जीना चाहता हूँ* (नरेन्द्र मोदी एप से ली गई जानकारी)।

आर०एस०एस० के वरिष्ठ पदाधिकारी रहे मगन भाई शाह के बेटे संजय भाई शाह और बेला बहन ने नरेन्द्र मोदी को लेकर, एक गुदगुदाने वाला प्रसंग सुनाया। एक दिन रात 9:00 बजे के बाद नरेन्द्र भाई का फोन आया कि मैं दो प्रचारकों के साथ खाना खाने आ रहा हूँ। वह साबूदाना की खिचड़ी खायेंगे। संजय भाई और बेला बहन जो उस समय छोटे थे। इन लोगों से बातचीत में इनकी माँ ने कहा

कि हम लोगों के यहाँ (जैन परिवार में) साबूदाने की खिचड़ी बनती ही नहीं। अब क्या किया जाए। माँ को समझ में नहीं आ रहा था। माँ ने चावल की खिचड़ी की तरह से साबूदाने की खिचड़ी बनाना शुरू कर दिया। उन्होंने चावल की तरह साबूदाने को धोया, थोड़ी सब्जियां काटी और कुकर में चढ़ा दिया। थोड़ी देर बाद ही कुकर ने सीटी दे दी माँ ने राहत की सांस ली। अब नरेन्द्र भाई आ जायेंगे तो उन्हें और उनके साथ आने वाले मेहमानों को खिचड़ी परोसी जा सकती हैं। खिचड़ी के साथ ही माँ ने थोड़े आलू भी उबाल लिये उसको मसलकर धनिया, मिर्ची आदि डालकर चोखा भी तैयार कर लिया। अब तो बस इन्तजार था नरेन्द्र काका के और उनके दोनों मेहमानों के घर पर आने का। थोड़ी ही देर में नरेन्द्र भाई अपने कन्धे पर झोला लटकाये दो लोगों के साथ घर के दरवाजे पर पहुँचते हैं। संजय जाकर दरवाजा खोलते हैं। थोड़ी देर औपचारिक बातचीत के बाद माँ ने नरेन्द्र काका से कहा कि आप लोग हाथ पैर धो लीजिये, मैंने भोजन तैयार कर दिया हैं। नरेन्द्र काका और उनके साथ आये, दोनों मेहमान हाथ पैर धोकर खाने के लिये बैठ गये। माँ को साबूदाने की गरम खिचड़ी तीन जगह अलग–अलग थालियों में परोसकर लेकर आना था, पर माँ ने जब कुकर खोला तब देखा कि खिचड़ी कुछ अजीब सी लग रही थी। अगर मैं उदाहरण देकर कहूं तो रबर की तरह हो गई थी। लेकिन अब क्या किया जाएं? मेहमान तो खाने पर बैठ चुके थे। अब कोई नया व्यंजन तो तुरन्त तैयार नहीं किया जा सकता था। माँ ने खिचड़ी मेहमानों के सामने रख दी, तीनों लोगों ने जी भरकर खिचड़ी खाई और माँ को दिल से धन्यवाद दिया। फिर नरेन्द्र काका और दोनों मेहमान आर०एस०एस० कार्यालय में सोने के लिये चले गये। उसके बाद नरेन्द्र काका जब भी घर आते, माँ से मिलते और यही कहते कि भाभी जी आपने बहुत अच्छी साबूदाने की खिचड़ी खिलाई थी। मेरी माँ को लगता था कि उस दिन साबूदाने की खिचड़ी वाकई बहुत अच्छी बन गई थी। एक दिन की बात है हमारे घर पर एक वैष्णव परिवार आया हुआ था। वैष्णव परिवार के खाने में अक्सर साबूदाने की खिचड़ी बनती थी। चूँकि नरेन्द्र काका ने माँ के हाथ की साबूदाने की बनी खिचड़ी की

इतनी प्रशंसा कर चुके थे। माँ की लगा जो परिवार मेरे यहाँ आया है, उनके यहाँ तो साबूदाने की खिचड़ी अक्सर ही बनाई जाती है। उनसे पूछूँ कि आखिर वो कैसे साबूदाने की खिचड़ी बनाती हैं। माँ ने हमारे यहाँ आये वैष्णव परिवार की आंटी से साबूदाने की खिचड़ी बनाने का तरीका बताने कहाँ आंटी ने जब बताया कि साबूदाने की खिचड़ी बनाने से पहले उसे कई घंटे पानी में भिगोकर रखते है। जब वो फूल जाता है तो पानी को छान लेते हैं। इसके बाद उसमें सब्जी आदि डालकर साबूदाने की खिचड़ी बनाई जाती है। अब माँ को समझ में आ गया था कि उस दिन जो खिचड़ी बनी थी, आखिर वो कैसी रही होगी। लेकिन जब इस बार नरेन्द्र काका घर पर आये और उन्होंने कहा कि भाभी जो उस दिन मेरे साथ जो मेहमान आये थे, वो आज मिल गये, वो भी कह रहे थे कि साबूदाने की बहुत अच्छी खिचड़ी बनी थी। तब माँ ने नरेन्द्र काका से हँसते हुये कहा कि नरेन्द्र भाई अब मैंने साबूदाने की खिचड़ी बनानी मेरी एक सहेली से सीख लिया है। अब मैं आपको साबूदाने की बढ़िया खिचड़ी बनाकर खिलाऊँगी। इस बात पर नरेन्द्र काका जोर से ठहाका लगाकर हँसने लगे। हम लोग भी अपनी हँसी नहीं रोक पाये। लेकिन यहाँ उल्लेखनीय है कि नरेन्द्र मोदी ने एक बार भी नहीं कहा कि भोजन ठीक नहीं बना था बल्कि जो मिला उसे खा कर सन्तोष किया।

5. पेपर लीक नहीं होने दूँगा

नरेन्द्र मोदी सुविधा संसाधन न होने के बाद भी असाधारण काम को साधारण तरीके से अंजाम देते थे। यह 1983 की बात है, जब 12वीं परीक्षा के बोर्ड का पेपर चल रहा था। संस्कार धाम के ट्रस्टी का नरेन्द्र मोदी से सम्बन्ध बहुत पुराना है। डॉ० शाह की बेटी गीता भी इस साल बोर्ड की परीक्षा दे रही थी।

एक दिन गीता जब परीक्षा देने के लिये जा रही थी तो उसने अपने स्कूल के पास देखा कि कुछ लोग बोर्ड का पेपर बेच रहे हैं। उसकी परीक्षा दूसरी पाली में थी यानी की तीन बजे से। इसके पहले ही उस विषय का परीक्षा प्रश्नपत्र खुलेआम सड़क पर 100 रु० में बेचा जा रहा था। गीता निराश हो गई। उसे लगा कि मेरे साल भर पढ़ने से क्या होगा। जब प्रश्नपत्र खुले तौर पर बाजार में बिक रहा

है। मेरी पढ़ाई का कोई मतलब नहीं है। गीता ने आकर सारी बातें अपने पिता डॉ० आर०के० शाह को बताई और रोने लगी। साथ ही कहा कि पापा परीक्षा देकर क्या होगा, जब प्रश्नपत्र पहले से ही बिक रहा है। डॉ० शाह ने हमें बताया कि जब इस बात की जानकारी मुझे लगी तो मैंने इस बारे में नरेन्द्र मोदी से बात की। अपने स्तर पर भी यह जानने का प्रयास शुरू कर दिया कि आखिर इस गोरखधंधे का कैसे पर्दाफाश किया जाये। इस काम में मैं और नरेन्द्र मोदी दोनों जी–जान से जुट गये। कैसे वहाँ पर पहुँचा जाये, जहाँ से हमें ये प्रश्नपत्र मिल सके जिसकी परीक्षा होने वाली हो। इसके लिये ये भी तय किया गया कि हाइकोर्ट के किसी सीनियर वकील से भी सम्पर्क किया जाये। ताकि अगर परीक्षा का प्रश्नपत्र हासिल हो जाये तो हम तुरन्त कोर्ट जा सके। हमने और नरेन्द्र भाई ने प्रयास करके अन्ततः वो प्रश्नपत्र हासिल कर लिया जो नियत दिन पर होने वाला था। हमने तुरन्त वकील को सम्पर्क साध कर कहा कि आज जो तीन बजे

डॉ० आर०के० शाह के परिवार के साथ।

पेपर होने वाला है, उसका हमने इंतजाम कर लिया है। इसमें नरेन्द्र मोदी ने असाधारण तरीके से प्रयास कर प्रश्नपत्र हासिल किया था। अब हमारी जिम्मेदारी थी हम जल्द वकील के पास पहुँचे। उन्होंने पीटिशन तुरन्त तैयार किया और जज महोदय तक उस प्रश्नपत्र को पहुँचाने का काम किया। जज महोदय ने हम लोगों को समय भी दे दिया। जज महोदय को हमने बताया कि यह वही प्रश्नपत्र है जिसकी परीक्षा अभी चल रही है। पहले तो उन्हें हमारी बात पर विश्वास ही नहीं हुआ। फिर हमने उनको विस्तार से पूरी बात बताई और सभी लोग परीक्षा खत्म होने का इंतजार करने लगे। जैंसे ही बोर्ड की उस दिन की परीक्षा समाप्त हुई, बेटी गीता को मैंने वहीं बुला लिया था। गीता ने जैसे ही वह प्रश्नपत्र हमारे हाथ में दिया हमने उसे जज साहब को दे दिया। जज साहब ने जब हमारे द्वारा पहले दिये गये प्रश्नपत्र और गीता से मिले प्रश्नपत्र को मिलाया तो चौंक गये। गीता जो परीक्षा देकर आई थी उसके सारे प्रश्न पहले से मौजूद प्रश्नपत्र से मिल रहे थे। इसके बाद बोर्ड की मीटिंग तलब कर ली गई और परीक्षा को निरस्त कर दिया गया। इस तरह से लाखों छात्रों के भविष्य से खिलवाड़ होने से बच गया। यह एक ऐसा प्रसंग है जो हमें यह बताता है कि कैसे असंभव से काम को बिना किसी सुविधा के कम समय में संभव बनाया जा सकता है। किताब लिखने के सिलसिले में जब मैं गुजरात आर०एस०एस० के प्रांत प्रमुख मुकुन्द दास जी से मिला था तो उन्होंने मुझे नरेन्द्र मोदी का यह प्रसंग सुनाया था। जिसे डॉ० आर०के० शाह ने और विस्तार से बताया।

भाजपा का वो दौर

नरेन्द्र मोदी की आर०एस०एस० में भूमिका धीरे–धीरे महत्वपूर्ण होती जा रही थी। लोग उनके काम की तारीफ करने लगे थे लेकिन यह समय भारतीय जनता पार्टी के लिये बहुत मुफीद नही था। 31 अक्टूबर 1984 सिख अंगरक्षकों ने प्रधानमंत्री इन्दिरा गांधी की हत्या कर दी। राजीव गांधी ने पीएम का पद सम्भाला। देश की राजधानी दिल्ली में खुलेआम कत्लेआम चल रहा था। गुजरात में आरक्षण को लेकर पहले से ही आग जल रही थी। यहाँ एक बार फिर दंगे भड़क गये और अहमदाबाद को कर्फ्यू के हवाले कर दिया गया था।

6. मेहमान भगवान का रूप

अहमदाबाद में जगन्नाथ मन्दिर के कर्त्ताधर्त्ता महेन्द्र भाई से भी मेरी मुलाकात हुई। कहते हैं नरेन्द्र मोदी का जगन्नाथ मन्दिर से बहुत लगाव था। साथ ही मन्दिर परिसर के पास विश्व हिन्दू परिषद का कार्यालय था जहाँ नरेन्द्र मोदी ने कई साल बिताये और मन्दिर परिसर से ही प्रसाद ग्रहण कर जीवन को चलाने का भी काम किया। महेन्द्र भाई ने बातचीत में बताया कि नरेन्द्र मोदी के लिये उनके पास बाहर से आने वाले हर अमीर और गरीब के लिये बहुत सेवाभाव रहता था। नरेन्द्र मोदी सोचते थे कि हमारे यहाँ आये हुये मेहमानों का आखिर स्वागत कैसे किया जाये। उस समय न ही संसाधन था और न ही सुविधा, ऐसे में उस समय नरेन्द्र मोदी अपने मेहमानों का स्वागत जगन्नाथ मंन्दिर के प्रसाद से किया करते थे। नरेन्द्र मोदी के यहाँ आने वाले मेहमानों की संख्या तो कभी–कभी 20–25 हो जाती थी। नरेन्द्र मोदी किसी को महन्त जी के पास भेजते थे। मन्दिर में सुबह मालपुए का भोग लगता था। नरेन्द्र भाई जिसे भी भेजते उसे निर्देश होता था कि पूजा होने तक महाराज के पास ही खड़े रहना। जब महाराज पूजा करके भगवान को भोग लगा लेंगे, तो हमारे मेहमानों के लिये प्रसाद जरूर देंगे। महेन्द्र भाई ने बताया कि नरेन्द्र मोदी तड़के ही उठ जाया करते थे। मन्दिर में होने वाली मंगल आरती में वह जरूर शामिल होते थे। इसके बाद वे घंटों ध्यान लगाकर बैठ जाते थे।

7. क्या आइडिया है

1985 की बात है जब पूरा गुजरात जल रहा था। हिंसा और दंगे के कारण अहमदाबाद में कर्फ्यू लगा दिया गया था। उस समय गुजरात के मुख्यमंत्री माधव सिंह सोलंकी थे। अमर सिंह चौधरी के पास गुजरात के गृह मंत्रालय का प्रभार था। अहमदाबाद में 100 साल से जगन्नाथ मन्दिर से रथयात्रा निकालने की एक परम्परा चली आ रही थी। कर्फ्यू के कारण वर्षों से चली आ रही परम्परा टूटने के कगार पर थी। पूरे शहर में एक अजीब सी खामोशी थी। हम लोगों को भी समझ में नहीं आ रहा था कि आखिर क्या किया जाए। उस समय गुजरात के होम सेक्रेटरी महाराज से मिलने के लिये आये, उन्होंने किसी तरह

विश्व हिन्दू परिषद का कार्यालय जहां नरेन्द्र मोदी रहते थे।

की मदद में असमर्थता जता दी। लोगों में निराशा घर कर गई थी। ऐसा लगता था कि 100 साल से चल रही परम्परा टूट जायेगी। नरेन्द्र मोदी उस समय पूरे हालात पर नजर बनाये हुये थे। अपने लोगों के साथ विचार करके उन्होंने एक अनोखी योजना तैयार की। हम लोग रात 2:00 बजे कमिश्नर ऑफ पुलिस से मिलकर निकले। सुबह 7:00 बजे का मुहर्त था। सबसे पहले जगन्नाथ भगवान का दर्शन हाथी करता है। वहाँ पर बहुत भीड़ थी। परम्परा के अनुसार जब सबसे

पहले हाथी को जगन्नाथ भगवान के दर्शन के लिए लाया गया तो वह भड़क गया। यह प्लानिंग का हिस्सा था। दर्शन के लिए लेकर लाए गए हाथी ने दूसरे हाथी को धक्का दिया और उसने पुलिस की जीप पलट को दिया।

पुलिस का बड़ा अफसर चिल्लाया – टीयर गैस छोड़ो, लेकिन पुलिस के जवानों ने मना कर दिया। आस–पास के घरों में लोग पहले से इंतजार कर रहे थे क्योंकि इसके लिये कई दिनों से काम किया जा रहा था। लोगों को गुप्त सूचनायें भेजी जा रही थी। पुलिस वैन को धक्का देते ही रथ के आगे जाने का रास्ता साफ हो गया। इसके बाद योजना के तहत जिस रास्ते से रथ को गुजरना था उस रास्ते में रहने वालों को फोन (लैण्ड लाईन) से सूचित किया गया कि रथ आगे बढ़ रहा है। आप लोग अपने–अपने घरों से बाहर निकलिये और रथ के साथ चलिये। धीरे–धीरे भीड़ सैलाब का रूप लेने लगी। इस तरह जगन्नाथ मन्दिर से रथ निकालने की परम्परा उस वर्ष भी जारी रही जब पूरा अहमदाबाद शहर दंगे की चपेट में था। कहीं न कहीं इसका श्रेय बहुत हद तक कई अन्य लोगों के साथ नरेन्द्र मोदी को भी जाता है, जिन्होंने अपनी योजना से असंभव को संभव कर दिया।

नरेन्द्र मोदी सीएम बनने के बाद रथयात्रा में शामिल होते हुए।

अध्याय–18

रोचक बधाई

1. बधाई हो, बधाई हो, जन्मदिन की बधाई

नरेन्द्र मोदी के साथ कई साल साथ काम करने वाले भागीरथ भाई देसाई ने कई रोचक प्रसंग नरेन्द्र मोदी को लेकर हमें सुनाये। ऐसा ही प्रसंग सुनकर मेरा हँसते–हँसते बुरा हाल हो गया। उन्होंने बताया कि संघ के प्रचारकों की सालाना बैठक होती थी। इस बैठक में पूरे प्रदेश के संघ से जुड़े बड़े पदाधिकारी भाग लेते थे। इस बैठक में चल रहे आर०एस०एस० के कार्यों के साथ आने वाले समय के लिये व्यूह रचना पर चर्चा होती थी। साथ ही दायित्वों के बँटवारे पर विचार किया जाता था। एक दिन अहमदाबाद के आर०एस०एस० कार्यालय में सभी पदाधिकारियों की ऐसी ही बैठक चल रही थी। कुछ ऐसे विषय की चर्चा हो रही थी कि वातावरण बहुत बोझिल और गंभीर हो गया था। कोई भी पदाधिकारी एक–दूसरे से बात नहीं कर रहा था। पूरे हाल में सन्नाटा छाया हुआ था। लोग बस एक–दूसरे का चेहरा देख रहे थे। तभी नरेन्द्र भाई ने अपने साथ में बैठे व्यक्ति के कान में कुछ कहा, जो उनसे आगे बैठा हुआ था। उस व्यक्ति ने मेरे कान में वही बात कही कि अरे, आज हमारे आर०एस०एस० के वरिष्ठ कार्यकर्त्ता मुकन्दराव जी का जन्मदिन है। आप तो जानते ही हो कि मुकन्दराव जी कितने संकोची स्वभाव के व्यक्ति हैं। वह तो यह बात किसी से कहने वाले नहीं हैं। क्या हम लोगों को मुकन्दराव जी को उनके जन्मदिन पर बधाई देनी चाहिये? जब यह बात मुझे बताई गई तब मुझे भी लगा कि हाँ, भाई मुकन्दराव जी को जन्मदिन की बधाई हम लोगों को देनी चाहिये। मैंने भी ये बात आगे बैठे मेरे एक साथी को बता दी। धीरे–धीरे बात संघ के बड़े पदाधिकारी सुरेश राव केतकर के पास पहुँच गई, जो बैठक की अध्यक्षता कर रहे थे। उन्होंने बिना किसी से कहे मन में सोचा कि मुकन्दराव जी हमारे

कर्मठ वरिष्ठ साथी हैं। हम लोगों को मिलकर इनका जन्मदिन मनाना चाहिये। ऐसा सोचकर उन्होंने बिना किसी को बताये फूलों का एक गुलदस्ता, लोगों के दोपहर में खाने का प्रबन्ध तो था ही, उसी में उन्होंने एक मिठाई बढ़वा दी। सारी तैयारी करने के बाद सुरेश राव केतकर ने दूर से ही मुकुन्दराव से कहा कि आपको जन्मदिन की बहुत–बहुत बधाई। अगर आप हमारे पास आ जायेंगे तो मैं आपको फूलों का ये गुलदस्ता दे सकूँगा। सुरेश राव केतकर ने खड़े होकर दो–तीन बार मुकुन्दराव जी का नाम लेकर आवाज लगाई। फिर भी मुकुन्दराव आगे नहीं बढ़ रहे थे। तब नरेन्द्र मोदी ने मुकुन्दराव सें कहा कि आपको संघ के इतने बड़े पदाधिकारी बुला रहे हैं और आप उनकी बात को सुन ही नही रहे हैं। जल्दी जाइये। आप तो आर०एस०एस० की आज्ञा की अवहेलना कर रहे हैं। मुकुन्दराव जी धीरे से बोले, अरे भाई मेरा तो जन्मदिन है ही नहीं। तब नरेन्द्र मोदी ने कहा कि जल्दी जाइये, जल्दी जाइये और मुकुन्दराव धीरे–धीरे सुरेश राव केतकर की तरफ बढ़ने लगे। जब सुरेश राव केतकर ने उन्हें फूलों को गुलदस्ता भेंट किया और गर्मजोशी से बधाई दी, मुकुन्दराव बिचारे क्या करते? उन्होंने गुलदस्ता स्वीकार कर लिया। फिर क्या था? सभी लोग खड़े होकर मुकुन्दराव को बधाई देने लगे। बधाई हो, बधाई हो, मुकुन्दराव जी का जन्मदिन न होते हुये भी लोग मुकुन्दराव को बधाई दिये जा रहे थे। संघ की बैठक की गंभीरता अब गायब हो चुकी थी। लोग एक–दूसरे को देखकर अब हँस रहे थे। भोजन का लुत्फ उठा रहे थे। सुरेश राव केतकर को असलियत का पता चला कि नहीं, इसकी पुष्टि तो किसी ने नहीं की लेकिन कई लोगों को जन्मदिन के राज की जानकारी मिल गई थी।

बीजेपी में आने से पहले 1986 में अहमदाबाद के नगर निगम चुनाव में जीत मिलने के बाद संघ परिवार को नरेन्द्र मोदी पर भरोसा कायम हो गया। लेकिन उस समय देश में एक ऐसे मुद्दे ने जन्म लिया जिसने राजनीति की दिशा में बड़ा परिवर्तन किया और इसका असर कुछ वर्षों बाद सामने आने लगा।

2. शाहबानो केस

देश की राजनीति की दशा और दिशा तय करने में शाहबानो मामले

की महत्वपूर्ण भूमिका है। 23 अप्रैल 1985 को सुप्रीम कोर्ट ने अपना फैसला दिया। यह एक मुस्लिम महिला शाहबानो से जुड़ा हुआ था। मामला देश और दुनिया में 'शाहबानो केस' के नाम प्रचलित हुआ। एक मुस्लिम महिला की 1932 में एक वकील के साथ शादी हुई। वह उसके पाँच बच्चों की माँ बनी। इस महिला को 1975 में उसके पति ने घर से निकाल दिया। शाहबानो को लगता था कि उसका उसके पति के साथ सुलह–समझौता हो जायेगा। लेकिन बहुत इंतजार के बाद भी समझौता नहीं हो पाया तो उसने अप्रैल 1978 में प्रतिमाह रखरखाव के लिये पाँच सौ रुपया प्रतिमाह भत्ते की माँग के लिए कोर्ट में केस दायर कर लिया। इसके परिणामस्वरूप शाहबानो के पति ने 6 नवंबर 1978 को तलाक की घोषणा कर दी। मध्य प्रदेश, उच्च न्यायालय ने शाहबानो के रखरखाव की दलील को खारिज कर दिया। लेकिन शाहबानो ने हार नहीं मानी, अपनी लड़ाई लड़ती रही। शाहबानो ने सुप्रीम कोर्ट में गुहार लगाई। 1985 में सुप्रीम कोर्ट ने शाहबानो के पक्ष में फैसला दिया।

सुप्रीम कोर्ट के फैसले से देश में एक बवडंर खड़ा हो गया। इमामों और मुस्लिमों ने इसे अपने निजी मामले में दखल मानते हुये उसका विरोध किया। फैसले पर लोगों का समर्थन भी मिला और विरोध भी जारी रहा। राजीव गांधी यह विचार करने लगे कि इस फैसले को किस तरह से निरस्त किया जाये और इसके कुछ समय बाद ही राजीव गांधी ने मुस्लिम कट्टरपथियों की बात मान ली और संसद में अध्यादेश पेश कर दिया। इस परिस्थिति में बीजेपी ने अपने आप को इस मामले से अलग कर लिया। लेकिन संसद में सन् 1986 में बिल भारी बहुमत से पारित हो गया। भारत की राजनीति में एक नया चलन प्रारम्भ हो गया, जिसे तुष्टिकरण की संज्ञा मिली।

3. फुटपाथ पार्लियामेन्ट

अहमदाबाद में आर०एस०एस० और बीजेपी के वरिष्ठ कार्यकर्त्ता हरीन व्यास ने नरेन्द्र मोदी के साथ हुई 1984 की एक घटना सुनाई, जिसका इस्तेमाल नरेन्द्र मोदी ने 2014 के लोकसभा चुनाव में किया। हरीन व्यास ने बताया कि हम एक कार्यक्रम अक्सर शाम को रखते थे जिसका नाम 'फुटपाथ पार्लियामेन्ट' था। इसमें सभी तरह के लोग

हरिन व्यास नरेन्द्र मोदी के साथ।

आते थे समाजसेवी, वकील, बैंक कर्मचारी, नेता। इसमें कभी–कभी नरेन्द्र मोदी भी आते थे। यहाँ हम लोग केवल पॉलिटिक्स की चर्चा करते थे, जिसमें देश और समाज की चर्चा खुलकर होती थी। नरेन्द्र मोदी भी अपने विचार रखते थे। हरीन व्यास का कहना है कि नरेन्द्र मोदी ने चाय पर चर्चा को यहीं से चुना। यह सच है कि लोकसभा चुनाव के दौरान, चाय पर चर्चा का प्रोग्राम बहुत हिट था। इस कार्यक्रम में लाखों लोगों ने अपने दिल की बात, नरेन्द्र मोदी तक पहुँचाई। यह बात नरेन्द्र मोदी ने अपने कोल्हापुर के प्रोग्राम में कही थी। फुटपाथ पार्लिमामेन्ट से मैंने बहुत कुछ ग्रैब किया। नरेन्द्र मोदी ने इसमें भाग लेने वाले लोगों के नाम भी लिये। उस समय प्रमुख रूप से नानाजी भाई भटट्, विभाकर जी आदि इसमें शामिल होते थे। नरेन्द्र मोदी की यह खासियत कही जाएगी कि कहीं से भी उन्हें काम की बात पता चलती तो उसका परीक्षण कराने के बाद ही इस्तेमाल करते। 'फुटपाथ पार्लियामेंन्ट' इसी का एक रुप कहा जा सकता है।

4. अयोध्या विवाद

उत्तर भारत में स्थित अयोध्या, उत्तर प्रदेश के फैजाबाद जिले में बसा एक नगर है। रामायण महाकाव्य में इसका उल्लेख है। इसका उल्लेख श्रीराम के जन्म स्थान के रूप में किया गया है। यह हिन्दुओं के लिये एक पावन तीर्थस्थल की तरह है। राम जन्मभूमि–बाबरी मस्जिद के रूप में विख्यात एक ढाँचे का निर्माण 1525 में मीर बाकी

ने एक मस्जिद के रूप में किया। कुछ लोग दावा करते हैं कि इस मस्जिद का निर्माण श्रीराम की जन्मभूमि पर किया गया है। इसका परिणाम यह कि मामला विवादित हो गया। 1885 में अयोध्या के महंत रघुवीर दास द्वारा दायर मुकदमे से सम्बन्धित न्यायालय के कागजात से पता चलता है कि राम जन्मभूमि, बाबरी मस्जिद के किसी बाहरी प्रांगण में, हिन्दू पूजा स्थल अर्थात् राम चबूतरा और कौशल्या रसोई बन गये। यहाँ रामलला की मूर्ति थीं। ढ़ाँचे 6 दिसम्बर 1992 तक विद्यमान थे। आर०एस०एस० ने इस मुद्दे को हाथों–हाथ लपक लिया।

मई 1986 में उस समय देश के कई भागों में साम्प्रदायिक तनाव, गंभीर रूप धारण करने लगा, जब उत्तर प्रदेश में एक स्थानीय अदालत का आदेश सामने आया। इसमें कहा गया कि राम जन्मभूमि नामक विवादित मन्दिर का नियमित रूप से पूजा–पाठ के लिये हिन्दुओं द्वारा उपयोग किया जा सकेगा।

यह विवाद तब सामने आया, जब महंत रघुवीर दास ने यह मुकदमा दायर किया। इसे 1885 के केस नं० 61/280 के रूप में दर्ज किया गया। इसमें मस्जिद के निकट बाहरी प्रांगण में स्थित चबूतरे (राम चबूतरे) पर मन्दिर का पुर्ननिर्माण करने की प्रार्थना की गई थी। इस मुकदमे को उस समय इसलिये खारिज कर दिया गया कि मस्जिद के इतने पास मन्दिर निर्माण की अनुमति दिया जाना, लोक नीति और शांति के विरुद्ध होगा। इसका भी प्रमाण है कि इस ढाँचे को लेकर हिन्दुओं और मुसलमानों के बीच विवाद के चलते सन् 1934 में साम्प्रदायिक दंगे हुये थे। इसमें ढाँचे को भी कुछ नुकसान पहुँचा था। जिसकी बाद में मरम्मत करा दी गई थी।

1934 में दंगे के बाद 1949 तक के बीच के वर्षों में विवादित ढाँचे का इस्तेमाल मस्जिद के रूप में किये जाने के बारे में उच्चतम न्यायालय के समक्ष विवाद उठाया गया। उच्चतम न्यायालय ने संज्ञान किया कि कुछ गड़बड़ी के बाद 1934 से ही विवादित ढाँचे को मस्जिद के रूप में इस्तेमाल नहीं किया जा रहा है न कि दिसम्बर 1949 तक मस्जिद का इस्तेमाल नमाज पढ़ने के लिये किये जाने का खंडन करता है।

1985 के आखिरी महीने में एक तरफ कांग्रेस शाहबानो मुद्दे को कमजोर करने का विधायी उपाय खोज रही थी तो दूसरी तरफ मन्दिर का दरवाजा खोलने की छूट देकर, हिन्दू वोटों को अपनी तरफ आर्कषित करने का मसौदा तैयार कर चुकी थी।

राम मन्दिर और शाहबानो केस, ये दोनों ऐसे मुद्दे थे जिससे वह फायदा उठाने के फिराक में थी, लेकिन दीर्घावधि में इससे कांग्रेस को कोई बड़ा फायदा नहीं हुआ। उसकी मुश्किलें आने वाले दिनों में बढ़ने जरूर लगी।

5. फैसले का दिन

एक दिन सवेरे–सवेरे रमेश मेहता के घर के दरवाजे की घंटी बजी, देखा तो नरेन्द्र मोदी और मधु भाई कुलर्कणी सामने खड़े थे। मेहता के मुताबिक घर में प्रवेश करते ही दोनों लोग सीधे बेडरूम की तरफ बढ़े, जहाँ बालासाहेब देवरस ठहरे हुए थे। दोनों लोग वहाँ से बात करके बाहर निकले, तब मैंने नरेन्द्र मोदी से जानने की कोशिश की कि अन्दर क्या बात हुई, लेकिन वह पूरी तरह से खामोश थे। अगले दिन अखबार में देखने को मिला की नरेन्द्र मोदी को बीजेपी में ले आया गया। इस बात की पुष्टि रमेश मेहता की पत्नी कीर्ती मेहता ने जब नरेन्द्र मोदी को पत्र लिखकर सवाल किया कि आप तो हमेशा संघ के स्वयंसेवक बनकर काम करने वाले थे, फिर बीजेपी में प्रवेश का क्या मतलब निकाला जाए? इस पर नरेन्द्र मोदी की तरफ से उनका जो जबाब दिया गया, उसमें कहा गया कि निर्णय तो आपके घर में ही हुआ था। यह निर्णय तो बाला साहेब का है, इसमें मैं क्या कँरू। कीर्ति बहन इस जबाब के बाद शाँत हो गई।

9 मई 1986 को लालकृष्ण आडवाणी बीजेपी के राष्ट्रीय अध्यक्ष बनें। आडवाणी ने संगठन को मजबूत करने के लिये कई युवाओं को पार्टी में शामिल किया, जिनमें प्रमोद महाजन, सुषमा स्वराज, एम० वैंकेया नायडू, अरुण जेटली, नरेन्द्र मोदी, राजनाथ सिंह और के०एन० गोविन्दाचार्य प्रमुख हैं। नये लोगो में के०एन० गोविन्दाचार्य और नरेन्द्र मोदी, आर०एस०एस० के प्रचारक थे। राष्ट्रीय राजनीति में मोदी के उदय के साथ ही आडवाणी की नजर उन पर थी। प्रारम्भ से ही लालकृष्ण आडवाणी मोदी की प्रतिभा के कायल थे।

6. नई सुबह, नया करने की चाह

नरेन्द्र मोदी को बीजेपी में संगठन की जिम्मेदारी के साथ ही कुछ बड़ा करने की भी जिम्मेदारी दी गई। जिम्मेदारी मिलने के साथ ही मोदी अलग तरीके से कुछ नया करने में जुट गए। दत्ता जी चिरनदास ने बताया कि नरेन्द्र मोदी का काम करने का तरीका बाकी लोगों से एकदम अलग होता था। उनके संगठन में आने के बाद, अलग तरह से काम करने की शक्ति आ गई। नरेन्द्र भाई ने बीजेपी में आने के साथ ही सबसे पहले प्राथमिक मेम्बरशिप रजिस्टर तैयार करवाया। दत्ता जी ने बताया की यह बीजेपी के इतिहास में पहली बार ऐसा हुआ था। यह 10 साल तक चलता रहा था। इस रजिस्टर से यह पता चलता था कि कितने मेम्बर हर साल बढ़ रहे हैं। सबकी जिम्मेदारी होती थी कि ज्यादा से ज्यादा सदस्यों को बनायें। उस समय कम्प्यूटर का चलन नहीं था, लिहाजा इस रजिस्टर में हर सदस्य का बाकायदा नाम, पता और टेलीफोन नं० दर्ज हुआ करता था। जिससे कि उससे किसी भी समय सम्पर्क किया जा सके।

अहमदाबाद नगर निगम चुनाव, नरेन्द्र मोदी के लिये मील का पत्थर साबित हुआ। नगर निगम के चुनाव में नरेन्द्र मोदी ने अपने सांगठनिक कौशल का शानदार प्रर्दशन किया और नगर निगम अहमदाबाद में बीजेपी ने मेयर के पद का चुनाव जीत लिया। यह फरवरी 1987 की बात है। यहाँ कुछ संस्मरण हैं, जो नरेन्द्र मोदी के साथ काम करने वाले प्रफुल्ल रावल ने मुझे सुनाये। 1986 में अहमदाबाद में कुछ ऐसा माहौल था कि लोगों में एक डर सा बैठ गया था। अक्सर तहिरपुर में हिंसक घटनायें हुआ करती थी। चुनाव में नरेन्द्र मोदी को प्रचार अभियान की जिम्मेदारी सौंपी गई। इस समय नरेन्द्र मोदी 36 साल के रहे होंगे। नरेन्द्र मोदी ने खूब मेहनत की और उनकी मेहनत रंग लाई। चुनाव में बीजेपी ने दो–तिहाई सींटे जीत ली। उस समय का माहौल कांग्रेस के खिलाफ था और बीजेपी ने इसका फायदा उठाया। नगर निगम चुनाव में दरियापुर से एक निर्दलीय प्रत्याशी चुनाव लड़ रहा था। प्रफुल्ल ने बताया की वह कांग्रेस से सीट चाहता था लेकिन सिम्बल से न मिल पाने के कारण वह निर्दलीय ही मैदान में उतर गया। कहा जाता है कि उस समय

अहमदाबाद में उसकी टीम बड़ी जबरदस्त थी। झगड़ा, फसाद, धमकी आदि देना उसका रोज का काम हुआ करता था। इस प्रत्याशी ने अहमदाबाद में पाँच जगहों से अपना नामांकन दाखिल कर दिया था। उस समय का माहौल कुछ ऐसा था कि हिन्दुओं और मुस्लिमों के बीच माहौल खराब था। इसका चुनाव निशान 'शेर' था। चुनाव–प्रचार के दौरान, एक बार नरेन्द्र मोदी और उनके लोगों का निर्दलीय प्रत्याशी के लोगों से टकराव हो गया। नरेन्द्र भाई ने अपने लोगों के लिये जो हिम्मत दिखाई, उसके गुण्डे भाग खड़े हुये। इससे कार्यकर्त्ताओं को जो उत्साह और ताकत मिली उससे बीजेपी को नगर निगम अहमदाबाद में जीत हासिल करने में बड़ी मद्द मिली।

7. कुछ नया करने की जिद्द

नरेन्द्र मोदी अपने नये–नये प्रयोगों के लिये पहले से जाने जाते थे। जाति और धर्म को कैसे जोड़ के रखा जाय, इसको लेकर भी नरेन्द्र मोदी ने एक प्रयोग किया। अहमदाबाद में द्वारका के शंकराचार्य का सम्मान समारोह रखा गया। नरेन्द्र मोदी ने शंकराचार्य के सम्मान समारोह के दौरान, बाल्मीकि समाज की महिला को उनके हाथों से सम्मानित करवाने का सुझाव दिया। इसके लिये शारदा बेन बड़दोड़िया को चुना गया, जो बाल्मिकी समाज से आती थी। इन्होंने पीएचडी कर रखी थी। लेकिन फिलहाल कोई नौकरी नहीं कर रही थी। उस समय जो पदाधिकारी थे, उन्होंने इस बात को बहुत सहज तरीके से ही लिया। लोगों को ऐसा लग रहा था कि कहीं शंकराचार्य मना न कर दें। लेकिन नरेन्द्र मोदी अगर कोई काम तय कर लेते, तो फिर पीछे मुड़कर नहीं देखते थे, फिर यह तो शंकराचार्य से सम्मान कराने की बात थी। उसी दौरान बूटा सिंह ने अहमदाबाद की यात्रा की थी। लोगों ने उनका विरोध किया था। प्रफुल्ल रावल ने बताया कि यह मूल विचार नरेन्द्र मोदी का था। एक समय लग रहा था कि यह बहुत कठिन है लेकिन हम लोग नियत समय पर इस प्रोग्राम को आयोजित करवाने में सफल रहे। उस महिला को सम्मानित करवाया गया, इससे समाज में एक अच्छा सन्देश गया।

संगठन मंत्री बनने के बाद नरेन्द्र मोदी ने लोगों के जीवन को सुधारने के लिए एक बार फिर से नए प्रयोगों की शुरुआत की। मोदी

के ऐसे ही एक प्रयोग की जानकारी उस समय अहमदाबाद के मेयर प्रफुल्ल बारोट ने दी। उन्होंने कहा कि नरेन्द्र मोदी क्या आइडिया देते थे। नरेन्द्र मोदी ने अहमदाबाद नगर निगम को सुझाव दिया कि वह लोगों को जोड़ने का काम करें। इसके तहत नरेन्द्र मोदी ने नगर निगम को आईडिया दिया कि कक्षा 10 और कक्षा 12 के जो भी छात्र छात्रायें परीक्षा में एक से तीन नम्बर पर आये, उसे नगर निगम का मेयर उनके घर जाकर सम्मानित करें। इस आइडिया का यह परिणाम हुआ कि जब भी हम किसी टॉपर लड़के या लड़की के घर जाते थे तो उस दौरान उस लड़के या लड़की के घर पर उसके सभी नातेदार और रिश्तेदार इकट्ठा होते थे। वहाँ उत्सव जैसा माहौल होता था। पूरे इलाके के सम्मानित लोगों का जमघट लग जाता था। इस क्रम में कई पार्षद भी आते थे। आस–पास इस बात को खूब प्रचारित भी करवाया जाता था। पहली, दूसरी और तीसरी श्रेणी पर आये छात्र छात्राओं को नगर निगम की तरफ से प्रमाण–पत्र, फूलों का गुलदस्ता और साथ ही एक मोमेन्टो और पेन दिया जाता था। आप सहज ही अन्दाजा लगा सकते हैं कि किस तरह से वहाँ कई परिवार इकत्रित होते थे, क्योंकि उनके लिये इससे बड़ी खुशी शायद दूसरी क्या होती कि शहर का प्रथम नागरिक उनके बेटे या बेटी को सम्मान दे रहा है। इस तरह से वह परिवार बीजेपी के लिये सहानुभूति रखने लगता था। अगले दिन अखबारों में भी यह खबर प्रकाशित होती थी। उस इलाके में बीजेपी के नेताओं का एक साथ मिलने का कार्यक्रम भी हो जाता था। वोटों को बढ़ाने की भी कवायद कर ली जाती थी। अहमदाबाद में 'इंडिया टुडे' के प्रमुख फोटोग्राफर शैलेश ने बताया कि नरेन्द्र मोदी युवकों को अपने साथ जोड़ने का काम करते थे। इस नगर निगम को दिए आइडिये को सीएम बनने के बाद और आगे बढ़ा दिया, जिसके तहत जो भी छात्र और छात्रा अपनी बोर्ड की परीक्षा पास करते थे उन्हें सीएम कार्यालय की तरफ से एक सर्टिफिकेट दिया जाता है। इसमें उनके सुनहरे भविष्य की बधाई के साथ, अगले कक्षा में जाने के लिए बधाई संदेश होता है। इस बात से आप आसानी से समझ सकते हैं कि नरेन्द्र मोदी की सोच बाकी लोगों से कितनी आगे थी।

नरेन्द्र मोदी ने नगर निगम में उसी समय एक और प्रयोग किया। नरेन्द्र मोदी ने नगर निगम को एक सलाह दी थी कि जो लोग मकान बनाने के दौरान अपनी जमीन से आगे बढ़कर बरामदा आदि बना लेते हैं या कोई अवैध निर्माण कर लेते हैं तो उसे रेगुलराइज कर दिया जाये। इससे तत्कालिक दो फायदे होगें। पहला फायदा तो यह कि भ्रष्टाचार पर अंकुश लगेगा क्योंकि एक बार अगर कोई गलत तरीके से मकान बना तो लेता था तो कॉरपोरेशन के कर्मचारी से मिलीभगत कर मामले को रफा–दफा करते थे। जिससे भ्रष्टाचार को बढ़ावा मिलता था। दूसरी ओर कॉरपोरेशन का राजस्व मारा जाता था। यह अलग नुकसान था। उस समय तो कॉरपोरेशन को ये बात ठीक तरह से समझ में नही आई लेकिन नरेन्द्र मोदी जब मुख्यमंत्री बने तो उन्होंने सबसे पहले इसे लागू किया। इससे राजस्व में बढ़ावा तो मिला ही, साथ ही भ्रष्टाचार पर अंकुश लगाने में मदद मिली। यह प्रसंग हमें आर०एस०एस० के कार्यकर्त्ता हरीश भाई नायक नें सुनाया।

अध्याय–19

अपनों का ख्याल

1. न्याय यात्रा और अपनों का ख्याल

1985–1986–1987 गुजरात लगातार अकाल से जूझ रहा था। नरेन्द्र मोदी ने सरकार की अकर्मण्यता को लोगों के सामने लाने के लिये दिसम्बर 1987 में गुजरात में न्याय यात्रा की शुरुआत की। न्याय यात्रा का विचार नरेन्द्र मोदी का था। यह यात्रा 115 जिलों से होते हुये, 15,000 गाँवों तक जानी थी। यात्राएँ वहाँ हुई जहाँ अकाल छाया रहा। इस यात्रा के दौरान जनता के साथ संवाद करने का मौका मिला। जमीनी स्तर पर जुटाये गये तथ्यों के आधार पर 18 जनवरी 1988 को एक रिपोर्ट राज्यपाल को सौंपी गई। इस रणनीति ने कुछ वर्षों में बीजेपी को एक अहम हथियार मुहैया कराया।

नरेन्द्र मोदी अपनों का ख्याल कैसे रखते थे, उसका एक उदाहरण यह है कि जिस समय नरेन्द्र मोदी ने बीजेपी में अपने काम काज की शुरुआत की थी उस समय उनके साथ कई लोग काम करते थे। ये सभी नवयुवक अपना घर छोड़कर चौबीसों घंटे केवल बीजेपी के लिए काम करते थे। उस समय इनकी आमदनी का कोई स्थाई जरिया भी नहीं था। सभी लोग किसी न किसी परिवार से आते थे। इन लोगों पर इनके माँ–बाप के अलावा इनके परिवार की भी जिम्मेदारी थी। काम करने वाले लोगों में परेश, तन्मय, महेश, केतन आदि शामिल थे। नरेन्द्र मोदी ने उनकी चिन्ता करते हुए इन सभी लोगों का बीमा करवाया था। नरेन्द्र मोदी को लगता था कि इन लड़कों की आय का कोई जरिया नहीं हैं, भगवान न करे अगर इनके साथ कोई दुर्घटना कभी हो जाए तो इस बीमा के जरिए उनके परिवार की मदद तो हो सकेगी। महेन्द्र भाई भट्ट ने बताया, 1987 में नरेन्द्र मोदी ने जो उस समय विश्व हिन्दू परिषद के प्रभारी भी थे, विश्व हिन्दू परिषद के करीब चालीस पूर्णकालिक कार्यकर्त्ताओं का बीमा करवाया था।

2. लोक शक्ति रथयात्राः दोस्तों के दोस्त नरेन्द्र

न्याय यात्रा की सफलता से उत्साहित होकर नरेन्द्र मोदी ने 1989 में लोक शक्ति रथयात्रा का आयोजन किया। यह यात्रा अम्बा जी मन्दिर से 31 जनवरी को प्रारम्भ हुई और 10,000 हजार गाँवों से होकर गुजरी इसमें समाज की कुरीतियों को बढ़ाने में सहायक शराब माफिया को निशाने पर लिया गया।

दिल्ली के गुजरात भवन में मेरी मुलाकात सुरेन्द्र पटेल से हुई। गुजरात में उन्हें लोग सुरेन्द्र काका के नाम से जानते हैं। वह उस दिन बीजेपी की राष्ट्रीय कार्यकारिणी की बैठक में भाग लेने के लिये दिल्ली आये थे। बीजेपी से राज्यसभा में प्रतिनिधित्व कर चुके सुरेन्द्र काका ने बताया कि नरेन्द्र मोदी ने अपने एक मित्र बीजेपी कार्यकर्त्ता को आत्महत्या करने से बचाया और उसका सारा कर्ज खुद से चुकता किया। उसे कानोंकान खबर भी नहीं होने दी। सुरेन्द्र काका ने उस कार्यकर्त्ता नाम मुझे नहीं बताया। मैं जब अहमदाबाद गया तो मैंने उस बीजेपी के कार्यकर्त्ता को खोज निकाला। उसने जो नरेन्द्र मोदी के मित्रता निभाने की कहानी बताई वह एक ऐसे मित्र की कहानी है जिसके पास कुछ भी न होते हुये बहुत कुछ था। बात कुछ इस प्रकार से थी कि बीजेपी के कार्यकर्त्ता की खाड़िया इलाके (अहमदाबाद) में रिहाईश थी। 21 या 22 साल में ही इनके पिता का देहान्त हो गया था। किसी तरह से इन्होंने एसएससी की परीक्षा पास की और वडापुर में जनसंघ के ऑफिस लाइब्रेरी में रहने लगे। आर०एस०एस० के नेता नाथालाल झगड़ा भी वहीं रहते थे। कार्यकर्त्ता ने बताया कि 1989 में मुझे आर्थिक रूप से दिक्कत आने लगी। इस दिक्कत को दूर करने के लिये उन्होंने लॉटरी का टिकट खरीदने का काम शुरू कर दिया। उसे लगा कि लॉटरी का इनाम निकलने पर शायद उसकी जिन्दगी बदल जाए। उस कार्यकर्त्ता का कहना कि हमारा 7–8 लोगों का परिवार था। हमारे खर्च बढ़ने लगे थे। बच्चों का दुखः देखा नहीं जाता था। ज्यादा पैंसा कमाने का लालच और जिम्मेदारी की वजह से मैं संकट में आ गया। इस दौरान मैंने ब्याज पर पैंसा लेना शुरू कर दिया। धीरे–धीरे ब्याज बढ़ने लगा। मेरी हालत हो ऐसी गई थी कि मैं ब्याज भी बड़ी मुश्किल से चुका पा रहा था, मूलधन देना तो दूर की बात

है। इस समय मेरे पास मात्र दो विकल्प थे, या तो आत्महत्या कर लूँ या फिर बेइमानी से लोगों का पैंसा देने से मना कर दूँ।

इतना कहते ही इस बीजेपी के वरिष्ठ कार्यकर्त्ता की आँखें भर आई। आवाज भर्रा गई। यह बात उसने कई सालों से अपने सीने में दफन कर रखी थी। यहाँ तक कि परिवार के किसी सदस्य को भी इस बारे में कोई जानकारी नहीं थी। परिवार के सभी सदस्य कमरे में इकट्ठा हो गये। मेरी और उस बीजेपी कार्यकर्त्ता के बीच हो रही बातचीत सुनने लगे। इस बीजेपी कार्यकर्त्ता के कर्ज लेने और आत्महत्या के इरादे की बात नरेन्द्र मोदी को पता चल गई। इस बीजेपी कार्यकर्त्ता ने मुझे बताया कि अगर मेरे पिताजी होते तो शायद मुझे पीटकर घर से निकाल देते। नरेन्द्र मोदी ने मुझे आश्वासन दिया कि अब तुम्हें चिंता करने की कोई जरूरत नहीं है। इसके बाद नरेन्द्र मोदी ने लोगों से 5,000, 10,000 लेकर मेरा कर्ज भर दिया और खास बात यह कि मेरा नाम भी किसी के सामने आने नहीं दिया। नरेन्द्र भाई ने मेरा कर्ज उतारने के लिये अपने परिवार और बहन तक से पैंसे उधार लिये। इतना कहकर उस बीजेपी कार्यकर्त्ता की आँखों से आँसू बहने लगे। उसने अन्त में यही कहा कि आज अगर मैं जिन्दा

प्रफुल्ल भाई रावल नरेन्द्र मोदी के साथ

हूँ तो सिर्फ नरेन्द्र भाई की वजह से, नहीं तो शायद मैं इस दुनिया में नहीं होता। लगातार उस नेता की आँखों से आँसू निकलते जा रहे थे। मैं भी उसे देख रहा था और सोच रहा था कि अगर नरेन्द्र मोदी की तरह इसके दोस्त नहीं होते तो शायद यह इस दुनिया में नहीं होता।

3. गुरूजी का टेप रिकॉर्डर, आपका ही तो है

उस समय नरेन्द्र मोदी भावनगर में संघ के जिला प्रचारक थे। संघ की अखिल भारतीय योजना के तहत गुरु तेग बहादुर का शहीदी स्मृति दिवस मनाया जाना था। उस समय वहाँ मुख्य अतिथि के रूप में अमरजीत सिंह को बुलाया गया जो कि एक सरकारी अधिकारी थे। अमरजीत सिंह ने इस कार्यक्रम में बहुत प्रेरक भाषण दिया, जो वर्षों तक याद रखने वाला था। भागीरथ भाई के मुताबिक जब मैंने नरेन्द्र भाई से कहा था कि आप चलते तो बहुत अच्छा होता क्योंकि आपकी स्मरणशक्ति बहुत तेज है। उनके भाषण का इस्तेमाल हम दूसरे कार्यक्रमों के लिए कर सकते थे। इसके साथ ही भागीरथ भाई ने कहा कि काश! मेरे पास एक टेप रिकॉर्डर होता तो मैं इस भाषण को रिकॉर्ड कर लेता और हम कहीं भी कार्यक्रम में इस प्रेरक भाषण को सुनवा सकते थे। इससे बहुत सारे लोगों को फायदा होता। नरेन्द्र भाई मेरी बात बहुत ध्यान से सुन रहे थे। वह अपनी जगह से उठे थोड़ी देर बाद मेरे पास लौटकर आये तो उनके पास एक टेप रिकॉर्डर था।

नरेन्द्र मोदी ने वो टेप रिकॉर्डर मेरे हाथ में पकड़ा दिया और कहा कि अब आप कभी मत कहना कि आपके पास रिकॉर्ड करने के लिये टेप रिकॉर्डर नहीं है। बाद में मुझे पता चला कि यह वही टेप रिकॉर्डर है जो नरेन्द्र मोदी को उनके गुरु वकील साहेब ने दिया था और अब उन्होंने मुझे दे दिया। आप इस बात से सहज अंदाजा लगा सकते हैं कि नरेन्द्र मोदी ने अपना कितना अनमोल सामान उठाकर मुझे ऐसे ही दे दिया। ये है नरेन्द्र मोदी की दोस्ती।

4. चिन्ता मत करो बहन, मैं हूँ ना

आर०आर०एस० के पूर्णकालिक कार्यकर्त्ता के तौर पर काम करने वाले महेन्द्र भाई भट्ट और मीना भट्ट से मेरी मुलाकात अहमदाबाद में हुई। इन लोगों ने भी नरेन्द्र मोदी के बड़े व्यक्ति की एक सच्ची घटना सुनाई। महेन्द्र भट्ट की पत्नी मीना भट्ट ने बताया कि घर, बैंक

बैलेंस आदि के बारे हम कभी सोचते ही नहीं थे। हम जब जवान थे तो लगातार पार्टी के कामों में ही व्यस्त रहते थे। इसी पर एक दिन बैठे–बैठे चर्चा हुई कि जब हमारी उम्र हो जायेगी और हम दोनों लोग चलने–फिरने के काबिल नहीं रहेंगे तब हमारा क्या होगा? हम लोग पूर्णकालिक कार्यकर्त्ता हैं।

दूसरे लोगों के साथ ऐसा था कि अगर पति काम कर रहा होता था तो पत्नी घर का काम संभालती थी, या पत्नी काम पर गई होती थी तो पति को यह जिम्मेदारी निभानी पड़ती थी। हम दोनों लोग फुल टाइमर थे। इस समय मधु भाई कुलकर्णी प्रांत प्रचारक थे, उन्होंने भी सोचा कि जब इन दोनों का बुढ़ापा आयेगा तब इनका क्या होगा? ये कहाँ रहेंगे? तब नरेन्द्र भाई ने भी इसकी चिन्ता की। इन दोनों को कोई छत लेकर रखना चाहिये, ऐसा नरेन्द्र भाई और मधु भाई दोनों ने सोचा लेकिन इसकी जिम्मेदारी नरेन्द्र भाई ने निभाई। हमारे पास कोई पैंसे तो नहीं थे और हम तो संगठन के भरोसे थे। जब यह चर्चा जोर पकड़ने लगी तो हमने कहा कि इतना पैंसा हम कहाँ से लायेंगे, हम किसी का आब्लिगेशन नहीं लेना चाहते हैं और कर्ज लेकर ऊपर नहीं जाना चाहते हैं। तब नरेन्द्र भाई ने कहा कि आप इसकी चिन्ता मत करो। फिर बीजेपी के किसी कार्यकर्त्ता को नरेन्द्र मोदी ने महेन्द्र और मीना भट्ट की जिम्मेदारी दी। उसने एक छोटा सा ब्लाक दिया, जिसकी कीमत थी 1 लाख 51 हजार रुपये। मेरे पास भी कुछ पैंसे थे वह मैंने उस बीजेपी कार्यकर्त्ता को दे दिये। इसके बाद भी 70 हजार रु० कम पड़ रहे थे जिसे नरेन्द्र मोदी ने उस बीजेपी कार्यकर्त्ता को दिए। कहाँ से दिये आज तक नहीं बताया, लेकिन वह फ्लैट हमें मणिनगर में खरीदकर दे दिया। नरेन्द्र भाई ने आज तक उसका जबाव नहीं दिया है। यह 1991 की घटना है।

5. दोस्त के लिये बस

रसिक भाई शाह, जिन्हें नरेन्द्र मोदी अपने बड़े भाई की तरह मानते थे। उनके बेटे संजय भाई ने बताया कि मेरे पिताजी जब बीमार हुये तो नरेन्द्र मोदी अमेरिका में थे। जब उनको पता चला (1992–93) तो नरेन्द्र मोदी ने मेरे पिताजी की बीमारी से सम्बन्धित फाइलें अमेरिका मंगवाईं। उसे वहाँ से एक्जामिन करवाया। जब नरेन्द्र मोदी अमेरिका

से वापस आये तो उन्हें घर देखने आये। नरेन्द्र मोदी ने एक दवाई बनाने वाली कम्पनी को भी रिसर्च के लिये संजय भाई के घर भेजा। मेरी माँ को उसी समय लकवा मार गया। मेरा पूरा परिवार सदमे में था। उस दौरान पूरे समय नरेन्द्र मोदी वही बैठे रहे। मेरे मना करने के बाद भी नहीं माने। नरेन्द्र मोदी ने अपने दोस्त को बचाने के लिये हर संभव कोशिश की। अपने मित्र के लिए अमेरिका के डॉक्टरों के ग्रुप से सलाह लेने के साथ हर उस व्यक्ति से मदद ली जो उनकी दोस्त की जान बचा सकता था। नरेन्द्र मोदी हमेशा उन लोगों का ध्यान रखते हैं जो संगठन के लिये काम करते हैं। रसिक भाई, मगन भाई शाह उन्हीं लोगों में थे जो संगठन के लिए काम करते थे।

मीना भट्ट वी०एच०पी० की पूर्णकालिक कार्यकर्त्ता थी। महेन्द्र भट्ट और मीना भट्ट की शादी तय हो गई थी। मीना भट्ट ने बताया कि ये शादी बाला साहेब देवरस के आर्शीवाद से तय हुई थी। मीना भट्ट ने कहा कि मैं बहुत बोलती थी। जल्द ही गुस्सा करती थी पर नरेन्द्र मोदी के मित्र महेन्द्र भट्ट बहुत सरल और संकोची स्वभाव के थे। नरेन्द्र मोदी (जो महेन्द्र भट्ट को बटुक कहकर पुकारते थे) को इस बात की चिन्ता लगी रहती कि बटुक बेचारे का क्या होगा जो इतने सरल स्वभाव का है। फिर मैंने नरेन्द्र भाई को आश्वासन दिया कि नरेन्द्र भाई जहाँ समर्पण होता है वहाँ भगवान सब ठीक ही करते

महेन्द्र भट्ट और मीना भट्ट

हैं। सालों–साल बीत गये। महेन्द्र भट्ट और मीना भट्ट की जिंन्दगी खुशहाली से आगे बढ़ती जा रही है।

देश के बड़े प्रधान नरेन्द्र मोदी के अपनेपन की एक और कहानी महेन्द्र भट्ट और मीना भट्ट ने सुनाई। बात 1993 की है, जब मैं महाराष्ट्र से नई–नई गुजरात में वी०एच०पी० के काम के लिए आई थी, तो मुझे काम करने में बहुत कठिनाई आती थी। यहाँ की बोली–भाषा, काम करने का तरीका सब अलग था। तब भी नरेन्द्र भाई ने मुझे गाइड करने का काम किया। मैं महाराष्ट्र से वी०एच०पी० की पर्यवेक्षक बनकर आई थी। उस दौरान जब मैं बहुत बीमार हो गई तो नरेन्द्र मोदी ने मुझे आश्वासन दिया था कि मीना बहन आपके बुढ़ापे में मैं ही हूँ जो आप की मदद करेगा।

नरेन्द्र भाई ने अपना किया हुआ वह वादा भी निभाया। वादा किस तरह निभाया यह भी गौर करने लायक है। एक दिन महेन्द्र भट्ट किसी काम से बाहर कहीं प्रवास पर थे। उनके पास गुजरात सीएम ऑफिस से फोन आया कि मुख्यमंत्री जी आपसे बात करना चाहते हैं। तब तक उधर से आवाज आई कि कैसे हो बटुक भाई, और क्या कर रहे हो, हाल–चाल होने के बाद नरेन्द्र मोदी ने कहा कि आपको मैं एक जिम्मेदारी देने जा रहा हूँ। आपको इस काम में बस इतना ध्यान रखना है कि किसी के दबाव में आकर काम नहीं करना है। इस तरह से महेन्द्र भाई को गुजरात पब्लिक सर्विस कमीशन का चेयरमैन बना दिया गया, जो आगे चलकर इनके बुढ़ापे का सहारा बनेगा।

महेन्द्र भट्ट नरेन्द्र मोदी के साथ

अध्याय–20

हिमालय की गोद में

1. नरेन्द्र मोदी की कैलाश यात्रा

मेरा नरेन्द्र मोदी से जुड़ी कहानियों को इकट्ठा करने का क्रम जारी था। पूर्व सांसद सुरेन्द्र काका की पत्नी आशुमति ने बताया कि तब नरेन्द्र भाई ने कहा कि मुझे कुछ आवश्यक चीजों की दरकार है। मैंने उनके लिए उनके कहे अनुसार कुछ खाने का सामान, शुगर क्यूब और टी बैग्स लाकर दिये थे। मानसरोवर यात्रा की टीम में शामिल

जयश्री बहन ने बताया कि नरेन्द्र मोदी के साथ कैलाश मानसरोवर की यात्रा के हम लोगों के इस ग्रुप में कुल 27 लोग थे। उन्होंने उस यात्रा का रोमांचक वर्णन सुनाया। जयश्री बहन ने बताया कि हम लोग जून 1988 में यात्रा के लिए निकले थे। आठ दिन तक हमारा मेडिकल हुआ था। मेडिकल टेस्ट के लिये देश भर से कुल 50 लोग आये थे। लेकिन उनमें से केवल 27 लोगों का चयन किया गया।

इस दौरान पूरे शरीर का दिल्ली के राम मनोहर लोहिया अस्पताल में चेकअप किया गया था। जयश्री बहन ने हमे बताया कि सब कुछ विदेश मंत्रालय की ओर से किया जा रहा था। हमारा 27 लोगों का ग्रुप 9 दिन की यात्रा करके तवाघाट से लियोपास तक पहुँचा।

कैलाश मानसरोवर यात्रा के दौरान हम लोग तकला कोट में रहे थे। नरेन्द्र भाई को मैं पहचानती नहीं थी। आर०एस०एस० को भी नहीं जानती थी लेकिन वह गुजराती थे और मैं भी। इस 27 लोगों के दल में 14 गुजराती थे। बाकी लोग अन्य राज्यों से थे। हमारी बातचीत (नरेन्द्र मोदी से) चलती रहती थी। केवल आधे लोग ही इनमें से मानसरोवर पहुँचे।

हम लोग कैलाश गए। हमारी जो कैलाश की यात्रा थी वह तीन दिन चलनी थी। जयश्री बहन ने बताया कि नरेन्द्र मोदी अपनी पैन्ट

कैलाश की यात्रा

की जेब से निकालकर हमें गुड़ और मूँगफली खाने को देते थे। नरेन्द्र भाई की खासियत थी कि वह चलते ही रहते थे। जब हम लोगों के ग्रुप ने कैलाश की परिक्रमा कर ली, तब हमने मानसरोवर की यात्रा आरम्भ की।

कैलाश पर नरेन्द्र भाई की चाय

जयश्री बहन ने हमें बताया कि कैलाश पर जब नरेन्द्र भाई का चाय बनाने का टर्म आया तो मैंने उनसे सलाह लेकर चाय बनाई पर उन्हें बर्तन नहीं माँजने दिये। नरेन्द्र मोदी भगवा वस्त्र धारण करते थे इसलिये हम उन्हें स्वामी जी कहकर पुकारते थे।

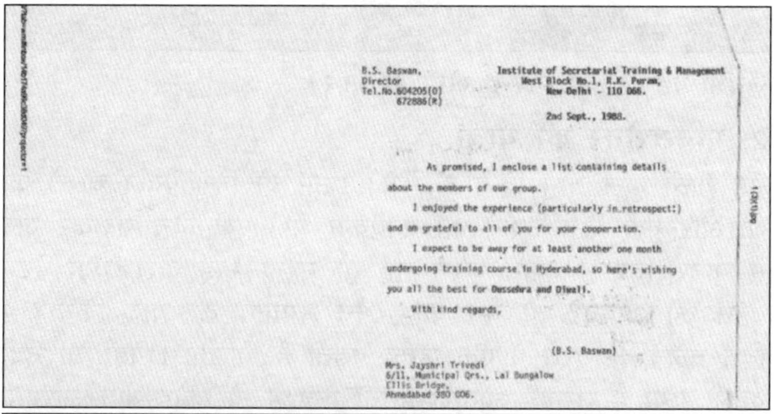

B.S. Baswan,
Director
Tel.No.604205(O)
672886(R)

Institute of Secretariat Training & Management
West Block No.1, R.K. Puram,
New Delhi - 110 066.

2nd Sept., 1988.

As promised, I enclose a list containing details about the members of our group.

I enjoyed the experience (particularly in retrospect!) and am grateful to all of you for your cooperation.

I expect to be away for at least another one month undergoing training course in Hyderabad, so here's wishing you all the best for Dussehra and Diwali.

With kind regards,

(B.S. Baswan)

Mrs. Jayshri Trivedi
6/11, Municipal Qrs., Lal Bungalow
Ellis Bridge,
Ahmedabad 380 006.

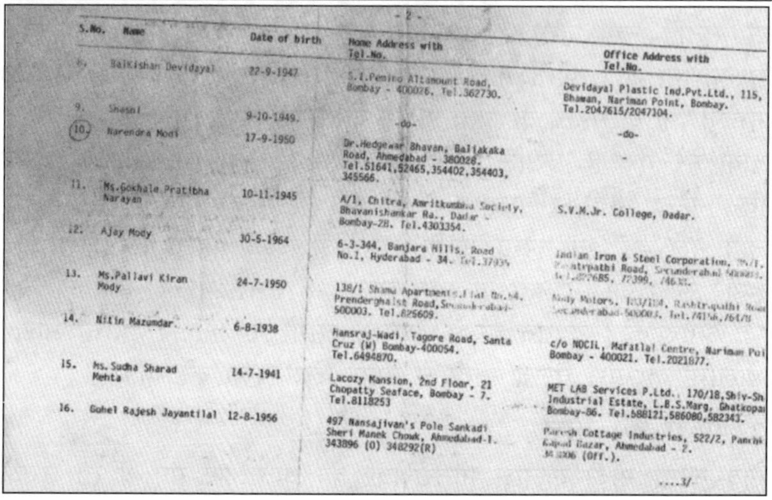

- 2 -

S.No.	Name	Date of birth	Home Address with Tel.No.	Office Address with Tel.No.
8.	Balkishan Devidayal	22-9-1947	S.I.Pemino Altamount Road, Bombay - 400026. Tel.362730.	Devidayal Plastic Ind.Pvt.Ltd., 115, Bhawan, Nariman Point, Bombay. Tel.2047615/2047104.
9.	Shashi	9-10-1949.	-do-	-do-
10.	Narendra Modi	17-9-1950	Dr.Hedgewar Bhavan, Baljakaka Road, Ahmedabad - 380028. Tel.51641,52465,354402,354403, 345566.	-
11.	Ms.Gokhale Pratibha Narayan	10-11-1945	A/1, Chitra, Amritkumbha Society, Bhavanishankar Ra., Dadar - Bombay-28. Tel.4303354.	S.V.M.Jr. College, Dadar.
12.	Ajay Mody	30-5-1964	6-3-344, Banjara Hills, Road No.1, Hyderabad - 34. Tel.37935	Indian Iron & Steel Corporation, [illegible] Road, Secunderabad [illegible]
13.	Ms.Pallavi Kiran Mody	24-7-1950	138/1 Shamu Apartments, Flat No.54, Prendergha st Road, Secunderabad-500003. Tel.825609.	Mody Motors, [illegible], Rashtrapathi Road, Secunderabad-500003. Tel.[illegible]
14.	Nitin Mazumdar	6-8-1938	Hansraj-Wadi, Tagore Road, Santa Cruz (W) Bombay-400054. Tel.6494870.	c/o NOCIL, Mafatlal Centre, Nariman Poi[nt] Bombay - 400021. Tel.2021877.
15.	Ms. Sudha Sharad Mehta	14-7-1941	Lacozy Mansion, 2nd Floor, 21 Chopatty Seaface, Bombay - 7. Tel.8118253	MET LAB Services P.Ltd., 170/18, Shiv-Sh[akti] Industrial Estate, L.B.S.Marg, Ghatkopa[r] Bombay-86. Tel.588121,586080,582343.
16.	Gohel Rajesh Jayantilal	12-8-1956	497 Nansajivan's Pole Sankadi Sheri Manek Chowk, Ahmedabad-1. 343896 (O) 348292(R)	Paresh Cottage Industries, 522/2, Panchi Kapad Bazar, Ahmedabad - 2. [illegible] (Off.).

....3/-

नरेन्द्र मोदी के साथ मानसरोवर की यात्रा पर गए लोगों की लिस्ट

जयश्री बहन त्रिवेदी नरेन्द्र मोदी के साथ।

2. मानसरोवर की यात्रा

यह यात्रा कुल तीन दिनों की थी। इसमें दो दिन पैदल चलने का था और एक दिन रुकने का कार्यक्रम था। एक दिन रुककर जब मैं मानसरोवर में दर्शन करने गई तो नरेन्द्र भाई बोले, क्या देखा बहन जी आपने? तो मैंने कहा, मैंने भगवान को याद किया। 9 दिन चलने के रास्ते में एक जगह पड़ती है 'मालपा'। यहाँ जो नदी काली गंगा है उसकी आवाज इतनी तेज है कि कोई बात आसानी से सुनाई नहीं देती। हम लोग जब यहाँ पहुँचे तो अगले दिन गुरुपूर्णिमा थी। नरेन्द्र मोदी ने हम लोगों से पूछा कि क्या किसी को गुरूपूर्णिमा के महत्व का पता है? मैं बोली कि गणेश पुरी के मुक्तानन्द बाबा मेरे गुरु हैं, इसलिये मुझे गुरुपूर्णिमा के बारे में पता है। दूसरे दिन नरेन्द्र मोदी ने मालापा में भी गुरु के महत्व, उनके सम्मान को नहीं भूले वहाँ भी नरेन्द्र मोदी ने हमें गुरु की महत्ता समझाया था। हमारे साथ जो मिलिट्री के लोग चलते थे, उनसे नरेन्द्र मोदी ने कहा कि अगर कोई दुश्मन हमारे देश के लोगों को मारे तो उन्हें मारो। डालोना के पास नरेन्द्र मोदी ने हमारे लिये पूजा की थी।

3. पिता की मौत

जब नरेन्द्र मोदी कैलाश मानसरोवर की यात्रा पर गए थे तो उनके पिता की तबीयत बहुत खराब थी। पंकज मोदी ने बताया कि वह

बोनमेरो कैंसर से पीड़ित थे, लेकिन हमारे पिताजी कहते थे कि जब कुमार आएगा तभी शरीर से दम निकलेगा। पंकज ने बताया कि पिता के बीमार होने की सूचना हमने बीजेपी कार्यालय में दे रखी थी। जब नरेन्द्र मोदी कैलाश मानसरोवर की यात्रा से लौटे तो वहाँ से जो वह जल लाए थे, पिताजी को पिलाया और इसके बाद पिताजी लम्बी चिरनिद्रा में चले गए। शायद उन्हें भी कुमार के वडनगर आने का ही इंतजार था। जिसे छोड़कर वह बहुत पहले जा चुका था।

दो सहेलियों की वो रात

1990 में गर्मी का मौसम और शाम का समय था। दो सहेलियाँ नॉन–एसी से फर्स्टक्लॉस में पहुँचती हैं। टीटी को बताती हैं कि हम लोग रेलवे प्रोबेसनरी हैं, हमें अहमदाबाद तक की यात्रा करनी है। उन सहेलियों में से एक लीना शर्मा से मेरी दिल्ली में मुलाकात हुई। उन्होंने बताया कि जब हम यात्रा कर रहे थे तब दो दिन पहले हमारा लखनऊ की यात्रा का जो अनुभव था वह बहुत खराब था। उन्होंने बताया कि दो सांसद वहाँ से आ रहे थे, उनके साथ पन्द्रह लोग थे। उन लोगों को देख कर टीटी भी भाग गए। लीना शर्मा ने बताया कि हम लोग किसी तरह दिल्ली पहुँचे। हम दोनों लोग डरे हुए थे। जब हम आगे अहमदाबाद जाने के लिए ट्रेन के कुपें में चढ़े तो नेताओं को कुपें में बैठे देखकर हिम्मत नहीं हुई। टीटी के हिम्मत देने के बाद हम लोग कुपें में घुस गए। जब हम लोग कुपें में घुसे तो दोनों नेता हमारे लिए जगह छोड़ कर एक कोने में चलें गए। धीरे–धीरे बातचीत का सिलसिला शुरू हुआ। एक–दूसरे के बारें में बातचीत होने लगी। लीना ने बताया कि मेरी दोस्त इतिहास की छात्रा थी। इन दोनों लोगों में से एक ने पूछा, हिन्दू महासभा कैसे बनी? उन्होंने बताया की मोदी जी बात कम कर रहे थे, वो बातों को ध्यान से सुन रहे थे। मुझे लगा कि शंकर सिंह वाघेला जी आसानी से बात कर रहे थे। मोदी जी शान्त थे लेकिन चेहरे पर तेज था। आप उनको भूल नहीं पाएगें। लीना ने बताया कि उस समय जब हमने पूछा तो वाघेला जी ने हमें बताया कि वो बीजेपी के कार्यकर्त्ता हैं। हम लोग पहली बार घर से बाहर निकले थे थोड़ा डर लग रहा था। लीना ने कहा कि मेरे पिता जी कॉलेज में प्रोफेसर थे और अक्सर वो श्यामाप्रसाद मुखर्जी को याद

लीना शर्मा और उनकी दोस्त

किया करते थे। कहते थे कि उनकी मौत नेचुरल नहीं हुई थी। लीना ने कहा कि यह बात मेरे अन्दर थी। तब मोदी जी ने रिएक्शन किया और कहा कि ये दोनों असम की बहनें हैं और इनको बहुत कुछ पता

है। तब वाघेला जी ने कहा कि आप दोनों बीजेपी क्यों नहीं ज्वाईन कर लेती हैं। हमने कहा कि हम गुजरात के नहीं है, तब मोदी ने कहा कि ये कोई समस्या नहीं है फिर उन्होंने आगे कहा कि हम ये देखते हैं कि कौन कितना काबिल है। बात आई–गई हो गई। तब तक चार वेजिटेरियन थाली आ गई, किसने आर्डर किया पता नहीं, उसके बाद चर्चा ही होती रही परन्तु याद नहीं है खाना खाने के बाद मोदी जी ने अपने जेब से पैंसा निकाला और दे दिया। लीना ने कहा कि मैं दोनों लोगों को ईक्वली सम्मान देती हूँ। आगे टीटी आकर बोला की पूरी ट्रेन भरी हुई है आप के लिए जगह की व्यवस्था नहीं हो पाएगी। तब मोदी ने कहा कि ये असम की बहनें हैं। ये बर्थ इनके लिए है। तब तक वाघेला जी चादर निकालकर नीचे सोने कि तैयारी करने लगे। हम दोनों सहेलियों को जरा भी डर नहीं लगा। अहमदाबाद पहुँचने के बाद उन्होंने हमसे पूछा कि अहमदाबाद में रुकने की जगह है कि नहीं? वाघेला जी ने कहा कि मेरा बड़ा घर है, मोदी जी ने कहा मेरा घर नहीं पर इनके यहाँ रुक सकते हैं। भाभी जी अच्छी तरह से देखभाल करेगी और अपने ऑफिस का पता दिया, कहा कि कोई जरूरत हो तो आप ऑफिस में फोन कर सकते हैं। इस सफर के बारे में मैंने जब शंकर सिंह वाघेला से पूछा था तो उन्होंने भी इस बात को स्वीकार किया कि दो सहेलियों से ट्रेन में मुलाकात हुई थीं और वो नार्थ–ईस्ट की रहने वाली थीं।

नरेन्द्र मोदी का कौशलः भाई के स्वागत में बहन

राजनीति का बड़ा ब्रेक – नरेन्द्र मोदी का ग्राफ धीरे–धीरे ऊपर चढ़ने लगा था। न्याय यात्रा और लोक शक्ति रथयात्रा की ख्याति दिल्ली में बैठे लोगों तक भी पहुँचने लगी थी कि किस तरह से ग्रामीण इलाकों में रथ पर सवार होकर नरेन्द्र मोदी ने गाँव–गाँव जाकर लोगों में पार्टी की अलख जगायी। सरकार के खिलाफ एक जनान्दोलन तैयार करते हुये अपने आप का भी एक प्रयोग करने वाले नेता के रूप में स्थापित करने कि शुरूआत कर दी थी। इसी का परिणाम था कि जब लालकृष्ण आडवाणी ने अपनी रथयात्रा सोमनाथ से निकालने के बारे में सोचा तो गुजरात में इसकी कमान नरेन्द्र मोदी को दी गई। सोमनाथ से रथयात्रा के लिए सारी तैयारियाँ पूरी की जा चुकी थीं।

पहले रथयात्रा की शुरूआत मन्दिर परिसर के अन्दर से होनी थी। बाद में इसे बदल दिया गया। घनश्याम पटेल गुजरात के अहमदाबाद में स्थित मिठाखली इलाके से पार्षद थे और बाद में शंकर सिंह वाघेला के साथ कांग्रेस में शामिल हो गए थे। जब उन्हें पता चला कि इस रथयात्रा का आयोजन मन्दिर परिसर के अन्दर से किया जा रहा है, तो उन्होंने परमिशन देने से इनकार कर दिया। तैयारी में लगे लोगों ने मन्दिर परिसर के भीतर ही सारी तैयारी कर दी थी ऐसे में इस फरमान ने मुश्किलें बढ़ा दीं। दिल्ली और मुम्बई से बड़े नेता आ चुके थे, बाद में मन्दिर परिसर के बाहर सरदार पटेल की मूर्ति पर मल्यार्पण कर रथायात्रा का आरम्भ 25 दिसम्बर 1990 को किया गया था। यहाँ से यह यात्रा गुजरात के 600 गाँवों से होते हुए महाराष्ट्र पहुँची। इस यात्रा से जहाँ बीजेपी के राष्ट्रीय नेता लालकृष्ण आडवाणी को अपनी छवि को बेहतर बनाने में मदद मिली वहीं नरेन्द्र मोदी को भी एक बार फिर से अपनी प्रतिभा का लोहा मनवाने का मौका दिया क्योंकि मोदी गुजरात में रथयात्रा के इंचार्ज थे। मन्दिर परिसर से रथयात्रा निकालने की तैयारी पूरी कर दिए जाने के बाद आखिर वक्त में वहाँ से अनुमति न मिलना, उसका नए सिरे से बाहर इंतजाम करना, ये नरेन्द्र मोदी के कौशल को दिखाता है। क्योंकि गुजरात में अगर रथयात्रा निकालने में कोई कमी होती तो इसका ठीकरा उनके विरोधी नरेन्द्र मोदी के ही सिर फोड़ते।

1990 के चुनाव में जनता ने कांग्रेस को ठुकरा दिया। इस चुनाव में अगर देखा जाए तो एक रणनीतिकार के रूप में नरेन्द्र मोदी का मान बढ़ा। इस चुनाव में जनता दल को 70 और भाजपा को 67 सीटें मिलीं लेकिन भाजपा को मिले मतों का प्रतिशत बढ़कर 14 से 27 हो गया। पार्टी के लिए अच्छा काम करने पर नरेन्द्र मोदी को बड़ा पारितोषिक भी मिला। 1990 में उन्हें भाजपा की राष्ट्रीय चुनाव समिति के 17 सदस्यों में से एक नियुक्त किया गया। यह पहला मौका था जब उनका नाम राष्ट्रीय स्तर पर सामने आया था।

एकता यात्रा

नरेन्द्र मोदी धीरे–धीरे अपने काम के बलबूते पर बीजेपी में आगे बढ़ रहे थे। गुजरात में कई यात्राओं में अपना कौशल दिखा चुके नरेन्द्र

मोदी को नए राष्ट्रीय अध्यक्ष बने मुरली मनोहर जोशी ने एक बड़ी जिम्मेदारी दी। इस 47 दिन की यात्रा जो दिसम्बर 1991 में देश के दक्षिण अर्थात् तमिलनाडु में कन्याकुमारी से शुरू होकर कश्मीर के श्रीनगर में समापन होना था। इस यात्रा में नरेन्द्र मोदी का भी अहम रोल था। इस यात्रा से जहाँ नऐ राष्ट्रीय अध्यक्ष मुरली मनोहर जोशी अपनी पहचान कायम करना चाहते थे। वहीं अलगाववादियों की तरफ से खुली चुनौती मिली जिसमें उन्होंने तिरंगा फहराने की इज़ाजत देने से इनकार कर दिया था। ऐसे में श्रीनगर के लाल चौक में झण्डा फहराकर देश के आम लोगों के मन में अपनी जगह बनाना और आतंकवाद को एक प्रमुख मुद्दा बनाना भी इस यात्रा का एक उद्देश्य था। इस यात्रा में आतंकवादी खतरे को देखते हुए नरेन्द्र मोदी को बुलेटप्रुफ जैकेट पहनने की सलाह दी गई थी परन्तु उन्होंने इसे मानने से इनकार कर दिया। भरत पड्या जो आजकल गुजरात बीजेपी के संगठन मंत्री हैं, वह एकता यात्रा में नरेन्द्र मोदी के साथ थे। उन्होंने मुझे बताया कि किस तरह से नरेन्द्र भाई इस यात्रा के दौरान एक–एक काम की बार–बार समीक्षा करते थे। जिससे कोई कसर यात्रा के दौरान न रह जाए।

अयोध्या में नरेन्द्र मोदी

तिरंगा यात्रा के दौरान नरेन्द्र मोदी ने उस समय के भारतीय जनता पार्टी के राष्ट्रीय अध्यक्ष मुरली मनोहर जोशी के साथ अयोध्या की यात्रा की थी।

नरेन्द्र मोदी ने अपने एक भाषण में कहा कि 1992 में जब मैं श्रीनगर गया तो आतंकवाद अपने पुरजोर पर था। आतंकवादी कैमरे के सामने तिरंगे से गाड़ी साफ किया करते थे। कन्याकुमारी से श्रीनगर के लाल चौक तक पहुँचे मोदी ने आगे कहा कि जब मैं हैदराबाद पहुँचा तो मैंने अपनी स्टाइल बदली। मैंने कहा आतंकवादियों ने मुझे ललकारा था। 26 जनवरी को ग्यारह बजे मैं बुलेटफ्रुफ जैकेट पहने बिना गया और वहाँ पर तिरंगा झण्डा फहराया।

भाई के स्वागत में बहन

नरेन्द्र मोदी की इकलौती बहन बासन्ती से भी पुस्तक के लिए सामग्री संकलन के दौरान हमारी मुलाकात हुई तो उन्होंने ने बताया कि जब

भाई का स्वागत करती बहन।

नरेन्द्र भाई जम्मू–कश्मीर के लाल चौक पर झण्डा फहराकर लौट रहे थे तो उनके स्वागत के लिए वह पालनपुर रेलवे स्टेशन गई थीं। वह भी गाजे–बाजे के साथ क्योंकि श्रीनगर यात्रा को लेकर मेरा पूरा परिवार चिंतित था। जैसे ही वे लौटे मुझसे रहा नहीं गया और मैं स्टेशन पहुँच गई। जब मैं स्टेशन पर नरेन्द्र भाई से मिली तो मैंने उनसे कहा कि मैं तो आपके लिए यहाँ पर कुछ लेकर नहीं आई हूँ, तो वह मुस्कराये। मैंने उनका तिलक किया और फिर उनका कारवाँ वहाँ से आगे बढ़ गया।

अध्याय–21

मेरा कसूर तो बताइए

1. टीम से बाहर

नरेन्द्र मोदी पछले कई सालों से अपने काम की वजह से लगातार ख्याति अर्जित कर रहे थे। उनकी लगातार बढ़ रही ख्याति दूसरों के लिए परेशानी का सबब बन रही थी। सफल एकता यात्रा से लौटने के बाद भारतीय जनता पार्टी की प्रदेश की बनी नई टीम में उन्हें कोई जगह नहीं दी गई। यह नरेन्द्र मोदी का खुले तौर पर अपमान था। उन्होंने इस समय में बहुत संयमित ढंग से काम किया। कहना गलत नहीं होगा कि इस समय जब नरेन्द्र मोदी राजनैतिक रूप से सबसे खराब दौर से गुजर रहे थे, ऐसे में एक बार फिर उनके गुरु ने ही उनका मार्गदर्शन किया।

संस्कार धाम

जिस समय नरेन्द्र मोदी राजनैतिक रूप से पूरी तरह से हाशिए पर थे तो उन्होंने अपने गुरु के सपने को पूरा करने का बीड़ा उठाया। यह उनके गुरु लक्ष्मणराव इनामदार उर्फ वकील साहेब के लिए नरेन्द्र मोदी की तरफ से श्रद्धांजली थी। संस्कार धाम के ट्रस्टी डॉ० आर०के० शाह ने मुझे बातचीत में बताया कि संस्कार धाम ट्रस्ट का निर्माण 1987 में ही हो गया था। संस्कार धाम में पहले हॉस्टल का निर्माण कराया गया। बाद में सेकेन्डरी स्कूल के निर्माण में नरेन्द्र मोदी ने अपनी पूरी ऊर्जा लगा दी। यह को–एजुकेशन (सह–शिक्षा) का स्कूल छात्रों और छात्राओं को परम्परिक ज्ञान के साथ साथ आधुनिकता के तथ्यों से भी अवगत कराता है। संस्कार धाम का प्रारम्भ 6 जून 1992 को हुआ। संस्कार धाम के लिए नरेन्द्र मोदी ने अपने–आप को पूरी तरह से सर्मपित कर दिया। छोटी–छोटी बातों को डिस्कस करने के लिए इस समय नरेन्द्र मोदी के पास पर्याप्त समय था। अहमदाबाद की यात्रा में मेरी मुलाकात मोहसिन शेख से हुई जिन्होंने बताया कि

मोहसिन शेख़ का परिवार।

किस तरह से संस्कार धाम में नरेन्द्र मोदी ने अपने लिए जो कमरा बनवाया है वह आर्किटेक्चर का बेहतरीन उदाहरण है।

मोहसिन ने बताया की गर्मी में इस कमरे को ठंडा रखने के लिए एयर कंडीशनर की कोई आवश्यकता नहीं है। यह भी बताया कि नरेन्द्र मोदी ने उन्हें स्वामी विवेकानन्द की एक बहुत पुरानी तस्वीर उपलब्ध करवाई, जिसमें विवेकानन्द को हल्की दाढ़ी और हल्की मूँछें ही थीं। नरेन्द्र मोदी इस तस्वीर को संस्कार धाम में बने अपने कमरे में लगाने के लिए बनवा रहे थे।

2. भाई का फोन

अहमदाबाद बीजेपी अध्यक्ष रहे और आजकल गुजरात में एक बैंक के चेयरमैन नटवर आर० पटेल को भी नरेन्द्र मोदी के साथ काम करने का बड़ा नजदीक से मौका मिला। इसी को लेकर उन्होंने सन् 1992 की एक घटना सुनाई। नटवर आर० पटेल ने बताया कि 1992 में वे अहमदाबाद म्यूनिसिपल ट्रांसपोर्ट सर्विस (एएमटीएस) के चेयरमैन थे। जब वह चेयरमैन बने तो उन्होंने गुजरात के कई रूटों का सर्वे करवाया तो पता चला की कई रूट उसमें ऐसे थे जो रोजाना के डेढ़ लाख रुपये के घाटे में चल रहे थे। तो सामूहिक रूप से निर्णय लिया गया कि इन रूटों पर चल रही बसों को बन्द कर दिया जाए और

यही किया गया। इन्हीं बस के रूटों में से एक रूट था अहमदाबाद में रख्याल का। इस रूट को घाटे के कारण बन्द कर दिया गया क्योंकि जानकारी इकट्ठा की गई तो पता चला कि इस रूट पर सुबह के समय केवल छह विद्यार्थी ही सफर करते हैं। रूट को बन्द करने के बाद ऐसे ही एक दिन नटवर आर० पटेल अपने ऑफिस में बैठकर अपना रोज का काम निपटा रहे थे कि उनके लैंडलाइन पर एक टेलीफोन आया। टेलीफोन करने वाले ने उधर से अपना नाम नहीं बताया। नटवर आर० पटेल को धमकी भरे अन्दाज में कहा कि मैं भाई बोल रहा हूँ। तुमने ही रख्याल रूट को बन्द कर दिया है। इसे फौरन चालू करवाओ नहीं तो ठीक नहीं होगा। फोन करने वाले की बात सुनकर नटवर आर० पटेल ने कहा कि भाई मैं आपको पहचानता नहीं हूँ और रह गई उस रूट को फिर से चालू करने की बात तो यह मुश्किल है, क्योंकि ये रूट बहुत घाटे में चल रहा है। जबाब के बाद फोन करने वाले ने अपना नाम बताया और कहा कि तुम अब भी नहीं समझ रहे हो कि मैं कौन बोल रहा हूँ। उधर से बोलने वाले ने बताया कि मैं प्रहलाद मोदी बोल रहा हूँ। इधर से नटवर आर० पटेल ने फिर कहा कि मैं आपको नहीं जानता हूँ। फिर फोन करने वाले ने

नटवर आर पटेल।

कहा, मैं नरेन्द्र मोदी का भाई बोल रहा हूँ। तब नटवर आर० पटेल ने बड़ी विनम्रता से उनसे बात करके फोन रख दिया। अगले दिन जब उनकी मुलाकात संगठन मंत्री नरेन्द्र मोदी से हुई तो उन्होंने ये पूरी बात नरेन्द्र मोदी को बताई। उस पर नरेन्द्र मोदी ने साफ शब्दों में कहा कि आम लोगों के लिए जो बेहतर हो वह आप करो।

अध्याय–22

अमेरिका यात्रा

1. अयोध्या का चरम

जिस समय नरेन्द्र मोदी गुजरात की राजनीति में हाशिए पर थे उस समय उत्तर प्रदेश में अयोध्या आन्दोलन अपने चरम पर था। पूर्व प्रधानमंत्री पी०वी० नरसिम्हाराव की किताब 6 दिसम्बर 1992 के अनुसार 6 दिसम्बर के दिन अयोध्या से जो रिपोर्ट आई उसमें माहौल को सामान्य दिखाया गया। करीब 70,000 लोग राम कथा कुंज में एक सार्वजनिक सभा के लिए इकट्ठा हुए थे। इसमें करीब 500 साधू–संत चबूतरे पर पूजा करने के लिए जमा हुए थे। यह सब देखकर ऐसा लगता था कि सब कुछ आयोजकों की योजना के अनुसार चल रहा था। इसके तहत प्रतीक स्वरूप कार सेवा की जाएगी, न्यायालय के किसी आदेश का उल्लंघन न हो। वहीं एकत्रित भीड़ को विश्व हिन्दू परिषद, बजरंग दल और भाजपा के नेता संबोधित कर रहे थे, तभी अचानक 150 लोगों ने चबूतरे का घेरा तोड़ दिया। लोग पुनः एकत्र हुए और पुलिस वालों पर पत्थर फेंकना शुरू कर दिया। यह सब 12 बजे से कुछ समय पहले घटित हुआ लेकिन थोड़े ही समय में तकरीबन 1,000 लोग राम जन्मभूमि बाबरी मस्जिद ढाँचे पर चढ़ने में कामयाब हो गए। गुम्बद तोड़ने लगे इस समय 25,000 की भीड़ गुम्बद के अंदर थी और इससे ज्यादा भीड़ बाहर थी। धीरे–धीरे यह संख्या बढ़कर 75,000 हो गई। इसके बाद क्या हुआ यह सबको पता हैं। आर०एस०एस० में काम करने वाले वीरेन्द्र कुमार जिनसे मेरी मुलाकात अहमदाबाद के आर०एस०एस० कार्यालय में हुई, उन्होंने मुझे अयोध्या आन्दोलन के समय की बात बताई। उन्होंने कहा कि अयोध्या आन्दोलन के समय मेरी मुलाकात नरेन्द्र मोदी से मुम्बई में रमेश भाई मेहता के घर पर हुई थी जहाँ वह अयोध्या आन्दोलन का काम मुम्बई से कर रहे थे।

2. अमेरिका यात्रा

नरेन्द्र मोदी पर स्वामी विवेकानन्द का गहरा प्रभाव था। अलग–अलग जगहों और पहाड़ों की यात्रा के जरिए वह हर दम कुछ नया सीखने में विश्वास करते थे। यह 1993 का वर्ष था जब स्वामी विवेकानन्द के अमेरिका के धर्म संसद में दिए गए ऐतिहासिक भाषण के सौ वर्ष पूरे हो रहे थे। विश्व हिन्दू परिषद ने अमेरिका में कई कार्यक्रम आयोजित कर रखे थे। वाइब्रेंट गुजरात के दौरान अहमदाबाद में मेरी मुलाकात महेश भाई मेहता से हुई जो 1993 में अमेरिका में विश्व हिन्दू परिषद का काम देखते थे। उन्होंने बताया कि किस तरह से आपातकाल में वह अमेरिका से साहित्य भारत भेजते थे। आपातकाल की हकीकत बताने अमेरिका गए मकरन्द भाई देसाई और सुब्रमण्यम स्वामी उनके घर पर ही रहा करते थे। महेश मेहता ने बताया कि उस समय वहाँ से आपातकाल की हकीकत से लोगों को रूबरू कराने के लिए 'वो सत्यवाणी' नामक पेपर स्मगल कर भारत भेजने का काम करते थे।

अमेरिका जाने की प्लानिंग और विवेकानन्द का शताब्दी वर्ष

नरेन्द्र मोदी की इच्छा थी कि वह विवेकानन्द के शताब्दी वर्ष में अमेरिका की यात्रा करे। अमेरिका में 1993 में विवेकानन्द को लेकर आयोजित शताब्दी समारोह में हर देश से दो प्रतिनिधियों के भाग लेने की अनुमति थी। भारत से भारतीय जनता पार्टी के दो लोग इसमें भाग लेने के लिए गए थे – अनन्त कुमार और नरेन्द्र मोदी। उन्होंने जब अमेरिका जाने के लिए फार्म भर कर सभी फॉर्मेलिटी पूरी कर ली तो इसके बाद बस जाना बाकी था। लेकिन इसके पहले एक और कोरम पूरा करना था, वह था अपने राष्ट्रीय अध्यक्ष को अमेरिका जाने के बारे में सूचना देने का। नरेन्द्र मोदी के बेहद करीबी ने नाम न छापने की शर्त पर बताया कि नरेन्द्र मोदी पहले से ही अपनी पूरी तैयारी कर चुके थे। जब वो आडवाणी के यहाँ गए तो उन्होंने एक लाईन में उन्हें बता दिया कि वो अमेरिका जा रहे हैं। आडवाणी जी ने सहमति प्रदान कर दी। नरेन्द्र मोदी को अमेरिका यात्रा के दौरान अपने हीरो विवेकानन्द की शिकागो के धर्मसंसद में सौ साल पहले दिए गए ऐतिहासिक भाषण शताब्दी समारोह में भाग लेना था। यह मोदी का सपना था जो पूरा हुआ।

हंसमुख के पटेल

अमेरिका में वो 15 मिनट

गुजरात में मेरी मुलाकात हंसमुख पटेल से हुई जो अहमदाबाद के ही रहने वाले थे। 1984 में अमेरिका शिफ्ट हो गए थे। उन्होंने नरेन्द्र मोदी के साथ की 1993 की एक दिलचस्प घटना सुनाई। उन्होंने बताया कि नरेन्द्र मोदी जब अमेरिका पहुँचे तो उन्होंने सबसे पहले इच्छा जताई की वह वहाँ जाना चाहते हैं जहां स्वामी विवेकानन्द ने अपना प्रवचन दिया था। जब वह वहाँ पहुँचे तो 15 मिनट के लिए मानो खो से गए थे। हंसमुख पटेल ने बताया कि ऐसा लग रहा था जैंसे मानो वे किसी से बात कर रहे थे। बात करते–करते हंसमुख भी उस पल को याद करके रोमांचित हो रहे थे। हंसमुख ने बताया की फिर अपनी आदत के मुताबिक नरेन्द्र मोदी ने उस जगह के बारे में कई सवाल उनसे पूछा। उस विषय के बारे में पर्याप्त जानकारी करके ही वहाँ से चलने के लिए कहा।

नरेन्द्र मोदी के अन्दर लोगों को अपना बनाने की गजब की कला है, जो उनसे मिलता उनका हो जाता। महेश मेहता ने मुझे बताया कि वह घर के सदस्य की तरह से थे। उन्होंने एक बार भी यह एहसास नहीं होने दिया कि वह कोई बाहरी हैं। वही हंसमुख पटेल ने बताया

कि नरेन्द्र मोदी जिस भी नए आदमी से मिलते थे उसे अपना बना लेते थे ऐसे ही अमेरिका में होटल व्यवसाय करने वाले अहमदाबाद के निवासी सी०के० पटेल हैं। सी०के० पटेल ने एक टीवी चैनल से बातचीत में बताया कि 1993 में उन्हें नरेन्द्र मोदी के साथ लॉस एंजलिस में तीन दिन साथ रहने का मौका मिला था। उन्होंने बताया कि नरेन्द्र मोदी बहुत ही सिम्पल थे। जब वह कैलिफोर्निया में मेरे साथ थे तो उन्होंने यह जानने की कोशिश की कि बॉर्डर की सुरक्षा कैसे होती है और पेट्रोलिंग किस तरह से की जाती है। सी०के० पटेल के दिल पर नरेन्द्र मोदी ने अपनी ऐसी छाप छोड़ी कि वह बाद में गुजरात के साबरकांठा इलाके से बीजेपी के टिकट पर चुनाव लड़े लेकिन वह चुनाव हार गए। हंसमुख पटेल ने बताया की नरेन्द्र मोदी को अपने देश से कितना प्रेम है, उसका उदाहरण मैं आपको बताता हूँ – सी०के० पटेल अमेरिका में रहते थे लेकिन उन्होंने अमेरिका की नागरिकता नहीं ले रखी थी। नरेन्द्र मोदी ने सी०के० पटेल से पूछा कि आपने अमेरिका की नागरिकता क्यों नहीं ली। इस पर सी०के० पटेल ने कहा कि मुझे भारत से प्यार है। इसके बाद सी०के० पटेल ने बताया कि जब 1993 में मोदी युनिर्वसल स्टूडियो गए तो उन्होंने कहा कि क्या हम भारत में ऐसा स्टूडियो तैयार कर सकते हैं? बाद में जब वह गुजरात के मुख्यमंत्री बने तो उन्होंने यहाँ पर गिफ्ट सिटी बनवाया। गुजरात में इन्फोसिटी की नींव पड़ी। वहीं अहमदाबाद में मेरी मुलाकात भाई लाल पटेल से हुई जो नडियाड के रहने वाले थे और बाद में जाकर अमेरिका में बस गए। 1993 के बारे में पूछने पर इन्होंने बताया कि नरेन्द्र मोदी में हमेशा सीखने की ललक रहती थी। वह इस प्रक्रिया के दौरान आपसे बहुत सारे सवाल पूछते थे। मैंने मोदी जी को लेक मिसिगन की सैर कराई थी। तब उन्होंने मुझसे पूछा कि थ्री डायमेंशन की पिक्चर कैसे आती है। वह नई चीजों को बहुत ध्यान से देखते थे। इसमें समय देते थे। यहाँ पर उन्होंने सात मन्दिरों को देखा और हिन्दू संस्कृति के रूप को जानने की कोशिश की।

3. नरेन्द्र मोदी का अमेरिका में पासपोर्ट चोरी

नरेन्द्र मोदी के बेहद करीबी ने नाम सार्वजनिक न करने की शर्त पर इस घटना का पूरा विवरण दिया। उन्होंने बताया कि हम न्यूयार्क कार

से गए। वहाँ पर नरेन्द्र भाई को एक कार्यक्रम में भाग लेना था। कार में नरेन्द्र भाई ने अपने साथ भारत से लाए बक्से को भी रख लिया। जब हम लोग उस कार्यक्रम में भाग लेने के लिए गए तो मैंने नरेन्द्र भाई को सलाह दी कि आपको वहाँ पर उपयोग में लाने वाले जिस सामान की जरूरत हो आप उसे बक्से में से निकाल लीजिए। उसमें से नरेन्द्र भाई ने कुछ सामान निकाल लिया। जब हम लोग प्रोग्राम में गए तो नरेन्द्र भाई को कुछ समान की जरूरत पड़ी और उन्होंने अपने बक्से से मुझे सामान लाने के लिए भेजा। इसके थोड़ी देर बाद ही एक सामान की जरूरत फिर पड़ी तो कार में पड़े बक्से में से वह समान निकाल कर ले आना पड़ा। इस तरह से तीन बार उस कार में रखे बक्से को खोल कर समान निकालना पड़ा। जब प्रोग्राम समाप्त हो गया तब हम लोग वापस लौटने के लिए कार में आए तो देखा कि नरेन्द्र भाई का कार में रखा पूरा ट्रंक ही गायब था। हम लोग बड़े चिंतित हुए क्योंकि उसी में नरेन्द्र भाई का वीजा और पासपोर्ट के साथ ही कपड़े, रुपये आदि भी चोर उठा ले गए। बाद में हम लोगों ने पासपोर्ट बनवाया। शायद यही कारण है कि प्रधानमंत्री बनने के बाद बाहर से आने वाले लोगों को वीजा और पासपोर्ट में जिस तरह से सुविधा देने का फैसला नरेन्द्र मोदी ने किया शायद ये उस अनुभव का नतीजा है।

4. हाईटेक नरेन्द्र

नरेन्द्र मोदी शुरू से ही हाईटेक थे। संघ के प्रचारक होने के नाते रेडियो और टेप रिकॉर्डर को अपने पास रखना आदि बहुत अच्छा नहीं माना जाता था। नरेन्द्र मोदी रेडियो का इस्तेमाल खबरों को सुनने में करते थे। जैसा कि मैंने पीछे के पन्नों में लिखा है कि उनके गुरु वकील साहेब के दिए टेप रिकॉर्डर का इस्तेमाल किसी अच्छे कार्यक्रम को रिकॉर्ड करने के लिए करते थे। उन्हें पता था कि जिसके पास सूचना है वो ही सबसे आगे है उनके कई मित्रों ने बताया की नरेन्द्र मोदी कि सोच काम करने को लेकर तो आगे थी ही परन्तु उन कामों को किस हाईटेक तरीके से करते थे यह भी बहुत महत्वपूर्ण है चाहे वह किसी पिक्चर की बात हो या फिर कोई सूचना जल्दी–जल्दी प्रेस को भेजनी हो। नरेन्द्र मोदी की हाईटेक सोच के बारे में अंजली

बहन पड्या ने बताया कि जब वह अमेरिका आते थे तो उनके हाथों में इलेक्ट्रॉनिक सामानों की पूरी लिस्ट होती थी, जो खोजने पर भी नहीं मिलती थी। हम सामानों की खोज करते थे परन्तु यह सब सामान समय से बहुत आगे के होते थे, जो उस समय मिलते ही नहीं थे। भागीरथ भाई देसाई ने बताया कि किस तरह से 1974 में उनके जापान के पत्र–मित्र ने जापान से बहुत सारा हाईटेक सामान अपने मित्र नरेन्द्र मोदी के लिए भेजा था। वहीं 'इंडिया टुडे' के फोटोग्राफर शैलेष रावल ने बताया की नरेन्द्र मोदी के पास कैमरे को लेकर हर तरह की जानकारी रहती थी वह किसी तरह की जानकारी न होने में पूछने पर कोई भी गुरेज नहीं करते थे। नरेन्द्र मोदी हाईटेक तरीके का किस तरह से इस्तेमाल करते थे, उनके एक भाषण से भी पता चलता है। *नरेन्द्र मोदी ने 14 जुलाई 2013 को फरग्युसन कॉलेज, पुणे में बाल गंगाधर तिलक की मनाई जा रही 127 जयन्ती पर इसका उदाहरण दिया। उन्होंने बताया कि इस कार्यक्रम में जब उनका आना तय हुआ तो उन्होंने एक प्रयोग किया। उन्होंने कहा कि यहाँ पर आने से पहले इस स्पीच की तैयारी के लिए उन्होंने फेसबुक पर पूरे देश से सुझाव माँगे। सोशल मीडिया से शेयर की गई इस बात के बाद नरेन्द्र मोदी ने बताया कि पूरे देश से उनके पास पच्चीस सौ से ज्यादा चिट्ठियाँ आईं। नरेन्द्र मोदी ने बताया कि जम्मू–कश्मीर से लेकर नागालैण्ड तक के नवयुवकों ने चिट्ठियों के जरिए अपने सुझाव भेजे थे।*

5. सरल नरेन्द्र

पुस्तक लिखने के क्रम में मेरी गुजरात में मुलाकात हुई एनआरआई भाई लाल एस० पटेल से जो गुजरात के ही रहने वाले थे और बाद में वे अमेरिका चले गए और वहाँ व्यापार करने लगे। जब नरेन्द्र मोदी पहली बार अमेरिका गए थे तो भाई लाल एस० पटेल भी नरेन्द्र मोदी के साथ मिशिगन की यात्रा पर थे। वाईब्रेंट गुजरात में मेरी मुलाकात भाई लाल के साथ हुई तो उन्होंने नरेन्द्र मोदी से जुड़ा बड़ा रोचक प्रसंग सुनाया। उन्होंने बताया कि मोदी की अमेरिका यात्रा के बाद हम लोगों की अक्सर मोदी जी से बातचीत होने लगी। उन्होंने बताया कि मैं एक प्रतिनिधि मंडल के साथ दिल्ली आया हुआ था। मैंने मोदी

जी को फोन किया उस समय वे दिल्ली में ही रहा करते थे। हमारा प्रतिनिधि मंडल दिल्ली के एक पाँच सितारा होटल में टिका हुआ था। मैंने नरेन्द्र भाई को फोन किया और उनसे कहा कि हम लोग दिल्ली में हैं और एक पाँच सितारा होटल में ठहरे हुए हैं।

हमने उन्हें वहाँ खाने के लिए आमंत्रित किया पर नरेन्द्र मोदी ने बड़ी विनम्रता से कहा कि पहले तो आप लोग दिल्ली में आए हैं तो आप लोगों का स्वागत हैं। आप लोग मेरे मेहमान हैं। उन्होंने एक बात कही कि मैं बहुत साधारण व्यक्ति हूँ और आप लोग हमारे मेहमान हैं। मैं आप लोगों को बहुत अच्छा खाना खिलाना चाहता हूँ परन्तु पाँच सितारा होटल के लिए मेरी पाकेट मुझे इजाजत नहीं देती है, तो आप लोगों को मेरी बताई जगह पर आना होगा। तब मैं आप लोगों का बेहतर तरीके से स्वागत कर पाऊँगा। जिस समय अमेरिका में विवेकानन्द के शिकागो की धर्मसंसद में ऐतिहासिक प्रवचन का शताब्दी समारोह मनाया जा रहा था और मोदी भी उसमें भाग ले रहे थे। नरेन्द्र मोदी जब गुजरात लौटे तो राजनीति भी करवट ले रही थी। 1995 में भाजपा ने अकेले चुनाव लड़ा और 121 सीटों पर जीत हासिल की। केशुभाई पटेल गुजरात के मुख्यमंत्री बने। इसमें नरेन्द्र मोदी का भी बड़ा योगदान था। वही केशु भाई के मंत्रिमंडल में गुजरात के एक और बड़े नेता अपने लोगों को मंत्रिमंडल में शामिल करवाना चाहते थे, वो थे शंकर सिंह वाघेला। यही कारण था कि मंत्रिमंडल बनने में पूरा एक सप्ताह का समय लग गया।

6. 1995 का नगर पालिका चुनावः परिवार से नहीं लड़ेगा कोई चुनाव

नरेन्द्र मोदी पर पुस्तक लिखने के क्रम में गुजरात के कई इलाकों में गया इस क्रम में मेरी मुलाकात गुजरात बीजेपी के संगठन मंत्री भरत भाई पड्या से हुई जिन्होंने कई साल नरेन्द्र मोदी के साथ कंधे से कंधा मिलाकर काम किया हैं। भरत पड्या ने मुझे बताया की आज वह राजनीति में जो कुछ भी हैं वह नरेन्द्र मोदी की देन है। भरत पड्या ने एक 1995 की नरेन्द्र मोदी से जुड़ी एक घटना बताई। उन्होंने बताया कि नरेन्द्र मोदी के छोटे भाई प्रहलाद मोदी जो कि 35 साल से 'ऑल इंडिया फेयर प्रॉइज़ फेडरेशन' के अध्यक्ष है। वह 1995 में

बीजेपी के टिकट पर निगम पार्षद का चुनाव लड़ना चाहते थे। उस समय प्रहलाद मोदी ने अपने सर्मथकों के जरिए कई सौ पोस्टकार्ड आर०एस०एस० मुख्यालय भिजवाये थे परन्तु जब इस बात का पता मेरे जरिए नरेन्द्र भाई को चला तो उन्होंने सिरे से परिवार के किसी सदस्य के राजनीति में आने की बात को ही खारिज कर दिया। इस तरह से प्रहलाद मोदी बीजेपी की तरफ से टिकट के दावेदार नहीं बन सके। इस नगर पालिका के चुनाव में बीजेपी को शानदार जीत मिली थी। मैं यहाँ पर एक बात शेयर करना चाहता हूँ कि जब मैं नरेन्द्र मोदी की बहन बासन्ती से मिलने अहमदाबाद गया था तो उन्होंने बातचीत में बताया कि मुझे भी जिला पंचायत अध्यक्ष के लिए लोगों ने नामिनेशन करने को कहा और यह भी कहा कि आप निर्विरोध चुनाव जीत जाएंगी। आपको बताते चले कि उस समय नरेन्द्र मोदी गुजरात के सीएम थे। यह पूरी बात सोमभाई के सामने रखी गई और उन्होंने ये बात नरेन्द्र भाई के सामने रखी पर नरेन्द्र मोदी ने बासन्ती के जिला पंचायत का चुनाव लड़ने का प्रस्ताव सिरे से खारिज कर दिया। बाद में जब बहन से नरेन्द्र भाई की मुलाकात हुई तो उन्होंने कहा कि बहुत चुनाव लड़ने का मन करता है। हमारा काम चुनाव लड़ना नहीं लड़वाना है। 1995 में हुए नगरीय व ग्रामीण चुनाव में भाजपा सभी छः महानगर पालिका और 19 में से 18 जिला पंचायत चुनावों में विजयी रही।

अध्याय–23

संगठन से बड़ा कोई नहीं

1. बीजेपी में बिखराव

गुजरात बीजेपी में अंदर–ही–अंदर आग सुलग रही थी। गुजरात के मुख्यमंत्री केशुभाई पटेल ने सरकारी निगमों में शंकर सिंह वाघेला के लोगों को लेने से इनकार कर दिया था। गुजरात के विकास के लिए प्रवासी भारतीयों से धन इकट्ठा करने के लिए केशुभाई पटेल 8 सितम्बर 1995 को ब्रिटेन और अमेरिका के दौरे पर जा रहे थे। उस समय माना गया कि इनके साथ विदेश जा रहे प्रतिनिधि मंडल में केशुभाई ने शंकर सिंह वाघेला को शामिल करने से इनकार कर दिया। विदेश जाने से पहले केशुभाई ने कई सरकारी निगमों के चेयरमैन के नाम की घोषणा कर दी। इससे शंकर सिंह वाघेला नाराज हो गए। 24 सितम्बर 1995 को शंकर सिंह वाघेला ने अहमदाबाद में सम्मेलन बुलाया जिसमें उन्होंने प्रदेश में हो रहे भाई–भतीजावाद के खिलाफ आवाज बुलंद की। शंकर सिंह वाघेला के कार्यक्रम में उस समय 47 विधायक उपस्थित थे। 26 सितम्बर 1995 को जब बीजेपी की बैठक हुई तो उसमें केवल 60 विधायक शामिल हुए। राजनीति ने संकेत दे दिए थे कि किसी न किसी की राजनीतिक बलि तय हो गयी। परिणाम यह हुआ कि नरेन्द्र मोदी ने गुजरात के महासचिव पद से इस्तीफा दे दिया।

2. संगठन से बड़ा कोई नहीं, नरेन्द्र मोदी

नरेन्द्र मोदी पर उनके विपक्षी लगातार हमले कर रहे थे। यह समय था, जब नरेन्द्र मोदी को लग रहा था कि संगठन से बड़ा कोई नहीं है – मैं भी नहीं। उन्होंने इस्तीफा देते हुए प्रदेश अध्यक्ष काशी राम राणा को पत्र लिखा। इस पत्र ने पार्टी के बड़े पदाधिकारियों को सोचने पर मजबूर कर दिया। मोदी के पत्र का सन्दर्भ कुछ इस तरह से है–

आदरणीय काशी राम भाई,

आज गुजरात की जनता की आशाओं और आकांक्षाओं के समक्ष कई सवाल खड़े हो गए हैं। हजारों की कड़ी मेहनत से बनी हमारी पार्टी ने लगातार चली आ रही खींचतान के कारण अपनी प्रतिष्ठा खो दी है। अब सच्चाई वास्तविक रूप से सामने आ गई है और पिछले दो दिन की घटनाएँ इसका प्रमाण हैं। पार्टी के हितों को ध्यान में रखते हुए मैं लम्बे समय से चुप बैठा हूँ। इससे पहले भी मैं कई बार आप से अनुरोध कर चुका कि मुझे जिम्मेदारियों के बन्धन से मुक्त कर दें। आज स्थिति नाजुक हो गई है। पिछले दो दिनों की घटनाओं ने मेरी निर्दोषता को स्पष्ट कर दिया है। इसके बाद भी अपने संस्कार की वजह से पार्टी में कार्यकर्त्ता की भूमिका निभाता रहूँगा। पार्टी के लिए बलिदान देने का अर्थ है, महासचिव के पद से त्याग पत्र देना लेकिन पार्टी के कार्यकर्त्ता के रूप मैं आगे भी काम करता रहूँगा।

मुझे विश्वास है कि अब मेरा नाम नहीं उछाला जाएगा। आप मेरा त्यागपत्र स्वीकार कर लें।

आपका

नरेन्द्र मोदी

इस पत्र के माध्यम से अब यह स्पष्ट हो चुका था कि गुजरात की राजनीति में हो रही घटनाओं ने नरेन्द्र मोदी को अंदर तक झकझोर कर रख दिया था। यह पत्र उसी की अभिव्यक्ति थी। इस पत्र ने आलाकमान को भी सोचने पर मजबूर कर दिया। नरेन्द्र मोदी ने यह त्यागपत्र उस समय लिखा जब शंकर सिंह वाघेला खजुराहो में अपना दरबार सजाए थे। यह 28 सितम्बर 1995 का दिन था। शंकर सिंह वाघेला ने सत्ता पाने के लिए एक नई व्यूह रचना की। उन्होंने गुजरात विधानसभा में अपने दावे को दोहराने के लिए प्रेस के लोगों को बुलाया। इस कांफ्रेस में वाघेला ने बीजेपी की जमकर आलोचना की परन्तु कहानी तो कुछ और थी। वाघेला अपने समर्थकों को गांधीनगर से 30 किलोमीटर दूर गाँव वसाणिया ले गए। यहाँ से उन्होंने अपने सभी सर्मथकों को कांग्रेस के संरक्षण में चुपचाप खजुराहो (मध्य प्रदेश) भेज दिया। बाद में इन विधायकों को खजूरिया कहा गया।

इस घटना ने बीजेपी के राजनैतिक सिस्टम को ऊपर से नीचे तक झकझोर दिया। 5 अक्टूबर को अटल बिहारी वाजपेयी गांधीनगर के लिए रवाना हो गए। यहाँ उन्होंने केशुभाई पटेल से चर्चा की जिसके बाद वह मुख्यमंत्री पद को छोड़ने के लिए राजी हो गए। केशुभाई पटेल ने उस समय जोर देकर कहा था कि यह एक ऐसी परम्परा की शुरूआत है, जो पार्टी के लिए घातक होगी। केशुभाई की जगह सुरेश मेहता मुख्यमंत्री बने। वाघेला एक बार फिर पार्टी में शामिल हो चुके थे। वाघेला की जल्दबाजी ने उस समय उन्हें राजनैतिक रूप हासिए पर ढ़केल दिया। 1996 में हुए लोकसभा चुनाव में शंकर सिंह वाघेला को पराजय का मुँह देखना पड़ा।

3. नरेन्द्र मोदी का नया ठिकाना

जब नरेन्द्र मोदी राजनैतिक रूप से हशिए पर थे तब उनकी मदद के लिए लालकृष्ण आडवाणी आगे आए। 20 नवम्बर 1995 को उन्होंने नरेन्द्र मोदी को बीजेपी को राष्ट्रीय सचिव नियुक्त कर दिया। इस नियुक्ति ने मोदी के गुजरात में किए कार्यों पर मुहर लगा दी। नरेन्द्र मोदी बहुत कम समय ही दिल्ली में रहे होंगे कि उन्हें चंडीगढ़, हरियाणा और हिमाचल प्रदेश का प्रभार सौंप दिया गया।

मोदी ने जब दिल्ली में रहना शुरू किया तो उन्हें गुजरात में अमरेली से बीजेपी सांसद दिलीप संघनानी से मदद मिली। वह 7, हरीश चन्द्र माथुर लेन के एक कमरे में रहने लगे। वरिष्ठ पत्रकार राजीव शुक्ल के रूबरू कार्यक्रम में साक्षात्कार के दौरान नरेन्द्र मोदी ने बताया, मैं अपने सांसद मित्र के मकान के एक छोटे से कमरे में रहता हूँ। कमरे में एक छोटा सा कूलर लगा हुआ था। एक कोने में ताबें का बर्तन है, जिसमें पीने का पानी रखा जाता है।

गांधीनगर में मेरी मुलाकात हर्षद भाई शाह से हुई जो 1995 में बौद्धिक विभाग के प्रमुख थे। पहले भी इन्होंने नरेन्द्र मोदी के साथ कई सालों तक काम किया था। नरेन्द्र मोदी को जब गुजरात से बाहर पदाधिकारी बनाकर भेजा गया। उस समय की उन्होंने एक दिलचस्प बात बताई। उन्होंने बताया कि गुजरात में आठ लोगों की कोर टीम थी जिसमें मैं भी था। हर्षद भाई ने बताया कि नरेन्द्र मोदी अक्सर उन्हें फोन करते थे और कहते थे कि आखिर उन्हें गुजरात से क्यों दूर किया गया है उनका क्या कसूर है। इस बात को लेकर वह फोन पर ही भावुक हो जाते थे। ऐसा लगता था कि वह फोन पर ही रो पड़ेंगे। हर्षद भाई शाह ने बताया कि उस समय संघ के लोग उनसे दुखी थे, लेकिन क्यों वह नहीं बता पाए।

4. नरेन्द्र मोदी का लक्ष्मण

दिलीप संघनानी ने दिल्ली में नरेन्द्र मोदी की मदद के लिए एक आदमी को लगा रखा था जिसका नाम लक्ष्मण था। पुस्तक रिसर्च के दौरान मुझे लगा की अगर लक्ष्मण से मुलाकात हो तो नरेन्द्र मोदी के कुछ और अनछुए पहलुओं को समझने में मदद मिल सकती है। लक्ष्मण की बहुत तलाश करने के बाद मेरी उससे मुलाकात फिरोजशाह रोड स्थित एक ऑफिस में हुई जहाँ वह अपने बगल में एक फाइल दबाए घूम रहा था। जब मैंने उसे बताया कि मैं नरेन्द्र मोदी को लेकर एक किताब पर काम कर रहा हूँ, तो उसकी आँखों में चमक आ गई। लक्ष्मण ने बताया कि दिलीप संघनानी ने मुझे मोदी जी के यहाँ काम के लिए कोठी पर लगा रखा था। उन्होंने मुझे हिदायत दे रखी थी कि इन्हें कोई दिक्कत नहीं होनी चाहिए। लक्ष्मण ने बताया कि नरेन्द्र मोदी बहुत ही साधारण और सरल व्यक्ति थे। पर वह जब कभी गुस्सा होते थे तो आसानी से नहीं मानते थे। लक्ष्मण ने बताया कि नरेन्द्र मोदी दो दिन दिल्ली में रहते थे तो दो दिन बाहर रहते थे। वह घर पर खाना नहीं खाते थे। अक्सर लोग उनके लिए खाना लेकर आते थे। लक्ष्मण उनके यहाँ आने वाले लोगों के लिए खास चाय बनाता था। कभी–कभी यह सिलसिला रात बारह बजे तक चलता था। लक्ष्मण यह बताना नहीं भूला कि मोदी अक्सर उसकी चाय की तारीफ करते थे और पूछते थे कि अरे, लक्ष्मण तुमने चाय बनाना कहाँ से सिखा लक्ष्मण ने एक बात बताई कि सुबह–सुबह नरेन्द्र मोदी को जूस पीने की आदत थी और जब मोदी दिल्ली रहते थे तो लक्ष्मण अक्सर उन्हें गाजर का जूस पिलाता था, जो उन्हें बहुत पसन्द था।

कई वर्षों तक नरेन्द्र मोदी साथ रहने वाले लक्ष्मण को हमेशा एक डर सताता था कि कुर्सी पर पहुँच जाने के बाद नरेन्द्र मोदी अपने इस सेवक को भूल जाएंगे। वह अक्सर इस बात का जिक्र भी मोदी जी से करता था परन्तु नरेन्द्र मोदी हमेशा इसको हँस कर टाल देते थे। लेकिन ऐसा भी दिन आ गया जब लक्ष्मण को यह पता चलने वाला था कि नरेन्द्र मोदी भविष्य में उसे याद रखने वाले हैं या भूल जाने वाले हैं। जब नरेन्द्र मोदी को गुजरात के मुख्यमंत्री पद की शपथ दिलाई गई तो कई सालों तक अपने हाथों से नरेन्द्र मोदी की

सेवा करने वाला यह सेवक भी बधाई देने के लिए गुजरात के गांधी नगर पहुँच गया। हजारों लोगों के साथ लाइन में लगा। लक्ष्मण ने बताया कि इस भीड़ में वह किसी तरह अपनी पर्ची नरेन्द्र मोदी तक भेजने में कामयाब हुआ। बहुत सारे वीवीआईपी लाईन में लगे हुए थे लेकिन सबको रोक दिया गया, तभी आवाज आई लक्ष्मण कौन? लक्ष्मण कहां है? फिर उसे बताया गया कि नरेन्द्र मोदी तुमसे मिलना चाहते हैं। लक्ष्मण ने बताया की यह मेरे लिए एक ऐसा क्षण था कि जिसे मैं मरते दम तक नहीं भूल सकता हूँ। नरेन्द्र भाई ने सभी को रोक दिया और मुझ गरीब से मुलाकात की। यह मेरे लिए करोड़ों की दौलत से बड़ा पुरस्कार था।

अध्याय–24

उत्तरी राज्यों का प्रभार

1. पंजाब, हिमाचल और हरियाणा की जिम्मेदारी

दिल्ली आने के बाद नरेन्द्र मोदी ने बीजेपी की तरफ से दी गई नई जिम्मेदारी संभालनी शुरू कर दी। इस क्रम में उन्होंने चंडीगढ़ में धुनी रमाई। कुछ समय उन्होंने चंडीगढ़ में बिताया। हरियाणा, पंजाब, हिमाचल की राजनीति को बहुत नजदीक से समझने की कोशिश की। इस दौरान नरेन्द्र मोदी पंचकूला में रहे। धीरे–धीरे नरेन्द्र मोदी ने लोगों के साथ मिलकर काम करना प्रारम्भ कर दिया। इसका परिणाम हुआ कि कुछ ही महीनों में बीजेपी ने 1996 में हुए लोकसभा चुनाव में चंडीगढ़ सीट जीत ली। इसके साथ ही चंडीगढ़ में हुए नगर निगम के चुनाव में बीजेपी और शिरोमणी अकाली दल ने शानदार प्रर्दशन किया। बीजेपी और अकाली दल ने मिलकर बीस मे से उन्नीस सीटें जीत ली यह नरेन्द्र मोदी की रणनीति का नतीजा था। जब शानदार परिणाम पार्टी को मिला तो नरेन्द्र मोदी को राष्ट्रीय राजनीति में लेकर आएं थे। विरोधियों का मुँह बन्द हो गया। उन्होंने गठबन्धन ऐसे समय किया जब बीजेपी को उसकी जरूरत थी।

हरियाणा में बीजेपी की हालत बहुत अच्छी नहीं थी। बीजेपी को हरियाणा में किसी ऐसे साथी की तलाश थी जिसके सहारे चुनाव की वैतरणी पार की जा सके। यह वह वक्त था, जब बंसीलाल कांग्रेस से अलग हो चुके थे। नरेन्द्र मोदी ने इस अवसर को हाथोंहाथ लिया। बंशीलाल की हरियाणा विकास पार्टी ने लोकसभा चुनाव में अपनी उपस्थिति दर्ज करवा दी थी। उसने भिवानी लोकसभा सीट जीत ली थी। विधानसभा चुनाव में 61 सीटों में से 12 सीटों पर जीत दर्ज कर अपनी साख बना ली थी। उस समय अन्य दलों से बंशीलाल की हरियाणा विकास पार्टी की छवि बेहतर थी। नरेन्द्र मोदी को हरियाणा विकास पार्टी के साथ गठबंधन करना बेहतर लगा। इसमें

केन्द्रीय नेताओं की सहमति भी थी, किन्तु धरातल पर असली काम तो नरेन्द्र मोदी ने ही किया था। 1996 में बीजेपी ने छः सीटों पर चुनाव लड़ा उसमें से चार सीटों पर विजय प्राप्त करने में सफलता पाई। हरियाणा विकास पार्टी ने चार सीटों पर चुनाव लड़ा और तीन सीटों पर विजय पाई। विधानसभा चुनाव में बीजेपी और हरियाणा विकास पार्टी ने मिलकर चुनाव लड़ा। हरियाणा विकास पार्टी ने 90 सीटों वाली विधानसभा में 65 सीटों पर उम्मीदवार उतारा जिनमें 33 सीटों पर विजय पाई। बीजेपी ने 25 सीटों पर चुनाव लड़कर 11 सीटों पर जीत र्दज की। इस गठबंधन ने हरियाणा में सरकार बनाई बंशीलाल मुख्यमंत्री बने। यह वह समय था जब मनोहर लाल खट्टर राज्य में संगठन मंत्री थे। मनोहर लाल खट्टर से मेरी मुलाकात दिल्ली में हुई। मनोहर लाल खट्टर नरेन्द्र मोदी की बातें बताते–बताते खो से गए। ऐसा लगा कि इन्हें सारी बातें जुबानी याद थीं। उन्होंने कई सारे अनकहे प्रसंग सुनाये।

2. डिब्बा नहीं सबसे तेज चलने वाला दिमाग है

मनोहर लाल खट्टर ने बताया कि एक दिन नरेन्द्र मोदी रोहतक के पार्टी ऑफिस में तीन बड़े–बड़े डिब्बे लेकर आए। फिर मुझसे पूछा कि क्या आप जानते है कि यह क्या है? तो मैंने जोर देकर कहा कि ये तो टेलीविजन सेट है। किन्तु नरेन्द्र भाई ने जो जबाब दिया वह मुझे आज भी याद है, उन्होंने कहा कि ये आदमी से भी तेज चलने वाला दिमाग है जिसे हम कम्प्यूटर कहते हैं। आने वाले दिनों में देखेंगे कि किस तरह से देश और समाज की प्रगति में सबसे अग्रणी भूमिका निभाएगा। मनोहर लाल खट्टर ने कहा कि ये देखिए कि कम्प्यूटर ने जीवन को कितना आसान बना दिया है। उस समय उसने बीजेपी के काम को बहुत आसान बना दिया था। खास बात तो यह कि बीजेपी के लोग कम्प्यूटर चलाना सीख सकें, इसके लिए नरेन्द्र मोदी ने एक दिन की कार्यशाला आयोजित करवायी थी।

3. सैनिक के परिवार को मौका देंगे तो अच्छा संदेश जाएगा

मनोहर लाल खट्टर ने बताया कि नरेन्द्र मोदी में आदमी पहचानने का बहुत बड़ा गुण है। बातें तो उन्हें ऐसे याद रहती थीं मानो कल की

बात हो। मनोहर लाल खट्टर ने बताया कि कारगिल युद्ध ने 1999 में लोकसभा चुनाव में नरेन्द्र मोदी की समझ ने बड़ी महत्वपूर्ण भूमिका अदा की। चुनाव को लेकर पार्टी की बैठक चल रही थी। लोग अपनी अपनी राय दे रहे थे। नरेन्द्र मोदी इन सभी लोगों की बातों को ध्यान से सुन रहे थे। अन्त में नरेन्द्र मोदी ने सुझाव दिया कि लोकसभा सीट हम किसी कारगिल युद्ध में शहीद सैनिक की विधवा को देते हैं तो अच्छा संदेश जाएगा। यह कोई आसान काम नहीं था। क्योंकि हरियाणा में एक विधवा को चुनाव के लिए तैयार करना फिर चुनाव लड़वाना कठिन काम था। हम सभी लोगों ने एक प्रत्याशी की तलाश शुरू की। हमारी तलाश सुधा यादव के रूप में पूरी हुई। सुधा यादव के पति बीएसएफ में कमांडेन्ट थे। खुद सुधा एक प्राइमरी स्कूल में टीचर थीं। जब हम लोगों की तरफ से उनके सामने चुनाव लड़ने का प्रस्ताव रखा गया तो उन्होंने मना कर दिया। जब हमने नरेन्द्र भाई को पूरी बात बताई तो उन्होंने कहा कि आप लोग एक बार फिर से जाकर कोशिश कीजिए फिर हम लोग सुधा यादव के ससुर से मिले। उन्हें हमने सारी बातें समझाईं तो वह मान गए। मनोहर लाल खट्टर ने कहा कि यह मेरे लिए अद्‌भुत क्षण था क्योंकि बॉस ने जो आदेश दिया था वह पूरा हो गया। सुधा यादव के पास चुनाव लड़ने के लिए पैंसा भी नहीं था। उसके लिए नरेन्द्र मोदी ने बीजेपी कार्यकर्त्ताओं की गुड़गाँव में बैठक बुलाई और प्रेरक भाषण दिया। उन्होंने कहा, सुधा यादव के पति देश के लिए शहीद हुए हैं। शहीद ने देश और दुनिया में भारत का नाम रोशन किया है। उन्होंने आगे कहा कि इसलिए हर कार्यकर्त्ता को सुधा यादव के चुनाव की जिम्मेदारी लेनी चाहिए। सुधा यादव को चुनाव लड़ने में पैंसे की किसी तरह की कमी नहीं हुई। उन्होंने चुनाव लड़ा और उसमें बड़ी विजय हासिल की।

4. हिमाचल में पार्टी की धाक जमाई

हिमाचल प्रदेश भी एक चुनौती था। हिमाचल में जनसंघ का अच्छा–खासा जनाधार था। उसकी अच्छी–खासी राजनैतिक ताकत भी थी। जब नरेन्द्र मोदी को हिमाचल प्रदेश का प्रभारी बनाया गया तो वहाँ पर कांग्रेस की सरकार थी। 1996 के चुनाव में बीजेपी ने अपने वोटों का प्रतिशत तो बढ़ा लिया लेकिन वह इसे

जीत में नहीं बदल सकी। नरेन्द्र मोदी ने हिमाचल के लिए अलग रणनीति तैयार करना आरंम्भ कर दिया। हिमाचल से राजनैतिक जीवन आरम्भ करने वाले जगत प्रकाश नड्डा ने बताया कि नरेन्द्र मोदी के प्रभार संभालने के बाद कार्यकर्त्ताओं में स्फूर्ति आ गई। ऐसा नरेन्द्र मोदी के शार्प आब्जर्वेशन और सही समय पर इन्टरवेंशन के कारण संभव हो पाया। जे०पी० नड्डा ने बताया कि नरेन्द्र मोदी ने वहाँ सिस्टम क्रिएट करने का काम किया। नड्डा का कहना था कि नरेन्द्र मोदी ने राष्ट्रीय कार्यकारिणी की बैठक के तुरन्त बाद प्रदेश कार्यकारिणी की बैठक शुरू कर दी। पहले स्टेट कार्यकारिणी आधे दिन होती थी। ग्यारह बजे शुरू होती थी। लगभग बारह बजे आते और चार बजे चले जाते थे। नरेन्द्र मोदी ने कार्यकारिणी की बैठक में लोगों को रुकना कम्पल्सरी कर दिया। स्टेट एक्जीक्यूटिव की मीटिंग के बाद दस दिन के अन्दर ही डिस्ट्रिक्ट एक्जीक्यूटिव करना आंरम्भ करवा दिया। जे०पी० नड्डा ने बताया कि हम लोगों के पास टारगेट नहीं था। उन्होंने आने के साथ ही पूछा था कि आप लोगों के पास कम्प्यूटर नहीं है क्या? हमने काम स्टॉर्ट किया और हमारे विधायकों की संख्या 7 से बढ़कर 31 हो गई। यह कोई सोच भी नहीं सकता था। यह केवल मोदी जी की वजह से सम्भव हुआ।

5. कार्यालय तो चाहिए ही, नेता बनो, तब बनेगी सरकार की संकल्पना

जे०पी० नड्डा ने बताया कि हिमाचल प्रदेश में बीजेपी का दफ्तर भी नहीं था। इसको बनाने का बीड़ा भी नरेन्द्र मोदी ने ही उठाया। जमीन देखने के साथ ही चंदा इकट्ठा करके बनवाने तक की जिम्मेदारी उठाई। इसका भूमि पूजन मोदी जी ने कुशाभाउ ठाकरे जी से करवाया था।

जे०पी० नड्डा ने याद करते हुए बताया कि नरेन्द्र मोदी ने पूछा कि आप विधानसभा में किस तरह के मुद्दे उठाते हैं? मैंने इसका जबाब दिया, अखबार की कतरने अपने पास रखता हूँ। उन्होंने कहा कि ये तो ठीक है पर आप लोग गाँवों में जाकर दरबार लगाएं, इसके प्रचार–प्रसार के लिए अखबारों में विज्ञापन दें उसके जरिए लोगों को आमंत्रित करें। मैं अपने चार, छः विधायकों के साथ जाता था पर इस

कार्यक्रम का ये परिणाम हुआ कि मैं विपक्ष का वास्तविकता में नेता बन गया। ये यहाँ केवल नरेन्द्र मोदी की वजह से सम्भव हो पाया। बारह जिलों में मुझे इतने लोग मिले जितना मैं सोच भी नहीं सकता था। इसका परिणाम यह हुआ कि हम लोग मुद्दों की राजनीति करने लगे। लगभग छः महीने के बाद बीजेपी यहाँ बेहतर तरीके से स्थापित हो गई।

चिंतन बैठक में पार्टी का इतिहास और विकास की बात करते थे। विकास को लेकर कहाँ जाना है। इसमें पार्टी के लोग शामिल होते थे। सदस्यता अभियान के लिए नरेन्द्र मोदी ने टोलियाँ रवाना की। हम ताकतवर होते गए।

नड्डा के मुताबिक हिमाचल में सरकार बनाने में असली भूमिका नरेन्द्र मोदी ने निभाई। हम लोग बारह दिन अलग–अलग जगहों पर घूमे। चार दिन तो हम लोग कुरुक्षेत्र में रहे। ऐसा करके हम सभी विधायकों को साथ रखने में कामयाब हो गए। इसका कारण था कि हम लोगों की संख्या ज्यादा होने के बावजूद वीरभद्र सिंह ने हिमाचल प्रदेश में सीएम पद की शपथ ले ली थी। नरेन्द्र मोदी की योजना से ही हम अपने विधायकों को बचा पाए थे। शक्ति परीक्षण के दिन हम लोगों को बस से सीधे विधानसभा लाया गया। वीरभद्र सिंह बार–बार संख्या को लेकर राज्यपाल को दिगभ्रमित कर रहे थे परन्तु नरेन्द्र मोदी की योजना के कारण वीरभद्र सिंह को इस्तीफा देना पड़ा था। 24 मार्च 1998 को प्रेम कुमार धूमल को हिमाचल प्रदेश का मुख्यमंत्री बनाया गया।

एंडी मरीनों ने अपनी पुस्तक में लिखा है (पेज 104) कि वह बहुत खुश थे। उनका कहना था कि वह हिमालय के ज्यादा करीब थे यह उनका प्रिय क्षेत्र था। इस दौरान मोदी ने बताया कि उन्होंने बहुत से देशों की यात्राएँ की। कई देशों के दिग्गज नेताओं से मुलाकात की और इस अवसर का इस्तेमाल कम्प्यूटर और प्रोद्यौगिकी सीखने में किया।

इन सबके परिणामस्वरूप नरेन्द्र मोदी को 19 मई 1998 को भाजपा के राष्ट्रीय महासचिव संगठन, की जिम्मेदारी से नवाजा गया। यह मोदी के विरोधियों के लिए बड़ा झटका था पर मोदी की बड़ी

तरक्की थी। इस तरक्की में गुजरात लोकसभा चुनाव में भी नरेन्द्र मोदी के योगदान की महत्वपूर्ण भूमिका भी देखी जा सकती है। हर्षद भाई शाह का कहना था कि मोदी भले ही गुजरात से बाहर थे पर गुजरात की चिन्ता हमेशा किया करते थे लगभग हर एक–दो दिन में यहाँ की जानकारी उनसे लिया करते थे।

गुजरात से बाहर रहने को नरेन्द्र मोदी ने अवसर के रूप में देखा। एंडी मरीनो ने लिखा है कि मोदी ने उनसे बातचीत में बताया, मैं बहुत खुशकिस्मत था कि मैंने चालीस से ज्यादा देशों की यात्राएँ की। मुझे बहुत कुछ देखने को मिला और देश और दुनिया कैसे चल रही है, जानने का मौका मिला।

6. नरेन्द्र मोदी की ताईवान यात्रा ब्लैक मैजिक

28 सितम्बर 2014, अमेरिका के स्क्वॉयर गार्डेन की यात्रा के समय नरेन्द्र मोदी ने कहा था कि जब मैं सीएम नहीं था तो ताइवान गया था। मेरे साथ एक दुभाषिया था। जब मैं ताइवान की यात्रा कर रहा था तो उसने मुझसे कहा था कि अगर आपको बुरा न लगे तो आप से एक सवाल पूछूं। उसने सवाल फिर जोर देकर कहा कि आपसे सवाल पुछूं। उसने कहा कि भारत में तो काला जादू होता है, ब्लैक मैजिक। उसने कहा कि भारत साँप–सँपेरों का देश है। साँप से ही खेलते हैं। मैंने यह सुनने के बाद कहा, नहीं भाई ऐसा नहीं है। मैंने कहा, मेरे पूर्वज तो साँप से खलते थे परन्तु हम माउस से खेलते है। हमारे नौजवान माउस को घुमाते हैं और सारी दुनिया को अपनी उंगलियों पर नचाते हैं।

कोरियो को लेकर कहानी

कोरिया (साउथ कोरिया), गुजरात की तरह गरीब था। मोदी ने कहा कि उसने बहुत कम समय में ही बहुत उन्नति कर ली। उन्होंने कहा कि तीस–पैंतीस साल पहले वहाँ के राजा ने एक फैसला किया। उसकी आलोचना हुई। फैसला यह था कि कोरिया में एक छोर से दूसरे छोर तक हाईवे बनाना है। इस रोड ने कोरिया को बहुत तरक्की दी। बाद में कोरिया ने ओलम्पिक गेम करवाया।

दिल्ली में बैठकर मोदी अपनी राजनीति को आगे बढ़ा रहे थे। गुजरात में 1996 के मध्य राष्ट्रपति शासन लग गया। सुरेश मेहता हटा

दिए गए। शंकर सिंह वाघेला ने अपने लिए रास्ते लगभग बन्द कर लिए थे। 1997 में वाघेला को मौका मिला। उन्होंने कांग्रेस के साथ अपनी बनाई हुई पार्टी को लेकर सरकार बनाने का और यह सरकार 370 दिन चली। यह वाघेला का स्वर्णिम काल था, जिसे वाघेला ने भ्रष्टाचार का आरोप लगाकर हासिल किया था। कहते है, अगर आप दूसरों के लिए गड्ढा खोदते हैं तो कभी न कभी आप उसमें गिर सकते है। 1997 में वाघेला को भ्रष्टाचार के आरोप में हटा दिया जाता है। इसके कुछ समय बाद दिलीप भाई रमण भाई पारिख सीएम रहे धीरे–धीरे वाघेला की पार्टी का अस्तित्व खत्म हो गया और वह कांग्रेस में शामिल हो गए। भाजपा की चुनाव में जोरदार वापसी हुई उसने 182 में से 117 सीटें जीत ली। केशु भाई के खिलाफ हवा धीरे–धीरे बह रही थी, लेकिन वह हवा के बेग को समझ नहीं पाए। दामाद और अन्य रिश्तेदारों से घिरा होने के कारण केशु भाई, जिनकी छवि भ्रष्टाचार के खिलाफ लड़ने वाले की थी, उस दलदल में धँसते और फँसते जा रहे थे। महेश भाई मेहता अमेरिका में विश्व हिन्दू परिषद का काम देखते थे और अटल बिहारी वाजपेयी से उनकी अच्छी बनती थी। कभी–कभी वह गुजरात को लेकर उनसे सलाह मशवरा भी किया करते थे। भूकम्प के समय हालात बद से बदतर हो गए। उन्हीं दिनों में वाजपेयी ने महेश मेहता को फोन किया। महेश मेहता ने वाजपेयी से कहा कि गुजरात में अगर बीजेपी को बचाना है तो नरेन्द्र भाई को लाना पड़ेगा।

2000 के नगर निगम चुनाव में भाजपा ने अहमदाबाद और राजकोट की सीट हार गई थी और 23 में से 21 जिले भाजपा के हाथ से निकल गए थे।

महत्वपूर्ण बात यह थी कि नरेन्द्र मोदी दुख की घड़ी में गुजरात की जनता के साथ खड़े नजर आ रहे थे। भूकम्प के एक दिन पहले एनआरआई भाई लाल पटेल कुछ मित्रों के साथ दिल्ली आए थे। नरेन्द्र मोदी से मिलने की उनकी बात हुई थी परन्तु अगले दिन भूकम्प की वजह से मोदी गुजरात चले गए। भाई लाल से नरेन्द्र मोदी ने कहा कि वह संस्कार धाम में आकर मिलें। यह बहुत छोटी–सी बात है, लेकिन यह बताने के लिए काफी है कि नरेन्द्र मोदी जो दिल्ली

में बीजेपी का काम देख रहे थे, वह गुजरात को लेकर कितने भावुक थे। 1 अक्टूबर 2001 को दिल्ली में नरेन्द्र मोदी अपने एक मित्र की अंत्येष्ठी में भाग ले रहे थे तभी प्रधानमंत्री अटल बिहारी वाजपेयी ने उनसे सम्पर्क किया। जानना चाहा कि तुम कहाँ हो? मोदी ने कहा शमशान पर। शाम को मिलने के लिए सहमति बनी। वाजपेयी ने कहा कि आपको गुजरात जाना होगा। आप यहाँ का पंजाबी खाना खा–खाकर मोटे हो गये हो। पहले तो मोदी ने मना किया पर आडवाण ी से जब पूछा तो सारी बात बताई और बस औपचारिकता बाकी रह गई। मोदी ने अटल बिहारी वाजपेयी से यह जरूर कहा कि पिछले छः साल से मैं गुजरात से बाहर हूँ, मुझे कौन जानता है? 7 अक्टूबर 2001 को नरेन्द्र मोदी गुजरात के मुख्यमंत्री बने।

अध्याय–25

नरेन्द्र मोदी के विकास में रेलवे का योगदान

1. नरेन्द्र मोदी और रेलवे

नरेन्द्र मोदी के परिवार की गाड़ी ही रेलवे से चलती थी। लिहाजा सहज अनुमान लगाया जा सकता है कि रेलवे का नरेन्द्र मोदी के जीवन को विकसित करने, नई सोच और उड़ान देने में कितना अहम योगदान है। बात चाहे गुजरात के नवनिर्माण के दौर की हो या फिर सैनिकों को ट्रेन में चाय पिलाने के दौरान देशभक्ति का जज़्बा दिखाने की, रियल मोदी के लाइफ लाइन में थी। बनारस में रेलवे लोकोमोटिव कारखाने के विस्तार के अवसर पर नरेन्द्र मोदी ने कहा कि रेलवे से जुड़ा हर व्यक्ति मेरे परिवार का सदस्य है। मोदी ने कहा, मैं बचपन से ही रेलवे से जुड़ा हूँ। मेरा तो जीवन ही रेलवे से जुड़ा रहा है। मुझसे ज्यादा रेलवे को कोई प्यार नहीं कर सकता। हम आप को नरेन्द्र मोदी कि अलग–अलग रेलयात्राओं के बारे में बताते हैं, जो स्वयं नरेन्द्र मोदी ने देश को बताया है।

2. वडनगर से विसनगर की यात्रा

नरेन्द्र मोदी ने अपनी एक यात्रा की अनोखी कहानी सुनाई। यह यात्रा वडनगर से विसनगर की थी।

एक दिन नरेन्द्र मोदी वडनगर से विसनगर के लिए लोकल ट्रेन से सफर कर रहे थे। एक बारह–पन्द्रह साल का बच्चा, जिसे पोलियो हुआ था और उसकी कमर के नीचे का हिस्सा काम नहीं कर रहा था, बहुत मुश्किल से ट्रेन के अन्दर चढ़ गया। वह लड़का गन्दे कपड़े में भिक्षु जैसा लग रहा था लेकिन भीख नहीं माँग रहा था। नरेन्द्र मोदी ने बताया की वह लड़का हर किसी के पास जाकर रिक्वेस्ट कर रहा था, मुझे जूते पालिश करने के लिए दीजिए। उस समय दस–पन्द्रह

पैंसे में बूट पालिश होता था। मैंने बहुत सारे पालिश करने वाले बच्चे देखे थे परन्तु यह शायद अलग ही था। मेरा ध्यान लगातार उस बच्चे पर था। मैंने देखा कि मैले–कुचैले झोले से उसने उस दिन का 'टाइम्स ऑफ इंडिया' अखबार निकाला जिस पर लिखा था – 'आज

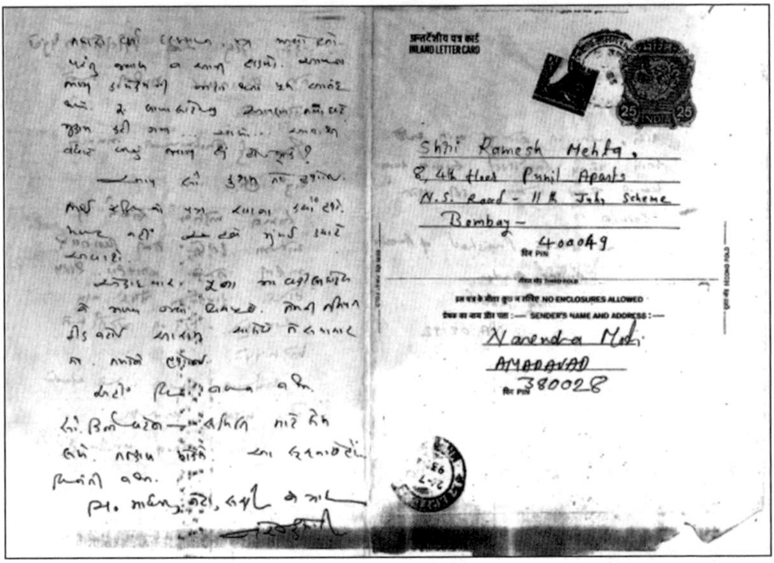

अन्तर्देशीय पत्र कार्ड
INLAND LETTER CARD

Shri Ramesh Mehta,
8, 4th floor Punit Aparts
N.S. Road - II R Juhu Scheme
Bombay - 400049

NO ENCLOSURES ALLOWED
SENDER'S NAME AND ADDRESS :—
Narendra Modi
AMADAVAD
380028

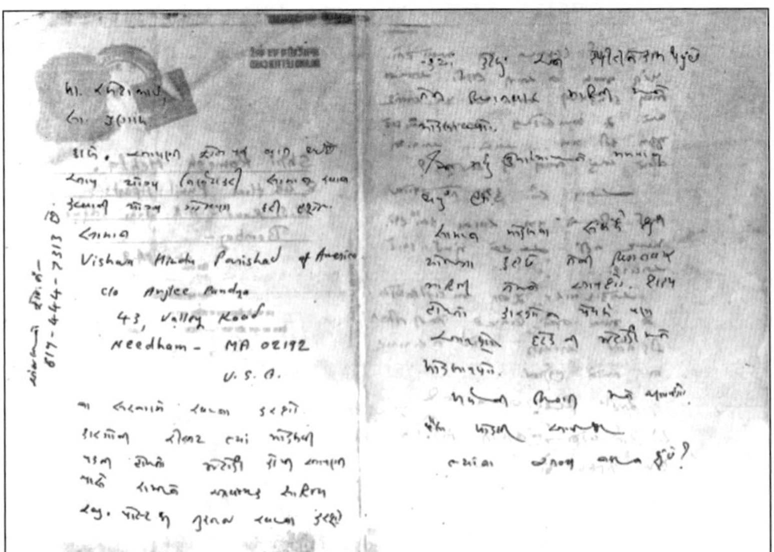

617-444-7313

Vishwa Hindu Parishad of America
c/o Anjlee Pandya
43, Valley Road
Needham - MA 02192
U.S.A.

आपका दिन शुभ हो। आज आपकी यात्रा मंगलमय हो। जिस काम के लिए आप जा रहे हैं, वह पूरा हो।' जब ग्राहक अपना जूता उस लड़के को पालिश करने के लिए दे रहा था तो वह लड़का 'टाइम्स ऑफ इंडिया' अखबार उसे पढ़ने दे रहा था। ग्राहक भी सोच रहा होगा कि दस पैंसे में पालिश तो हो ही रही है साथ में अखबार भी पढ़ने को मिल रहा है जिसका दाम एक रुपया रहा होगा। मेरे मन में हुआ कि मैं उस बालक से बात करूँ। मैंने उससे पूछा कि तुम कौन हो? उसने बताया कि वह कर्नाटक से आया है। उसने कहा परिवार में कोई नहीं है। मेरे शरीर की हालत अच्छी नहीं है लेकिन मैं सम्मान से जीना चाहता हूँ और यही कारण है कि मैं यहाँ पर पहुँच गया हूँ। उसने कहा कि मैं लोगों की सबसे अधिक सेवा करना चाहता हूँ। हर दिन सुबह 'टाइम्स ऑफ इंडिया' खरीदता हूँ और दिन भर में पच्चीस तीस लोगों के जूतों की पालिश करता हूँ। पाँच–सात मिनट लगते हैं और इतनी देर में वे मुख्य खबरें पढ़ लेते हैं। वह मुझे आर्शीवाद देते हैं और पैंसे भी देते हैं। तब मुझे गीता याद आ गई। यही तो योग है।

जो पत्र आप देख रहे है उसमें नरेन्द्र मोदी ने अपने पैसेन्जर लोकल ट्रेन में सफर के बारे में लिखा है –

सा. प्रणाम।

परिवार में सब कुशल होंगे।

दिनाँक 4 और 5 को मुंबई में हूँ। दिनाँक 5 की रात को मुंबई से अश्बाद आने का आरक्षण कार्यालय के द्वारा हो गया होगा।

मैं दिनाँक 3 की रात को वलसाड़ से 42 एस1 वीरमगाम पैसेन्जर से 22:54 बजे निकलकर दिनाँक 4 की सुबह मुंबई आऊँगा। यह लोकल सुबह 4:33 बजे दादर स्टेशन पहुँचती है। हम दादर स्टेशन पर मिलेंगे।

वहाँ सर्वप्रथम कार्य श्री शांतिदेवजी और मा० श्री शिवरामजी द्वारा जो कुछ समय तय किया गया होगा, उसके अनुसार स्टूडियो पर जाना है। दो दिन के दौरान उनका संपूर्ण कार्य पूर्ण करना है ताकि फिर से उसके लिए समय न निकालना पड़े। इस बारे में आप शांतिदेवजी से बात करके रखिएगा।

इस कार्य को निपटाने के पश्चात् यदि समय बचता है तो मा० दत्तोपंतजी को मिलने की बहुत इच्छा है। आप व्यवस्था करके रखिएगा। बाकी समय परिवार के सभी के लिये।

(वि० रूबरू में।)

आपका

नरेन्द्र मोदी

यह पत्र नरेन्द्र मोदी के कर्मठता और सरलता को बताता है। वड़नगर के रेलवे प्लेटफार्म से नरेन्द्र मोदी की जो यात्रा प्रारम्भ हुई थी वह आज भी अनवरत जारी है।

❑❑❑